Ils ont aimé…

À propos des précédents volumes de la série *Au service secret de Marie-Antoinette* :

Les libraires

« Une enquête pétillante, petit bijou de légèreté,
étincelant d'humour. Derrière une histoire réjouissante
aux multiples rebondissements se cache en creux
une description vivante des coulisses de Versailles [...].
Ne passez pas à côté de ce délicieux policier
qui se savoure avec délectation ! »

Gérard Collard,
Librairie La Griffe noire

« Du mystère en veux-tu en voilà :
royalement drôle ! »

Julie Uthurriborde,
Librairie-papeterie Montmartre

Les journalistes

« Un polar comme un bijou ! [...]
C'est léger, drôle, enlevé, et diablement bien troussé.
Succombez à ces agents très spéciaux
au service secret de Sa Majesté.
Ils le valent bien. »

Historia

« Un style rocambolesque et piquant, une dose d'humour savoureux et une intrigue historique
bien ficelée : on en redemande. »

Cosmopolitan

« Avec son humour ravageur, son rythme endiablé, d'habiles touches historiques, Frédéric Lenormand fait mouche à chaque page. Un délice de lecture. »

Point de vue

Les bloggeurs

« J'ai eu un coup de cœur pour ce roman. [...]
Je vous conseille mille fois *Au service secret de Marie-Antoinette*. [...] On n'est pas loin d'une ambiance à la M. C. Beaton [...]. »

@mademoisellemaeve

« Moi qui aime les comédies policières,
je me suis régalée avec ce livre
de Frédéric Lenormand. [...]
Je l'ai lu en à peine deux jours ! »

@aufildespages

« Je me suis régalée ! [...]
On se trouve à un carrefour entre *cosy mystery*,
comédie et polar historique.
Les dialogues sont à mourir de rire.
Les personnages sont un vrai régal d'humour,
d'impertinence, d'intelligence ou de coup de bol.
Je veux une autre enquête de Rose et Léonard ! »

@lesdemoisellesdechatillon

AU SERVICE SECRET de MARIE ANTOINETTE

L'ENQUÊTE DU BARRY

AU SERVICE SECRET de MARIE ANTOINETTE

FRÉDÉRIC LENORMAND

L'ENQUÊTE DU BARRY

Éditions
de La Martinière

EAN : 978-2-7324-9495-1

Les personnages

Marie-Antoinette :

À peine devenue reine de France, Marie-Antoinette s'ennuie déjà à périr. Entre révérences et fanfreluches, la fonction n'a rien de folichon. La mode et les nouveautés sont sa seule distraction. Jusqu'au jour où elle décide de créer son propre cabinet noir pour se mêler discrètement des affaires de la France… et si possible éclaircir quelques mystères croustillants ! Qui de mieux pour lui servir d'agents secrets que son coiffeur Léonard Autier et sa modiste Rose Bertin ?

Rose Bertin :

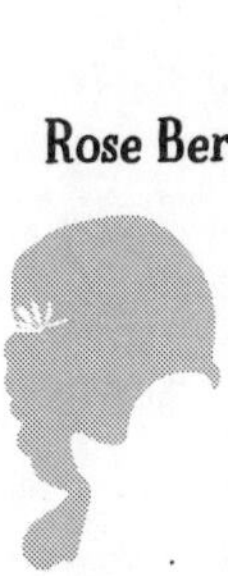

La couturière Rose Bertin est aussi exigeante armée de son dé à coudre qu'elle l'est envers son entourage. Et voilà qu'en plus de devoir parer la reine de robes spectaculaires, elle se voit imposer la cohabitation avec Léonard, ce coiffeur frivole, pour mener des enquêtes dans les salons des marquises comme dans les bas-fonds !

Léonard Autier :

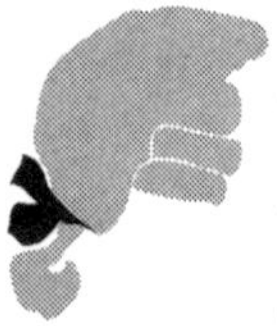

Constamment ébouriffé, Léonard est la star des coiffeurs, le seul autorisé à toucher les cheveux de Marie-Antoinette. Noceur, joueur, buveur, sa vie serait un délice s'il n'était pas contraint à s'associer à la sérieuse et brillante Rose Bertin pour courir après les assassins comme le lui ordonne sa meilleure cliente, la reine de France.

Louis XVI :

« Le pauvre homme », comme le surnomme Marie-Antoinette, est trop occupé à bricoler des horloges ou des serrures pour s'intéresser à ce que font sa femme ou ses ministres. Heureusement, la reine veille pour deux.

Le roi n'a qu'un homme, c'est sa femme.

Mirabeau

1

L'air des bijoux

Ce 24 décembre 1770, les grands joailliers Bœhmer et Bassenge se rendaient à Versailles pour présenter à Mme du Barry les plus beaux diamants qu'un roi de France pouvait offrir à une favorite. La comtesse en achetait beaucoup depuis que c'était Louis XV qui payait.

Leur commis, Tobias Kettermann, portait un écrin plat assez large pour contenir un collier en pendentif avec les boucles d'oreilles assorties, et un autre où l'on devinait un bracelet et une aigrette en diamants. Deux gardes discrets les escortaient.

La nuit tombait quand leur carrosse s'arrêta devant le château. Une dame en robe de cour, un mantelet d'hermine sur les épaules, vint leur annoncer que Mme du Barry les attendait à Trianon, le joli pavillon que lui prêtait Sa Majesté. Elle indiqua le chemin au cocher.

La voiture contourna le château par la rue des Réservoirs et franchit la grille qui donnait sur une avenue rectiligne. Les chevaux trottèrent sur les allées où les arbres centenaires étendaient leurs branches nues comme de longs bras de géants fatigués. MM. Bœhmer et Bassenge avaient cru que la comtesse les recevrait au Petit Trianon, mais c'est devant le grand que leur cocher arrêta l'équipage.

Illuminé, le Grand Trianon ressemblait à une bonbonnière en feu. Deux valets leur ouvrirent une longue pièce percée de hautes ouvertures arrondies et meublée de banquettes de velours rouge. Dans une cheminée du bois brûlait. Ils s'étonnèrent de voir qu'ils étaient seuls.

– Ces messieurs ne savent pas la nouvelle ? dit l'un des valets. M. le duc de Choiseul n'est plus Premier ministre depuis une heure !

Tout ce que le château comptait de courtisans était allé voir le ministre quitter son cabinet pour monter dans la berline qui le conduirait en exil sur sa terre de Chanteloup. Mme du Barry, à qui l'on devait cette disgrâce, s'en était abstenue.

Les cinq visiteurs commentèrent l'événement. Voilà ce que récoltait Choiseul pour avoir injurié tant de fois l'amie du roi. Entre sa maîtresse et son ministre, Sa Majesté avait tranché.

– Comment cela se passe-t-il, le renvoi d'un Premier ministre ? demanda Bassenge.

Le valet expliqua que les gardes allaient faire monter M. le duc dans une voiture fermée qui franchirait la grille entre deux rangs de cavaliers.

La femme qui les avait accueillis dans la cour du château, sans doute une dame d'honneur de Mme du Barry, vint leur annoncer qu'ils seraient bientôt reçus. Madame mettait la dernière main à sa toilette. Elle voulait être radieuse pour son triomphe et comptait sur les parures qu'ils apportaient pour compléter l'effet.

De nouveau seuls, ils commentèrent l'animosité entre la favorite et le ministre. Ce soir, l'un voyagerait rencogné sur les coussins d'un carrosse solitaire qui roulerait dans le froid nocturne, tandis que l'autre, victorieuse, brillerait des mille éclats des diamants qu'ils lui apportaient. Sous les lustres de Versailles, applaudie de tous. *Sic transit gloria mundi !* Ils étaient contents de se trouver du bon côté du balancier de la gloire.

– Ne sentez-vous pas une odeur de brûlé ? dit Bassenge.

Ils se levèrent de leurs banquettes pour voir ce que c'était. Un panache de fumée grise bien visible sous la lune s'élevait à l'autre bout du parc. Deux nouveaux serviteurs vêtus de la livrée de la comtesse entrèrent avec une collation sur un plateau en argent.

– Les jardiniers brûlaient de vieilles souches tout à l'heure, dit l'un d'eux, le feu sera reparti tout seul.

Cela ne durerait pas. Et, au pire, le château possédait plusieurs pompes à incendie que l'on pouvait alimenter grâce aux nombreux points d'eau. Les visiteurs contemplèrent la colonne blanche qui striait le ciel avec d'autant plus de sérénité qu'ils ne couraient aucun danger. Le plateau de biscuits et de rafraîchissements leur semblait d'un plus grand intérêt.

Trois coups de sifflet retentirent non loin. Cela faisait-il partie des mesures contre l'incendie ?

– Non, les gardiens indiquent que les grilles sont à présent fermées jusqu'à demain matin. Vous devrez sortir par l'entrée principale tout à l'heure.

Puis ils ajoutèrent, avec beaucoup de cérémonie :

– Madame vous prie de lui pardonner son retard.

Les deux joailliers comprenaient fort bien que la favorite voulait être au sommet de ses charmes. Elle devait souhaiter remercier Sa Majesté d'avoir renvoyé, pour elle, un ministre qui se dévouait pour le royaume depuis quinze ans. En outre, la perspective d'échanger bientôt leurs bijoux contre une somme exorbitante rendait leur attente délicieuse. Ils se rassirent confortablement sur les banquettes et ne tardèrent pas à sombrer l'un après l'autre dans un sommeil plein de félicité, y compris le commis et les gardes du corps.

Une heure environ s'écoula entre le premier ronflement de M. Bœhmer et le moment où des secousses l'éveillèrent difficilement. Il frissonna. Le feu s'était éteint dans la cheminée, il régnait un froid glacial.

– Que faites-vous là ? demanda un garde en uniforme qui venait de surgir.

– J'apporte à Mme du Barry les diamants qui sont dans ces écrins, répondit le joaillier d'une voix pâteuse.

– La comtesse est au château, vous n'avez rien à faire ici !

Étonnés de voir éclairé le pavillon où patientaient nos deux infortunés, des serviteurs avaient alerté la capitainerie. L'officier de service s'était déplacé avec quelques hommes. La favorite n'était jamais à Trianon les lundis : c'était jour de bal, elle se préparait pour danser.

– Mais elle va avoir besoin de nos bijoux ! répondit Charles Bœhmer, l'esprit encore embué. Voyez donc !

Il ouvrit l'écrin qui reposait sur ses genoux et poussa un cri.

*

Arrivée d'Autriche au mois de mai pour épouser l'héritier du trône, Marie-Antoinette fut témoin de la discrète effervescence qui s'empara du château ce soir-là. Le Grand Prévôt de France faisait beaucoup d'efforts pour contenir sa nervosité.

– Que se passe-t-il donc ? demanda-t-elle à sa dame d'atour, la princesse de Chimay.

Officiellement, tout allait bien. Personne n'avait dérobé une fortune en diamants dans un salon du Grand Trianon – non, non, pas le moins du monde ! Le Prévôt de l'Hôtel n'avait pas non plus fait verrouiller toutes les issues du domaine. Et on ne recherchait pas une troupe de bandits qui devait se terrer quelque part…

La jeune Dauphine battit des mains. Cette incertitude était excitante comme un roman de Daniel Defoe. Elle avait adoré lire *Robinson Crusoé* et *Les Heurs et malheurs de la fameuse Moll Flanders*. Leurs aventures rendaient son quotidien moins morose.

*

Louis du Bouchet, marquis de Sourches, réfléchissait dans son cabinet de travail. Les bijoutiers Charles Bœhmer et Paul Bassenge se tenaient debout et interdits en face de lui.

Il avait hérité de son père la charge de Grand Prévôt de France, aussi appelé Prévôt de l'Hôtel, responsable de la sécurité du château. Comme ce bâtiment était ouvert à tous les vents, il s'étonnait chaque jour que les princes et princesses ne soient pas détroussés jusque dans leurs appartements et dans leur sommeil. Ils ne devaient qu'à sa vigilance de conserver leurs biens et objets de valeur. Mais ce soir sa sagacité avait été prise en défaut.

Depuis le 9 septembre de cette année, le roi couchait au Petit Trianon avec Mme du Barry, chacun, à Versailles, le savait. Les auteurs du forfait restaient introuvables, en dépit des recherches. Ces éléments conduisaient le premier policier de Sa Majesté à deux hypothèses : l'une désagréable, l'autre épouvantable.

Soit ces crapules avaient fui avec leur butin, en dépit des mesures qu'on avait prises et au mépris de toute moralité. Soit elles étaient encore ici, sous son nez. Et la meilleure explication au fait qu'on ne les avait pas repérées était forcément qu'elles appartenaient au personnel ordinaire du château. Les voleurs avaient revêtu leur livrée habituelle et s'étaient fondus dans la masse de ceux qui servaient quotidiennement le souverain.

Les hommes du Grand Prévôt avaient repéré des traces de fuite. Mais il n'y croyait pas, elles semblaient fabriquées : une corde jetée par-dessus le mur d'enceinte, un plan de la région oublié sur la route, un tas de crottin comme si des chevaux avaient attendu là… Admettons. Mais aucun poste de garde ne les avait vus passer, aucun témoin ne les avait croisés.

Ils étaient la cible d'une mise en scène.

Certes, n'importe qui pouvait entrer, *a fortiori* se promener, dans le parc. La résidence royale était une caverne d'Ali Baba, sans aucun sésame réclamé à l'entrée. Mais il fallait, pour monter ce guet-apens, connaître les usages de l'endroit, les lieux et le fonctionnement du service.

Le ver était dans la pomme.

Au nombre des incidents survenus lors de la soirée, on déplorait, en plus de la disparition des bijoux, l'incendie d'un tas de feuilles qu'on avait mis un quart d'heure à éteindre et la disparition incompréhensible d'un petit tableau qui ornait l'un des murs de Trianon. Il s'agissait d'un paysage, et sa trace quadrangulaire restait bien visible sous le cordon de velours orné d'un nœud qui l'avait soutenu. C'était un objet décoratif sans grande valeur, on ne s'expliquait pas la raison du vol. Cet escamotage ne faisait qu'ajouter au mystère et à l'incohérence dans lesquels on baignait depuis la découverte du forfait. M. de Sourches était pris dans un faisceau d'événements incohérents.

Lancés à travers le parc, ses gardes opérèrent des rafles, fouillèrent les passants de rencontre et mirent sur-le-champ sous les verrous ceux qui leur semblaient de mauvais aloi.

Si l'on excluait cette ridicule mise en scène de la corde sur le mur, comment imaginer que les voleurs se soient échappés ? Ils n'avaient pu franchir les grilles : elles avaient été fermées pour la nuit juste avant le forfait. Les fosses qui entouraient le jardin de Trianon rendaient toute fuite nocturne impossible, ou du moins très délicate. Les soldats avaient été jetés sur les routes avec ordre de fouiller tous les voyageurs.

Peut-être les bandits seraient-ils dénoncés lors de la revente des pierres. Les deux joailliers en avaient fourni une description détaillée.

L'accablement s'empara du Prévôt. Au fil des rapports qui arrivaient sur son bureau, il apparut que les gardes suisses qui contrôlaient les grilles avaient bien vu entrer quatre individus douteux. Mais on n'avait pas donné aux gardes pour mission d'arrêter les gens douteux… Pas plus qu'on ne les avait chargés de vendre du vin aux promeneurs, remarquez : cette occupation les accaparait pourtant davantage que le contrôle des quidams. Affectés à la surveillance des entrées, les Suisses n'auraient pour rien au monde quitté leurs guichets pour aller faire du zèle dans les jardins. Ces postes étaient véritablement le refuge des incompétents, des invalides et des ivrognes. Tout entrait librement : les voitures des particuliers, les chevaux de poste, les nourrices, les valets et les marmitons. Les enfants venaient jouer autant qu'il leur chantait, les jardiniers se plaignaient de trouver leurs plantations piétinées… Deux gardes-bosquets avaient bien été missionnés : mais la superficie était si vaste que leur travail était voué à l'échec. Ce parc était le royaume de la liberté et des turpitudes en tout genre.

Debout devant le Grand Prévôt, Bœhmer et Bassenge continuaient de prétendre qu'une dame d'honneur les avait priés de se rendre au Grand Trianon, là où on les avait trouvés endormis.

– Nous savons que l'endroit est réservé à la reine de France, mais…

– Mais vous avez pensé que Mme du Barry l'était devenue en secret, peut-être ?

Depuis le décès de la reine Marie Leszczynska, deux ans plus tôt, il n'y avait plus de reine en France, le Grand Trianon restait inhabité la plupart du temps.

– Je me vois contraint d'arriver à une conclusion accablante…, dit le Grand Prévôt.

Ce que sa conclusion avait d'accablant, c'était qu'il ne comprenait pas du tout les circonstances du vol. C'était à croire que ces bois étaient habités par de petits lutins qui escamotaient les bijoux et retournaient se cacher sous terre ou dans les arbres.

D'autres hypothèses saugrenues lui venaient à l'esprit. On pouvait supposer que les voleurs avaient allumé un feu à l'autre bout du parc pour faire diversion et éloigner les gardes. Il ne pouvait être autrement, après tout : il avait interdit qu'on en allume et chargé ses gardes de faire respecter cette directive.

Ou encore : qu'est-ce que cette soirée-là avait de particulier, hormis les préparatifs du bal ? Le renvoi de Choiseul ! Les voleurs pensaient peut-être faire sortir le collier grâce à la voiture du ministre disgracié ? L'un des sacs qu'on avait déposés dans sa voiture devait contenir les bijoux volés. Il envoya donc également un cavalier tenter de rattraper la lourde berline.

Imaginons qu'on retienne cette idée. Pour savoir à l'avance que Choiseul serait renvoyé ce soir, il fallait être dans le secret des dieux, ou celui d'une poignée de secrétaires d'État… Appartenir au premier cercle de la favorite. Être le roi en personne. Écouter aux portes… À moins que… Il existait une sorte de gens qu'on oubliait toujours, qui faisaient partie du mobilier, qui avaient pour profession d'être aussi utiles qu'invisibles. Il eut du mal à admettre qu'il devait aussi traquer ses voleurs parmi les mille cinq cents domestiques du château. C'était chercher une aiguille dans une botte de foin. Qu'on lui donne de bons complots nobiliaires, de bonnes conjurations de palais à régler à coups de hache ou d'exil ! Mais pas ça ! Pas la conspiration des souris fuyantes et sans nom !

Il dut se rendre à l'évidence. S'il établissait une équation entre le montant faramineux du butin et les émoluments de ceux qui habitaient ici, il fallait chercher les coupables parmi le petit personnel. À Trianon, les joailliers avaient rencontré en tout quatre valets et une dame. Si l'on divisait entre ces cinq personnes un butin dont la valeur s'élevait à cinq cent mille livres grosso modo, moins les frais de taille et de cession à des intermédiaires, il resterait à chacun de quoi mener une existence très enviable.

*

Le Grand Prévôt fut reçu par le duc de La Vrillière, ministre de la Maison du roi, le supérieur de tous les policiers du royaume. Depuis vingt ans, La Vrillière commandait aux forces de l'ordre, il en avait vu d'autres.

– Merci de me recevoir. Venons-en tout de suite au sujet, la situation est grave. J'ai d'abord cru que M. de Choiseul avait emporté les bijoux de Mme du Barry en quittant le château, commença le Grand Prévôt.

– Ce serait bien là de ses façons, dit La Vrillière.

– Mais quand nous avons rattrapé sa voiture, il ne les avait pas, les fouilles n'ont rien donné, et il a affirmé ne rien savoir de cette affaire. C'est à croire que le diable lui-même aurait commis ce vol.

– C'est possible. Satan ne délègue pas toujours à ses subordonnés, dit le ministre.

Qu'il s'agît ou non d'une manœuvre de Choiseul, cela revenait au même : ils étaient ridicules dans les deux cas. Ce n'était pas la disparition de quelques diamants qui était dangereuse : seul le scandale menaçait leurs carrières. Le roi se soucierait peu du malheur advenu à une paire de bijoutiers parisiens. Mme du Barry se fournirait ailleurs, on en serait quitte pour assurer la guilde des orfèvres de la sympathie de la Couronne. L'opinion publique, c'était autre chose.

Il fallait frapper un grand coup ou étouffer l'affaire.

Le Grand Prévôt était d'autant plus turlupiné que, si le personnel était impliqué, le château n'avait plus de secrets pour les bandits. Il allait commander une fouille générale, mais le bâtiment et ses dépendances étaient immenses – et les diamants tout petits. Cela dit, tout finit toujours par se savoir. On apprendrait un jour la vérité, les coupables seraient inévitablement châtiés.

Pour être sûr qu'ils le soient sans faute, M. de La Vrillière le pria d'organiser arbitrairement l'épuration du personnel. Faute d'étouffer l'affaire, on allait faire du bruit, remuer de l'air, abattre des têtes.

– Vous ferez interroger tout le monde. Vous récolterez les rumeurs sur la moralité des serviteurs. Ragots, propos malveillants, notez tout ! Nous remercierons les mauvais sujets dont nous pouvons nous passer.

– Les nouveaux qu'on engagera ne seront peut-être pas plus honnêtes que les anciens.

– Ils auront le bénéfice du doute. Donnons un grand coup de pouce à la vertu contre le vice. À défaut d'arrêter les coupables, nous désignerons des boucs émissaires à la vindicte populaire. Il ne faut jamais manquer une occasion de brandir l'étendard de la morale.

La morale, c'était qu'une trentaine de serviteurs allaient quitter leur travail par la petite porte et sans indemnités.

Le Grand Prévôt rechignait encore.

– Nous allons faire trente malheureux qui battront longtemps le pavé pour retrouver une place qui les nourrisse.

– C'est ainsi, dit La Vrillière. Les soucis des puissants sont les catastrophes des humbles, il faut bien que quelqu'un paie les pots cassés.

Le ministre sourit à cet extrait de sagesse très politique quoique très peu révolutionnaire.

2

Mystères et fanfreluches

En 1774, quatre ans s'étaient écoulés depuis le vol des bijoux de Mme du Barry. L'affaire était oubliée depuis longtemps – pour autant qu'elle eût été jamais connue.

Rose se réveilla avant l'aube. Le trajet qui menait à Versailles ne comportait pas seulement deux heures de route : il fallait aussi travailler son apparence pour rendre son corps et son visage dignes d'être vus à la Cour. Après la vêture et la coiffure venait le maquillage obligatoire qui vous donnait un teint immuablement frais et gommait toute expression naturelle. Parfait pour empêcher quiconque de deviner ce que vous pensez.

Ce jour était le point culminant d'une vie commencée à l'ombre des ateliers de tissage d'Abbeville. Tel le papillon sorti de sa chrysalide, Rose s'apprêtait à s'élever vers le soleil, elle allait vivre le summum de ce que pouvait espérer une créatrice de vêtements féminins : fouler de son chausson les parquets de Versailles pour enturbanner la reine.

Installée à l'étage de sa boutique du Grand Mogol, rue Saint-Honoré, Rose avait d'autant plus de mérite d'endurer ces préparatifs que, dans le même temps, les avoués tambourinaient à sa porte à cause des factures impayées. Sur le point de déposer son bilan, elle se préparait à gagner Versailles comme les militaires se jettent dans la bataille.

Elle dut calmer l'effervescence de son personnel, paniqué par les huissiers. Elle avait trois têtes, une centaine de jambes et un millier de bras : elle était la déesse Saraswati[1] de la couture.

L'aube pointait lorsqu'elle brava le groupe des hommes de loi pour rallier la voiture réservée trois jours plus tôt. Ce fut alors qu'elle se heurta à un bonhomme pas frais, dépenaillé, qui rentrait visiblement d'avoir soupé, bu et couché ailleurs. Le choc lui fit lâcher son grand portefeuille rouge où elle rangeait les modèles de tissus et son carnet de commandes relié de cuir vert, qui tombèrent sur la chaussée malpropre. Tandis que ses filles de boutique s'affairaient pour réparer les dommages, le malotru se contentait de les observer avec un détachement horripilant. Rose bougonna, rumina et finalement grogna.

1. Déesse indienne des arts à plusieurs bras.

– À qui ai-je le déplaisir ?

– Je suis l'artisan capillaire ordinaire de Son Altesse Royale la princesse de Conti.

– Ordinaire, ça vous va bien.

Elle ne savait plus où elle avait la tête, elle dut faire plusieurs allers-et-retours entre sa boutique et la voiture, qu'elle remplit de boîtes et de cartons, suivie chaque fois par les avoués qui craignaient un déménagement à la cloche de bois.

Elle s'attaquait au toit de la voiture lorsque reparut le malotru. Il avait endossé son plus bel habit neuf, conçu de longue date pour cette occasion – celui à motif de roses à demi ouvertes. Il avait assez l'expérience des parures pour deviner qu'un détail manquait à l'ensemble. Il saisit le bras de la modiste.

– Vite ! Une cocarde pour ma boutonnière ! En soie moutarde ! C'est pressé !

Sans un regard pour lui, Rose grimpa sur une échelle et plongea le visage dans un tiroir d'où dépassaient des galons de satin mordoré. Il claqua dans ses mains.

– Allons ! Je suis attendu à Versailles !

– Et moi aussi ! répliqua la dame depuis son tiroir. Au château !

– Croyiez-vous que j'étais attendu dans les écuries ? rétorqua-t-il.

Il s'efforça de patienter tandis qu'on se décidait à le satisfaire.

– Je pourrais dire un mot pour vous, si vous voulez. Je suis intime avec la reine. Elle m'appelle « Léonard ».

Rose sentit le ruban moutarde lui monter au nez. Elle étala quelques échantillons sous celui du client.

– Nous n'avons pas de « vieux jaune », mais nous avons les couleurs « beurre rance », « caca d'oie » et « chiure de mouche ». Vous choisirez.

Elle l'abandonna à sa perplexité, ordonna à une vendeuse d'encaisser ce monsieur, et entraîna toutes les autres dans son sillage.

Une fois dehors, elle s'arrêta. Tout avait été préparé à l'avance, c'était peut-être ce qui rendait le départ beaucoup plus long.

– J'ai l'impression d'oublier quelque chose… Ah, oui ! Mesdemoiselles ! La revue !

Elles formèrent un rang depuis la devanture jusqu'à la voiture afin que Rose pût vérifier qu'elles étaient munies du matériel adéquat.

– Ciseaux ? Aiguilles ? Dé à coudre ? Corsets ? Baleines ? Épingles ?

– Prêt !

– Alors, allons-y ! N'oubliez pas que le royaume compte sur nous pour porter l'élégance à la française au firmament !

Elles s'entassèrent à l'intérieur, cela tenait tout juste. Une fois les banquettes bien remplies, elle toqua à la cloison. Le cocher lança ses chevaux et elles filèrent habiller la reine.

Seul restait sur la chaussée Léonard, qui achevait d'accrocher un ruban verdâtre. Son premier garçon de coiffure arriva enfin dans le seul fiacre, poussif, qu'il avait trouvé pour les emmener. Ce déplacement était un peu improvisé, comme souvent quand on n'a pas dormi de la nuit. Mais il misait sur son costume qui était net et frais pour deux.

*

Ayant fait un détour par les appartements de la duchesse de Chartres, par qui elle devait être présentée à la reine, Rose trouva Léonard déjà installé dans l'antichambre avec ses garçons. On les avait fait asseoir sur une banquette où attendaient aussi d'autres fournisseurs et solliciteurs. Dans un grand froufrou de soie, suivant la duchesse et ses dames d'honneur, Rose Bertin et ses filles de boutique, chargées de paquets, de boîtes et de poupées vêtues des modèles récents, passèrent devant eux.

– C'est quoi ça ? dit Léonard. Le bataillon des papillotes ?

La double porte s'ouvrit pour ces dames, qui approchèrent un peu plus près du sanctuaire où vivait la déesse. Léonard tenta d'entrer aussi, mais la porte se referma sur son nez.

– Sa Majesté reçoit son ministre, dit quelqu'un. Son ministre des modes.

Une femme de la reine munie d'un petit carnet vint chercher Léonard pour s'entretenir avec lui à l'écart. S'il avait pu croire qu'il accédait enfin à la reconnaissance et aux hommages, il fut déçu.

– Pour quel motif attendez-vous, exactement ?

– Je suis Léonard Autier, j'ai été mandé.

– Ah ! Le coiffeur.

Il eut un coup au cœur, poussa un petit cri de douleur et fit mine de chanceler.

– Perruquier ? rectifia son interlocutrice.

– De mieux en mieux.

– Que dois-je écrire, enfin ?

– Écrivez « Maître ès-arts capillaires », cela suffira.

Elle le considéra avec plus d'attention. Une longue mèche poudrée bouclait à l'arrière de son crâne et une autre devant.

– Pour un « ce que vous dites », vous êtes bizarrement coiffé.

– C'est parce que je ne peux me coiffer moi-même.

L'interrogatrice consulta son carnet.

– Vous nous êtes recommandé par Mme la princesse de Conti qui a vu vos... vos *créations*... au bal de l'Opéra. C'est bien mais c'est peu. Qui avez-vous coiffé ?

– À mon arrivée à Paris, j'ai frisé Mlle Julie Niébert, la célèbre actrice du boulevard.

La femme de chambre sembla penser que faire des chignons aux comédiennes n'était pas une recommandation suffisante pour coiffer la reine.

– Oui mais encore ?

Il avait bouclé Mme la comtesse du Barry, cette favorite du règne précédent à qui Marie-Antoinette vouait une rancune tenace pour toutes les raisons du monde – à commencer par sa blondeur d'un ton si clair et si naturel.

– Trouvez mieux, dit la femme de chambre avec une moue.

– Mme de Langeac, qui fut dame de compagnie de la Dauphine.

Le crayon se remit à gratter du papier.

– Cela conviendra à la rigueur. Vous comprenez que nous ne pouvons pas présenter à Sa Majesté un artisan qui n'aurait pour titre de gloire que de faire des couettes à l'enseigne de La Belle Mèche.

Elle lui tourna le dos et s'éloigna tandis que les garçons agitaient leurs grands mouchoirs au-dessus de leur patron pour le faire revenir à lui.

Enfin Léonard fut introduit à son tour, seul. Non dans le grand appartement royal, mais dans un petit cabinet attenant où Sa Majesté prenait la liberté de recevoir les personnes qui n'avaient pas prouvé seize quartiers de noblesse. Il entendit Rose terminer le laïus par lequel elle persuadait la reine de se fier à elle.

– Je ferai de Votre Majesté la reine de l'élégance !

Marie-Antoinette était tentée. Régner sur la mode la consolerait d'être une reine prisonnière de l'étiquette, des apparences et des conventions. Il y avait beaucoup à compenser. Elle aperçut le coiffeur.

– Ah ! Monsieur Léonard !

On comptait sur ses créations pour compléter celles de Mlle Bertin. Celle-ci rougit au point de faire sauter le fard qui couvrait ses joues. Compléter ! Comme si ses vêtements étaient *incomplets* ! Elle commençait à peine à jouir de la confiance royale qu'il fallait la partager… et avec quel énergumène ! Olibrius Ier, roi des coupeurs de tiffes !

– Mais, Madame, vous voilà déjà coiffée…, dit-elle dans un miaulement tant elle serrait les mâchoires.

– Oui, mais par M. Larseneur, ça ne compte pas.

Ce Larseneur était le coiffeur officiel qu'on lui avait imposé quand elle était Dauphine. Il était démodé et bouclait comme au temps de la reine Marie Leszczynska. Il lui en fallait un autre, un de maintenant.

– Vous !

Léonard s'inclina avec une gratitude qui pouvait passer pour de la modestie. S'il avait attendu dehors, c'était qu'on avait dû laisser M. Larseneur finir son ouvrage.

– Alors ? dit Marie-Antoinette. Comment verriez-vous mes cheveux ?

– Pas comme une tarte à la crème, si je peux me permettre.

Il eut envie de proposer quelque chose d'outrancier. Il songea à la coiffure que toutes ses clientes avaient refusée parce qu'elle était si pesante qu'elle leur écrasait le cou et si haute qu'il fallait agrandir les portes.

– Je vais inventer pour Votre Majesté quelque chose d'unique, d'extraordinaire !

Il s'abstint d'ajouter « pour damer le pion à cette foutue garce », mais ce fut bien ce que la modiste comprit.

Après qu'il eut défait en trois gestes tout l'assemblage de Larseneur, il entreprit d'accrocher de fausses mèches blondes dans la chevelure de la reine.

– Et comment s'appellerait cette nouvelle coiffure ? demanda encore Marie-Antoinette.

Les yeux du créateur se posèrent sur Rose Bertin, qui tenait son livre d'échantillons ouvert devant sa cliente. La modiste lui parut engoncée dans son affreuse robe criarde.

– C'est un pouf, Madame.

Il lui confectionna un coussin de cheveux, ou « pouf », sur le haut du crâne.

– C'est très joli.

Il fut convenu qu'il viendrait les jours de cérémonie, après le départ de M. Larseneur, pour détruire ce que son confrère aurait fait. La modiste proposa de piquer dans ces poufs des accessoires pour les diversifier selon le jour : on lui ferait des poufs dédiés à l'hiver, au printemps, à la victoire militaire, aux sentiments. L'idée plut beaucoup.

– Vous êtes si complémentaires ! Vous devriez travailler ensemble.

Tandis que la reine s'entretenait avec sa dame d'atour, Rose et Léonard peaufinèrent leurs œuvres de cheveux et de tissus en échangeant tout bas des gracieusetés.

– Intrigant !

– Crampon !

– Franc pétaud[1] !

– Viédase[2] !

– Sac à merde !

Ce fut le pire mot de la série qui tomba dans l'oreille où il ne devait pas aller.

– Qu'est-ce qu'un « sakamère » ? demanda la reine avec une pointe d'accent germanique.

C'était le moment de faire preuve d'invention ailleurs que dans l'arrangement des rubans et des colifichets.

– Le sakamère… est une essence exotique dont les feuilles… prennent la couleur de la saison. Ses fruits ressemblent… à des boules de Noël.

– Mais quelle chose merveilleuse ! dit la reine. Vous devriez me coiffer au sakamère !

1. Rustre.
2. Ignorante.

Rose lui enveloppa le haut des cheveux d'un bonnet sur lequel elle accrocha des feuilles découpées dans un papier crépon, des boules et des guirlandes improvisées. Marie-Antoinette se montra aussitôt à sa dame d'atour.

– Ma chère amie, regardez : je suis en sakamère !

On comprit autre chose mais on applaudit.

– Bravo ! Quelle heureuse idée ! Et qu'est-ce qu'un sakamère ? demanda la perfide.

– Un arbre d'Amérique au feuillage changeant, dit Rose.

– Un peu comme le *sycomore*, donc ? acheva froidement la dame d'atour.

Il était temps pour la reine de regagner ses appartements où l'attendaient les courtisans. Toutes les personnes présentes firent la révérence tandis qu'elle passait dans l'autre pièce. La dame d'atour remit les deux nouveaux fournisseurs entre les mains de la première dame d'honneur. Avant de les laisser partir, elle murmura :

– La reine a besoin de vous. Nous allons vous confier un petit travail. Réussissez et on oubliera le « sakamère ».

Rose et Léonard s'inclinèrent avec reconnaissance, quoique chacun fût convaincu de payer pour les errements de l'autre.

Ils quittèrent la dame d'atour et suivirent la dame d'honneur qui organisait les audiences. Leur nouvelle interlocutrice ferma à clé derrière eux avant de leur expliquer la situation.

– Un vol a été commis.

– Ciel ! dit Rose.

– Nous n'y sommes pour rien ! dit Léonard.

– C'était il y a quatre ans, précisa la dame d'honneur.

– Quel rapport avec nous ?

– La dame du palais va vous le dire.

Elle les fit passer dans une pièce contiguë où les attendait la dame du palais, dont le rôle était de tenir compagnie à la reine. Elle leur résuma ce qu'on savait du vol commis quatre ans plus tôt à Trianon. Tous les habitants du château s'en souvenaient, du moins ceux qui avaient l'autorisation de s'en souvenir. À cette époque, Marie-Antoinette venait d'arriver de Vienne pour épouser le Dauphin Louis. Le vol des bijoux de Mme du Barry avait été le deuxième scandale dont elle avait été témoin. Le premier scandale avait été la présence à la Cour de Mme du Barry elle-même.

La dame du palais leur fit signe de passer dans la pièce suivante, un réduit où œuvrait la première femme de chambre qui commandait aux servantes. La reine désirait financer certaines activités d'ordre privé ; pour cela, il lui fallait des fonds.

– Votre mission, si vous l'acceptez, sera de retrouver les pierres précieuses qui ont été soustraites aux bijoutiers Bœhmer et Bassenge et, bien sûr, de nous les remettre. Comme vous n'êtes pas au service de la reine, nul ne pourra vous relier à Sa Majesté. « Nous vous avons observés… Les rapports que nous avons reçus à votre sujet sont excellents. Vous êtes reçus partout, chez les grands comme chez les humbles, vous êtes inventifs, malicieux… Et, surtout, personne ne soupçonnera jamais un coiffeur et une modiste d'agir sous les ordres de la reine de France ! Vous pourrez enquêter plus discrètement que les marquises qui entourent sa majesté. »

Elle leur tendit un papier. Il y était écrit que le porteur du message agissait au nom de Louis le Seizième et qu'il fallait lui obéir. La signature était celle du Grand Prévôt de France.

Une nouvelle porte s'ouvrit et ils se retrouvèrent dans la cour de Marbre, comme deux dormeurs qui s'éveillent, un peu étourdis, incapables de déterminer s'ils ont vécu ou rêvé.

Ils commencèrent par se disputer le laissez-passer. Quelle idée de leur en confier un seul ! Léonard fila avec le document. Comme on court plus vite en culotte qu'en robe à panier, Rose renonça à le poursuivre. Elle se demandait que faire quand elle s'entendit héler à coups de petits « psitt ! » par un curieux petit bonhomme. C'était le portemanteau de la reine : le serviteur chargé des gants, du chapeau, du manchon, du mouchoir de Sa Majesté. Il lui servait en somme de garde-robe ambulante.

Ils parcoururent une longue galerie en pierre.

– Ne deviez-vous pas être deux ? dit le portemanteau.

– Je compte pour deux, dit Rose.

Un double assassinat venait d'être commis dans la ville de Versailles, rue Morte-Bouteille. Le crime avait été découvert tôt dans la matinée. Une des victimes était un ancien employé du château. L'entourage de la reine avait des raisons de penser que Rose trouverait là une piste prometteuse.

– « L'entourage de la reine », c'est vous ? demanda Rose.

Le portemanteau fit « non » du doigt.

– Pas de noms ! Pas de titres ! Pas de faits !

La modiste fut certaine d'avoir devant elle la personne qui avait établi son programme de la journée sans lui demander son avis.

– Un détail important, ajouta-t-il... En aucun cas vous ne pourrez compter sur l'aide de la police. Jamais ! Gardez-vous de la police !

Une porte s'ouvrit sur l'extérieur, la grille se referma derrière Rose. Cette fois, elle était sortie du château.

Léonard errait comme un imbécile sur les pavés, son papier à la main. À quoi servait un laissez-passer quand on ne savait pas où le présenter ni à qui ? Rose tendit la main.

– Donnez-moi ça. De toute évidence vous ne savez pas quoi en faire !

– Si, je le sais ! Je le garde… et je vous suis !

Elle possédait l'adresse, il tenait le papier : à deux ils pouvaient commencer l'enquête.

*

Tandis qu'ils s'éloignaient, les deux compères croisèrent un monsieur en habit de cour qui entrait. Le marquis de Sourches, Grand Prévôt de France, arborait son insigne de chevalier du Saint-Esprit, la plus haute distinction décernée aux nobles qui avaient su montrer leur utilité. Il avait une audience avec Marie-Antoinette.

– Que puis-je pour vous ? lui demanda la reine.

Il pensait avoir perdu chez elle un document qu'il avait signé au nom du roi. C'était contrariant, car cette pièce ordonnait d'obéir au porteur. Il demanda si on ne l'avait pas trouvé.

– Nous ne manquerons pas de vous le faire apporter dès que nous l'aurons, répondit aimablement la reine.

Il s'en fut, rassuré. Dès qu'il fut parti, la reine se tourna vers sa dame d'atour.

– Vous mettrez M. de Sourches sous surveillance.

3

Double assassinat dans la rue morne

Il avait plu durant leur entrevue au château. Le sol était détrempé et, par endroits, boueux.

– Comment irons-nous ? demanda Léonard.

Rose apostropha un cocher avachi sur le banc d'une voiture royale, un de ces véhicules appelés « tonneaux » dans lesquels seuls les courtisans pouvaient monter. Le coiffeur exhiba le mot signé par la prévôté. Le cocher descendit leur ouvrir la portière.

Une fois grimpés à l'intérieur, Rose le pria de les conduire jusqu'à la rue Morte-Bouteille. Léonard lut sur le visage de la modiste l'exaltation et le sentiment de puissance que lui procurait la proximité avec la reine. La jubilation se dissimulait mal sous son apparente impassibilité.

Le trajet n'avait pourtant rien d'un conte de fées. L'attelage quitta les beaux quartiers pour d'autres moins fastueux. Après l'avenue de Porchefontaine, ils prirent l'allée des Petits-Bois qui traversait le carré aux Herbes au-delà de l'impasse des Pins. La rue Morte-Bouteille n'était pas la portion la plus riante de Versailles. Le Roi-Soleil n'éclairait pas plus loin que le bout de son avenue ; ici se réfugiaient dans leur tanière les gens de l'ombre. Les maisons étaient basses, de guingois, les fenêtres petites et bien des carreaux étaient cassés.

Rose vit finalement où les menait leur visite : un garde avait été posté devant l'entrée. Ils abandonnèrent leur véhicule, enjoignirent au cocher de les attendre et se présentèrent au planton.

– On ne passe pas !

– C'est bien, mon brave, vous faites votre métier comme il faut.

Ils montrèrent le billet signé du Grand Prévôt de France, ce sésame de toutes les cavernes. Le cachet de la prévôté leur valut d'être immédiatement tenus informés de la situation. Un porteur d'eau qui vivait au rez-de-chaussée avait été découvert dans une attitude qui ne permettait pas de supposer une mort naturelle. Les autorités versaillaises, un inspecteur en civil et un magistrat en robe courte, étaient venues et reparties.

– Quelles sont leurs conclusions, mon ami ?

– Qu'il va falloir donner audience, ouvrir un dossier, rendre compte aux supérieurs, et que c'est encore bien du travail pour les honnêtes gens, répondit le planton.

Le logement se composait d'une pièce unique qui servait à la fois de chambre et de boutique. Une couverture jetée sur un fil en guise de paravent séparait les deux sections. L'un des côtés était encombré de seaux pendus à des crochets cimentés dans les murs ; l'autre ne contenait qu'un grabat. Le minable habitat était sens dessous dessus, ce qui ajoutait le désordre à la précarité.

Le porteur d'eau qui vivait, travaillait et dormait là avait installé dans un coin de la pièce un tonneau ventru rempli à ras bord de sa matière première. L'aménagement comptait par ailleurs deux cadavres, dont l'un avait la tête enfoncée dans le tonneau. Vu la tristesse du décor, on aurait pu croire à un suicide – n'était la présence sur le plancher d'un second bonhomme tout aussi trépassé. Le manche d'un couteau planté dans sa poitrine donnait une première idée de la cause de son décès. L'homme au couteau était vêtu d'un long manteau grège aux boutonnières brodées de fil rouge qui lui tombait aux genoux. Ses jambes étaient habillées de guêtres au lieu de bas. Un petit foulard gris lui servait de cravate. Un chapeau noir et plat avait volé à deux pas du corps.

– Triste fin pour un Berrichon perdu loin de chez lui, dit Rose.

Léonard s'étonna.

– Il serait du Berry ? Et pourquoi pas de Carcassonne ?

– Parce que les gens de Carcassonne ne portent pas la bourdalette typique du Massif central, avec des guignolines à chaque jambe, le tout dans cette laine de biquette qu'on ne tisse que là-bas.

Pour prouver ses dires, elle écarta le pan du gilet à l'endroit où les tailleurs laissaient leur marque, à Paris comme dans le Berry. On pouvait y voir nettement un B – pour « Bourges ».

Elle jeta un coup d'œil circulaire au logement, il lui parut avoir été retourné *avec méthode*.

– Pourquoi dites-vous « avec méthode » ? dit Léonard.

– Parce que c'est de cette même méthode que j'use quand je soupçonne mes couturières d'avoir glissé des rubans de soie précieux dans les replis de leurs jupes pour s'en faire des jarretières.

Quelqu'un avait arraché la literie, éventré le matelas de part et d'autre, éparpillé la bourre un peu partout. Le contenu des trois oreillers, le coussin du siège unique et deux gravures arrachées des murs gisaient avec les tiroirs renversés, le pot de la chaise percée, les provisions du placard et les ustensiles de cuisine. On aurait presque pu croire que la police avait fouillé l'appartement.

Rose avait une hypothèse : rentré inopinément chez lui, le locataire de ce gourbi avait surpris son cambrioleur. Les deux bonshommes s'étaient entretués par tous les moyens à leur disposition : le fer et l'eau.

– Quéque c'éty qu'y s'passe encore ? dit une voix rocailleuse quoique féminine.

Une femme se tenait sur le seuil, sèche et burinée, les pommettes et le nez couperosés, vêtue d'une robe grisâtre, la tête coiffée d'un linge maintenu par un cordon. Rose considéra de bas en haut cet assemblage de hardes qui témoignaient autant de la pauvreté que d'un manque de goût criminel.

– À qui ai-je l'honneur, madame ?

– Chuis la voisine.

Elle avait bien l'allure d'être la voisine d'un porteur d'eau.

– Vous tombez à pic, vous allez nous aider.

– Vous aider à qué ? J'ai mes naviots à gratter !

On lui montra le papier magique, elle cessa de renâcler et commença à bougonner. Elle se nommait Bernardine Lenoir. C'était aussi le nom du nouveau lieutenant général de police chargé de veiller aux bonnes mœurs des Parisiens.

– Vous n'êtes pas de la famille ? supposa Léonard.

– Ouida ! C'est le cousin Jean-Charles !

La mise de la cousine faisait naître des doutes, mais elle avait répondu avec aplomb. Ce ne devait pas être la première fois qu'on lui posait la question. Elle profita du silence accablé des deux intrus pour lorgner les colifichets de la modiste.

– Y sont choupets, vos rubans, là.

– Ils sont à vous, répondit Rose en dénouant un nœud de taffetas qui aurait coûté la moitié d'une livre à une duchesse.

La voisine accepta l'offrande avec la simplicité d'une personne accoutumée aux bonnes fortunes.

– C'est pas trop salissant, j'espère ?

– Pensez-vous ! dit Rose. C'est toujours ce que je porte pour gratter mes naviots.

La femme accrocha l'offrande à son poignet. Ils venaient d'entrer dans ses bonnes grâces, il était temps d'en profiter. Connaissait-elle l'un des deux cadavres qui encombraient ces lieux ?

– Oui. Ç'ui qu'a essayé d'apprendre à nager dans le tonneau.

On s'étonna : comment l'avait-elle reconnu avec son visage plongé dans l'eau ? À son fond de culotte, répondit-elle. C'était elle qui blanchissait le voisin pour arrondir ses fins de mois – et aussi le milieu du mois, voire le début. Le porteur d'eau n'était point marié, il comblait ce manque avec ce qu'il trouvait hors de son foyer. On s'abstint de demander à combien de domaines cette aide s'appliquait. Elle voulut bien leur indiquer l'identité du propriétaire de la culotte : c'était Firmin Grosse-Tête, le locataire des lieux.

– L'autre, le Berrichon, connais pas.

– Mais comment savez-vous qu'il est berrichon ? s'exclama Léonard, qui commençait à se sentir incompétent.

Rose demanda si elle savait ce qui s'était passé.

– Le quartier n'est plus si sûr qu'avant ! dit Bernardine Lenoir. Vous pourrez faire remonter l'information aux gens d'en haut ! Ah, ça, pour garder le château, y a du monde ! Mais quand on rentre chez soi un peu tard après une rude journée de labeur, c'est pas les lanternes brisées qui permettent de rebuter les malfrats !

Vu l'haleine de la dame, il semblait que c'était surtout le chemin qui menait aux tavernes qui avait besoin d'être éclairé.

– Le quartier n'est plus si sûr qu'avant *quoi* ? s'enquit Léonard.

– Avant que la lieutenance décide de s'occuper d'autre chose. Quand on propose à ces messieurs de choisir entre contrôler les bouteilles dans les calèches ou traîner leurs bottes dans la bouillasse, ils ne réfléchissent pas longtemps, croyez-moi ! Ils aimeront toujours mieux confisquer les saucisses que secourir les malheureux !

Tandis qu'elle causait, Léonard se livra à une fouille rapide du Berrichon poignardé. Ses poches contenaient quelques objets que la maréchaussée, apparemment, n'avait pas jugé dignes d'intérêt : un canif, un mouchoir de très fine batiste superbement brodé d'armes de noblesse qui avait peu de chances de lui appartenir, et un reçu pour un dépôt chez un usurier. Si ce document lui appartenait, le cambrioleur malchanceux se nommait Joseph Quatredeniers.

Léonard empocha papier et mouchoir. Les deux pouvaient servir. L'un pour réussir la mission confiée par la reine. L'autre pour se moucher.

– Et lui, dit Léonard en désignant le noyé du tonneau, c'est aussi un Berrichon, je suppose ?

Ces dames haussèrent l'une et l'autre les épaules.

– Ah ben non, pardi !

– Quelle idée !

Comment cet individu vêtu de la culotte bouffante et des bas à rayures horizontales typiques du pays de Caux pouvait-il être confondu avec un natif du Berry ? Firmin Grosse-Tête était cauchois, c'était un nom de là-bas.

Tout cela ne disait rien à Léonard, originaire de Pamiers, près de Toulouse. Il n'avait pas appris à reconnaître des provinces aussi éloignées de ses chères Pyrénées. Il lui suffisait de savoir blondir une mèche ou poser un postiche.

Dame Bernardine Lenoir se rengorgea, goûtant à l'avance l'effet que ses informations auraient sur ses interlocuteurs. Car ce n'était pas le postérieur de n'importe quel porteur d'eau, qu'ils voyaient là : Firmin Grosse-Tête avait été huissier de la salle commune, dans une première vie.

À sa grande déception, la déclaration les laissa froids. Elle dut expliquer en quoi consistaient ces fonctions. Les huissiers de la salle commune se joignaient aux cortèges qui apportaient les mets depuis les cuisines de Leurs Majestés jusqu'à leurs appartements. Leur rôle consistait à maintenir l'ordre dans la salle où ces dernières mangeaient en public. Il n'était pas convenable que les visiteurs, qui restaient debout, discutent à voix haute ou se bousculent. Leurs Majestés aimaient savourer en paix et en musique leurs mets.

Firmin Grosse-Tête était sûrement un huissier très scrupuleux, car il avait conservé la badine avec laquelle il avait coutume de frapper les mollets des contrevenants. Bernardine leur montra le bâton, pendu au mur côté chambre, face au lit. Firmin avait été destitué de sa charge à cause d'un fâcheux incident qu'il ne citait jamais sans cracher au sol. Sa vie avait pris à ce moment un tournant difficile. Qui avait besoin d'un huissier de la salle commune ailleurs que dans une demeure royale ? Il s'était recasé dans divers petits emplois de plus en plus ardus et mal payés, comme on pouvait voir.

Porteur d'eau : ce n'était pas loin d'être la pire profession de la ville, juste avant les équarisseurs et les cureurs de fosses à ordures qui sentaient si mauvais. Mais il y avait toujours de l'ouvrage pour les courageux. Le robinet des fontaines était souvent à sec, il y avait de la perte dans les conduites, les puits manquaient, l'eau propre était rare et mal distribuée. On avait certes édifié des aqueducs et des citernes pour alimenter les bassins. Mais le domaine royal en absorbait le plus gros : ce qui en revenait était souillé par les boues, les lessives des lavandières royales et les déjections des châtelains. Pour boire, les chevaux de Versailles devaient être conduits aux rares étangs. Quant au reste de l'espèce humaine, il devait payer ce qu'il consommait, seul l'air était encore gratuit. Et c'était souvent l'eau dégoûtante de la rivière qu'on lui vendait. On ne savait pas ce qu'on avalait. L'eau des alentours tuait les malades et attaquait les entrailles de ceux qui n'y étaient pas accoutumés. Les gens de passage en avaient des diarrhées. Plus Versailles s'étendait, plus les nouveaux quartiers s'éloignaient des sources. Si le travail des porteurs d'eau avait été rétribué en proportion de leur utilité publique, ces hommes auraient couché dans la soie au lieu de croupir sur la paille. Pour inciter les bonnes volontés, la Couronne avait fait de leur état un « métier franc » : nulle corporation n'avait le droit de s'imposer. Le premier venu pouvait exercer librement pourvu qu'il possédât deux récipients. C'était la ressource de ceux qui ne savaient rien faire. Le revers de la médaille était qu'aucune ligue professionnelle ne les défendait. Cette absence de statut les maintenait dans une cruelle dépendance – mais garantissait aux citadins un approvisionnement peu coûteux. On avait fait des porteurs d'eau les esclaves de la soif. On était loin des vingt mille travailleurs qui s'affairaient à Paris, mais Versailles comptait tout de même de cinq cents à six cents de ces forçats qui, du matin au soir, hissaient deux lourds seaux jusqu'au dernier étage des maisons pour un prix qui variait de six liards à deux sols : c'est-à-dire pas grand-chose.

Léonard jaugea ce qu'il pouvait apercevoir de l'anatomie du noyé, principalement les mollets.

– Ça vous fait les jambes, hein !

L'ancien huissier de la salle commune était assez robustement bâti pour accomplir ses trente voyages par jour, un bât sur les épaules, un récipient à chaque extrémité. D'un côté le seau qui servait à remplir les baignoires, de l'autre un gros pichet de zinc plus facile à vider dans les bassines. Un tas de bouteilles vides encombrait un coin de la pièce.

– Dites-moi, il ne buvait pas que son fonds de commerce, votre Firmin.

C'était un dur métier, on se soutenait à l'eau-de-vie. Il fallait bien se donner du cœur à l'ouvrage. Le poids de l'eau n'était pas la seule difficulté, on se querellait entre collègues ou avec les servantes fâchées de voir ces messieurs monopoliser les rares fontaines.

Ce dernier point leur donna à penser. Le désordre ambiant n'avait-il pas été causé justement par une dispute entre les deux victimes ? Cela n'expliquait toutefois pas pourquoi le logement avait été fouillé – avant ou après. La vaisselle n'était pas brisée, elle était renversée. L'intrus avait pris le temps de chercher quelque chose avec ténacité. Que pouvait-il y avoir à cambrioler chez un homme privé de tout ?

– Vous n'avez pas entendu qu'on mettait la maison sens dessus dessous ? s'étonna Léonard.

– Vous savez, à force d'endurer ses propres malheurs, on devient dur d'oreille à ceux d'autrui. Et p'is chuis tous les matins à la messe de Saint-Pancrace, ça d'vait êt' dans c'temps-là.

On voulut savoir si elle avait une idée de ce qui avait pu attirer un cambrioleur dans l'une des masures les plus délabrées d'une ville qui abondait par ailleurs en richissimes hôtels particuliers. Elle fit « non » du menton ; mais ses yeux disaient « oui ».

– Chais pas c'qu'il était v'nu chercher, mais chais c'qu'il a pas trouvé.

Ses yeux louchaient sur le beau bonnet de la modiste.

– Ah, non ! fit celle-ci.

– J'ai jamais r'in eu de si beau à moi..., dit la voisine.

– Oui, eh bien la plupart des Parisiennes non plus.

– Ça vaut la peine, j'vous promets.

Léonard encouragea sa partenaire à avoir des bontés pour le petit peuple qui n'avait pas la vie facile.

– Allons, vous faites une heureuse et ça ne vous coûte pas cher.

– Huit livres et vingt-cinq sols plus le port ! C'est le modèle de luxe...

– Eh bien dites donc ! Donnez-le-lui ! Si la reine vous accorde sa clientèle, vous pourrez peut-être monter le prix à dix livres.

Mlle Bertin céda à la compassion et à la nécessité. Bernardine crut voir le Grand Saint Nicolas lui offrir sa mitre.

Elle monta sur un tabouret pour atteindre un trou dans le mur dont elle retira un petit bout de toile peinte qui avait échappé à la vigilance des autorités. Un soir de beuverie, Firmin lui avait affirmé que cette chose insignifiante ferait un jour sa fortune. Elle n'avait pas mentionné ce détail à ces messieurs du guet qui n'avaient pas de bonnets à distribuer. À présent, à défaut d'avoir fait la fortune de Firmin, cet objet faisait au moins son bonheur à elle.

Elle leur tendit un morceau de toile peinte de forme triangulaire. On y discernait ce qui ressemblait à du feuillage, et peut-être un pied de femme qui dépassait d'une robe.

– Combien pour cette chose ? demanda Rose, qui regrettait son article de mode.

Bernardine haussa les épaules. Ces messieurs du guet n'avaient pas été intéressés, alors ça ne valait rien.

– Vous accepterez bien ce petit dédommagement, dit Léonard en tirant de sa poche deux ou trois piécettes de cuivre.

Bernardine Lenoir n'eut pas un regard pour la menue monnaie.

– J'ai dit que ça valait rien, pas que ça vous coûterait rien. Il fait soif, surtout quand on n'aime pas l'eau.

Léonard creusa plus profondément sa bourse. On avait dans cette ville le culte du pourboire.

L'affaire fut bientôt faite et la voisine se retira. Rose se retrouvait tête nue, ce qui semblait l'affliger.

– Je ne vais pas sortir en cheveux, je ne suis pas une… une…

– Une porteuse d'eau ? tenta Léonard.

Elle ramassa le chapeau noir et plat du Berrichon poignardé. Léonard la dévisagea.

– Il faudra que je vous montre comment vous coiffer.

– Volontiers. Dès que nous aurons discuté de vos vêtements.

Ils profitèrent du trajet du retour à Paris pour se livrer à des conjectures. Comment croire que ce Joseph Quatredeniers avait cambriolé uniquement pour se procurer ce triangle de toile ? Quelle peinture pouvait présenter un intérêt tel que deux sujets ordinaires de Sa Majesté en viennent à se voler et s'entretuer ? Et quel rapport entre tout ça et les bijoux de la Du Barry ?

– Je ne sais pas…, dit Rose. Vous avez une idée, vous ?

– Non, non, aucune.

Arrivés à destination, Rose vit que les huissiers campaient toujours devant chez elle. Léonard aperçut à travers sa devanture ses propres créanciers qui l'attendaient à l'intérieur. Ils prirent l'un et l'autre des airs de conspirateurs, se firent déposer plus loin et filèrent chacun de son côté.

4

Splendeurs et misères des courtisans

Le seul nom qu'on avait prononcé devant eux dans cette affaire, c'était celui des joailliers Bœhmer et Bassenge. Léonard avait donc une bijouterie à visiter. Il se rendit rue des Petits-Champs, où leur boutique regorgeait de colliers à vous faire perdre la tête, et informa un vendeur qu'il désirait s'entretenir avec ses employeurs. Un commis se présenta bientôt.

– Que puis-je pour vous, monsieur ?

Léonard répondit qu'il était mandaté par une personne dont il ne pouvait dire le nom, pour se renseigner sur une affaire qu'il fallait taire, à propos d'un événement qu'il ne devait pas citer.

– Mais encore ? demanda le secrétaire, habitué à se heurter à la discrétion la plus obscure.

Au premier mot de « Trianon », l'homme rétorqua que MM. Bœhmer et Bassenge ne souhaitaient plus évoquer une mésaventure qui avait failli ruiner leur établissement.

– Dans ce cas, vous-même peut-être...

– Je n'étais pas encore leur employé quand cela s'est produit. En fait, je remplace le commis qui occupait ces fonctions.

– Ah, oui, tiens donc, répondit Léonard, hypnotisé par un pendentif en diamants qui jetait des feux dans sa direction.

– Mon prédécesseur a été remercié après cette catastrophe, poursuivit le secrétaire avec, dans la voix, ce qui ressemblait fort à un sous-entendu.

– Oh, oh ? Et vous auriez le nom de ce pauvre homme ? J'aimerais l'aider si je peux.

Le « pauvre homme » se nommait Tobias Kettermann. Il travaillait désormais dans le quartier du Temple. Il ne manquait plus qu'un plan pour compléter l'information. Léonard eut l'impression que son interlocuteur le lui aurait dessiné ainsi que celui de tout Paris sans se faire prier pour le voir déguerpir.

Comme ses facultés d'incrustation étaient équivalentes à celles des joailliers qui avaient serti ces pierres, Léonard s'accrocha assez longtemps pour apprendre que Tobias Kettermann avait accompagné les Bœhmer le jour fatal où ils avaient apporté les bijoux au château.

Le coiffeur aurait bien aimé savoir pourquoi son informateur était si fortement disposé à l'envoyer sur les traces du bouc émissaire.

– Dites-moi, mon ami, vous me semblez éprouver de la compassion pour ce Kettermann, dit-il.

Le secrétaire s'autorisa un soupir. Devoir sa place au malheur d'autrui lui faisait songer qu'il pouvait un jour se trouver dans la même situation.

– Les risques du métier sont parfois cruels. C'est ce que j'ai dit à la dame tout à l'heure.

Une lueur d'incendie s'alluma dans l'esprit de Léonard.

– Quelle dame ?

– Une dame normale, monsieur, grande comme ça. Comme ça avec le bonnet, ajouta-t-il en haussant la main...

Il était urgent de courir chez ce Kettermann.

*

Léonard trouva aisément la petite boutique de l'enclos du Temple. Il vit par la fenêtre un établi couvert d'instruments d'orfèvrerie. Tobias Kettermann travaillait dans ce refuge pour artisans déclassés ou endettés. Dans cette zone franche, ils confectionnaient des objets interdits ailleurs : par exemple des bijoux dont la teneur en métaux précieux ne répondait pas aux normes instituées par la loi. Kettermann fabriquait ainsi de la verroterie pour parures de fantaisie. Lui qui avait monté des rubis sur du platine se retrouvait à enfiler des perles de pacotille pour dessiner des fleurs sur des paires de mules. S'il est vrai que l'on déterre les diamants dans la fange, le diamantaire avait retrouvé le chemin des origines.

Léonard toqua à la porte. L'homme qui ouvrit était un rouquin mal rasé, mince, âgé d'une bonne trentaine d'années, aux yeux chaussés de petites lunettes fort nécessaires dans son métier. Sur un gilet noir poussiéreux il portait un habit de grosse toile bleue usée. Léonard murmura : « J'aimerais vous parler de Trianon… »

– Avec plaisir, répondit Tobias Kettermann qui s'effaça pour le laisser entrer.

Tandis que Léonard pénétrait dans un atelier qui aurait eu besoin d'un coup de balai et d'un coup de pinceau, il entendit dans son dos une sentence plus sinistre que le grincement du vieux parquet sous ses pieds : « Je m'apprêtais justement à en discuter avec madame. »

La pièce du fond était arrangée en petit salon. Une personne très bien mise, coiffée d'un bonnet à plumes, portait à ses lèvres une tasse ébréchée dont le contenu fumait un peu. Léonard se demanda comme elle faisait pour courir si vite dans ses souliers à talons.

– Voulez-vous un peu de thé ? demanda Kettermann.

– Volontiers, dit le coiffeur en se laissant tomber dans une bergère plus fatiguée que lui. Vous êtes très aimable de bien vouloir répondre à nos questions.

– Du tout. C'est cinq livres.

– Vous avez apporté votre argent ? demanda Rose à Léonard.

– Cinq livres par personne, précisa courtoisement Kettermann.

La modiste regretta de ne pouvoir payer en rubans et en couvre-chefs comme la fois précédente. En bonne commerçante, elle prit la peine de négocier, Léonard s'en félicita. On savait marchander, dans le tissu ! Il vit avec ravissement la somme baisser d'un tiers. Le charme se dissipa quand la modiste s'adressa à lui.

– Eh bien ? Allez donc ! Payez, monsieur !

Il s'exécuta mais garda pour plus tard l'explication qui s'imposait au sujet du partage des tâches.

– Je n'ai pas toujours été dans la gêne, vous savez, dit Kettermann en comptant les pièces. Autrefois, je portais des galons de fil rouge sur un justaucorps sans col de la dernière élégance !

– Ah. C'était donc il y a cinq ans, dit Rose.

– Pour ce prix, vous n'avez rien de plus fort que du thé ? s'enquit Léonard.

Kettermann rangea soigneusement les sous qu'il venait de leur soutirer et sortit une bouteille d'un tord-boyaux qu'ils venaient de payer très au-dessus de sa valeur.

– J'ai pris goût au schnaps chez mes anciens patrons, dit le bijoutier.

Il entama enfin le récit de son ascension dans le commerce du luxe, puis de l'épouvantable chute qui avait suivi. Bœhmer et son gendre Bassenge – on les appelait couramment « les Bœhmer » – étaient deux Juifs d'origine saxonne que les fastes de la Cour avaient attirés en France. On ne trouvait pas en Saxe de poitrines aussi belles que celle de la Du Barry, ni de roi capable de les couvrir de si coûteux diamants. Sa Majesté Louis le Quinzième, regretté par tant de fournisseurs, nourrissait une passion pour les pierres précieuses et pour celles qui les portaient.

– Un cou à collier ! Si vous l'aviez vue ! Des poignets d'une finesse ! Un seul rang de perles suffisait à les habiller ! Une tête modelée pour le diadème ! Et des oreilles ! Des oreilles ! On pouvait y accrocher des pendeloques de huit pierres superposées sans que les lobes se déforment ! Une femme resplendissante ! brillante ! éclatante !

Du temps de sa splendeur, Mme du Barry coûtait mensuellement une fortune au Trésor. Et c'est également ce qu'elle avait coûté ce jour-là aux bijoutiers détroussés.

Quatre ans plus tôt, Tobias Kettermann avait été de la délégation venue présenter les pièces à la favorite. Ils étaient cinq personnes, en comptant les hommes de main. Les parures avaient une valeur de cinq cent mille livres.

– C'était par une de ces effroyables nuits où l'on pressent que tout peut arriver ! Le mal ! Le bien ! Toutes les nuances s'effaçaient dans les ténèbres menaçantes !

– Oui, bon, dit Rose, vous étiez à Trianon, pas dans les bois de Brocéliande.

Kettermann coupa quelques enjolivements qu'il avait ajoutés avec le temps à son récit.

– Après avoir lutté de longues minutes contre l'engourdissement, nous avons sombré dans un sommeil semblable au néant de la mort.

– Bref, vous vous êtes laissés berner comme des oisons, traduisit Rose en approchant sa tasse de la cruche de schnaps.

À leur réveil, les coffrets étaient vides. Les voleurs les leur avaient laissés parce qu'ils étaient reconnaissables et encombrants. Les bijoux eux-mêmes représentaient déjà une masse et un poids certains.

– Je me demande toujours comment ces dames de la Cour acceptent de porter des objets si pesants, dit Rose.

– Sans parler des brocards dont les affublent leurs modistes..., renchérit Léonard.

– J'ai l'intention d'alléger tout ça. Il faut lâcher du lest si nous voulons qu'elles tiennent sous les tignasses que vous leur imposez.

– Il vous reste du schnaps ? dit Léonard en tendant sa tasse.

Kettermann reprit le triste conte de ses ambitions déçues. La Du Barry n'avait pas encore payé pour les pièces, la perte avait été incommensurable. Ses patrons n'avaient plus songé qu'à couper dans leurs dépenses. Si les conséquences avaient été déplaisantes pour eux, elles s'étaient révélées dramatiques pour lui. Les autorités avaient fait une grande charrette des serviteurs, et il s'était retrouvé dedans. Pour un prisonnier qui sortait de la prison du For-l'Évêque, deux entraient. Le va-et-vient avait duré cinq mois. Quand la police lâchait un suspect faute d'éléments à charge, elle en saisissait d'autres pour se donner l'air de progresser. Cette prison était devenue l'endroit le plus fréquenté de Paris.

Puis la Couronne avait jugé les désagréments du scandale plus tangibles que les résultats de sa police. Les milliers d'heures des procédures avaient été enfouies aux oubliettes de l'administration. Tout le monde s'était retrouvé libre, à défaut d'être blanchi : une catastrophe en un temps où la réputation était tout. Comment retrouver du travail dans sa partie quand tous vos confrères savaient que vous aviez été soupçonné et incarcéré ? Le mot « paria » était inscrit sur votre front aussi sûrement que si vous aviez été marqué au fer rouge. Après de telles avanies, les Bœhmer n'avaient plus voulu de leur commis. La justice l'avait relaxé, mais ses patrons avaient fait de lui un damné de la bijouterie.

Rose et Léonard s'indignèrent de concert.

– Quelle injustice !

– Quelle iniquité !

Il leur jeta un regard plein d'espoir.

– On engage peut-être, dans la mercerie ?

– Uniquement des femmes, mon pauvre ami, répondit Rose.

– Ou dans la coiffure ?

– Après cinq ans d'apprentissage. Revenez me voir à ce moment-là, j'aurai plaisir à vous chercher une place.

Rose s'absorba dans ses pensées. Une idée lui vint.

– Se pourrait-il que cette affaire ait un lien avec un bout de peinture arraché à un tableau ?

– Un bout de peinture ?

– Montrez-le-lui, dit Rose.

– C'est vous qui l'avez, répondit Léonard.

– Vous savez bien que vous l'avez pris dans la poche de ma robe à la faveur des cahots de la voiture.

– Ah, oui, pardon, un instant d'absence.

Il sortit le fragment de l'intérieur de sa veste. La réaction de Kettermann fut pleine d'enseignement à défaut d'être sincère. Il répondit qu'il ne savait rien de ces histoires, mais ne cessait de dévorer le triangle d'un œil avide. Ils sirotèrent leur mauvais alcool en attendant qu'il se décide.

– Bon, écoutez, je vais être franc, je sens que vous êtes d'honnêtes gens.

– Oui, bien sûr ! répondirent-ils en chœur.

Il souhaitait lui aussi très vivement voir réapparaître ces joyaux, dans l'hypothèse où ils existaient encore. C'était son seul espoir d'être lavé de tout soupçon et de ressusciter sa carrière. Dans la joie de recouvrer leur bien, les Bœhmer iraient sans doute jusqu'à le réengager pour réparer cette criante injustice. Et si l'on pendait les coupables, ce serait encore mieux.

Les témoins de l'affaire étaient forcément nombreux, le vol n'avait pu se commettre sans complicités parmi le personnel du château. Restait à déterminer qui savait. Des personnes plus subtiles que les policiers obtiendraient sûrement de meilleurs résultats. Il existait un vivier de bons suspects et de grands bavards parmi la trentaine de domestiques qu'on avait renvoyés.

Kettermann avait un plan plus poussé encore pour regagner son rang perdu. Ses anciens patrons avaient une fille en âge d'être mariée. S'il revenait en grâce, il avait l'espoir de l'épouser, de reprendre sa place dans leur commerce et, pourquoi pas, de s'asseoir un jour dans leur fauteuil.

Léonard leva le doigt.

– MM. Bœhmer et Bassenge ont une fille ?

– Non, M. Bœhmer, je veux dire. M. Bassenge n'en a pas, mais elle compte pour les deux.

Pour l'instant, les seuls partis auxquels pouvait prétendre Kettermann dans sa situation étaient la souillon du cabaret voisin et la prostituée au coin de la rue du Temple.

– Si nous parvenons à restituer les joyaux, je vous rhabillerai de pied en cap, dit Rose, ça augmentera vos chances.

Sentant ses intérêts si bien défendus, l'ancien bijoutier résolut de leur livrer tous les indices qu'il avait réunis. Peu de temps auparavant, il avait rencontré par hasard un ancien serviteur de Versailles. Lui aussi avait été remercié après ce vol calamiteux. Entre victimes d'un même malentendu, on se raconte des choses. Alors qu'il cherchait du travail à Orléans, ce serviteur avait assisté à la pendaison d'un condamné devant la maison du gouverneur – un divertissement très prisé partout où l'on pendait, à Paris comme en province. Il avait eu la surprise de reconnaître le supplicié. C'était un coureur de vin du château renvoyé, lui aussi, à la même occasion.

– C'est fascinant, dit Rose, que le schnaps rendait fort critique des anecdotes biographiques.

– Ça m'a mis la puce à l'oreille, cette histoire, dit Kettermann. Un coureur de vin de Versailles congédié à la suite de cette affaire et qui a mal tourné… Sa fin n'était-elle pas l'indice de sa culpabilité ?

– Vous aussi, vous avez mal tourné, remarqua Rose.

– Mais moi, je suis resté honnête.

– Comment s'appelait-il, ce coureur pendu ? demanda Léonard.

Il s'appelait Victor Samson-dit-Rabeau, un nom typique de la province de la Saintonge. Kettermann s'était renseigné : sa femme était morte peu après, en mettant leur enfant au monde. La sœur de la veuve élevait l'orphelin. Il lui avait rendu visite. Il avait mille questions à lui poser ! Depuis quatre ans, tant de gens s'interrogeaient sur la disparition de ces bijoux. Les pierres n'avaient ressurgi nulle part, et aucun des serviteurs renvoyés n'était devenu riche, pour ce qu'on en savait.

– Elle vous a répondu ? s'enquit Léonard.

– Oui. En saintongeais. Cette dame s'exprime dans son dialecte natal.

– Le saintongeais ? s'étonna Léonard. Ça existe ?

– Vous n'allez pas souvent au marché, dit Kettermann. Le navet se dit « chabuce » et le chou « bécote ».

La sœur de la défunte Mme Samson-dit-Rabeau avait bien voulu lui montrer une caisse pleine de vieux documents et de babioles qu'elle conservait pour que le petit orphelin possède un souvenir de ses parents. Kettermann s'était jeté dessus.

– Vous vous attendiez à y pêcher les bijoux de la Du Barry ? demanda Rose.

À défaut, il en avait retiré un triangle de toile peinte soigneusement enveloppé dans un curieux bout de papier.

Il leur montra ce papier. On y avait tracé des lettres sans queue ni tête, séparées les unes des autres par des espaces. C'était illisible, cela n'avait aucun sens, on aurait dit un poème écrit par un fou.

a n b ß û e œ ʃ
F r i G o ɔ – ê e
o e h Q a r d n e ɔ
F n e l a ɔ n i R b a
A b o ɔ n l u i n n
e i i G d c o
A i e o c a

Pour Kettermann, cela ne pouvait être que les noms des personnes qui détenaient les différents fragments de la toile peinte.

– Une fois reconstitué, le tableau indiquera peut-être l'emplacement de la marvalère !

– Qu'est-ce que c'est que ça ?

– Marvalère signifie « trésor » en saintongeais.

Rose se demanda dans quel genre de marché ce bijoutier allait faire ses courses.

– Vous parlez donc couramment le saintongeais ?

– Ma grand-tante était de La Rochelle par son cousin germain.

L'inscription *« F r i G o ɔ – ê e »* sur le papier mystérieux pouvait s'interpréter comme « Firmin Grosse-Tête », le nom du noyé du tonneau. La ligne suivante portait les lettres « *o e h Q a r d n e s* », comme dans « Joseph Quatredeniers », le noyeur poignardé.

– Je remets ma vie entre vos mains, dit Kettermann en leur confiant le triangle de toile peinte et le papier griffonné. Trouvez les gens de cette liste. Trouvez les bijoux. Restaurez mon honneur. Je vous en serai éternellement reconnaissant. Et d'ici là… peut-être pourriez-vous dire un mot en ma faveur à MM. Bœhmer et Bassenge ?

« En saintongeais ? » pensa Rose.

Léonard promit qu'ils feraient l'impossible pour l'aider. Nul doute que les bijoutiers seraient enchantés de récupérer des joyaux qui avaient dû beaucoup leur manquer.

Une fois sortis de l'enclos du Temple, Rose résuma ses impressions.

– Vous aurez compris, je pense, qu'il veut notre aide pour séduire la demoiselle Bœhmer.

– Muni d'une parure de diamants, on est tout de suite plus charmant, dit Léonard. Je le vois très bien arriver chez eux, monté sur un cheval blanc, la cassette aux bijoux sous le bras. Nous faisons une bonne action, ma chère.

Un doute le tourmentait néanmoins.

– J'ai du mal à croire que la reine nous ait lancés dans cette recherche pour faire plaisir à ces marchands. Croyez-vous qu'elle ait l'intention de les leur restituer ?

– Elle n'envisage sûrement pas de s'approprier les diamants d'autrui, rétorqua sèchement Rose.

Décidément ce coiffeur avait de drôles d'idées, la reine avait eu bien tort de l'engager.

5

Crotte de bique et peaux de lapin

Léonard éternua et tira de sa poche un joli mouchoir brodé. « Tiens, d'où vient-il, celui-là ? » Il songea à toutes les dames à qui il pouvait avoir emprunté ce petit souvenir. L'image d'un corps raidi, froid et masculin, s'imposa. Il avait ramassé ce morceau d'étoffe sur la dépouille du cambrioleur Quatredeniers, dans la maison du porteur d'eau. Rose examina cet article de plus près : fin tissu de batiste aux armes d'une famille noble, broderie de Calais, fil de première qualité…

– Je connais. Ce sont les Montalembert. Ils m'ont fait préparer une corbeille pour un baptême avec leurs armoiries partout.

Non seulement elle avait leur adresse mais elle savait par cœur le chemin pour s'y rendre : elle avait dû y retourner trois fois pour présenter sa facture. C'était le genre de désagrément qu'elle espérait voir cesser une fois qu'elle serait devenue fournisseur officiel de la Couronne.

*

Les Montalembert occupaient un bel hôtel particulier de la rue de Turenne, qui en comptait beaucoup. Alors que le coiffeur et la modiste contemplaient la façade ornée de sculptures florales en pierre, Léonard admira la reconversion de Quatredeniers, l'ancien tailleur de la reine.

– Il a réussi, dites-moi ! Il était à l'abri du besoin, pourquoi aller cambrioler ce pauvre porteur d'eau ?

Après qu'il eut manié le heurtoir de bronze, un volet s'ouvrit dans la lucarne sur un museau pointu à moustache grise.

– Qui c'est ? demanda le portier.

On l'avait engagé pour surveiller les rôdeurs. Il regarda les importuns avec l'air de soupçonner une irruption de cambrioleurs.

– On est venus pour M. Quatredeniers, dit Rose.

– Qu'esse lui voulez, à Joseph ?

– Rien, il est mort.

– Ça m'étonne pas ! Voilà bien des siennes !

Il fit mine de cracher par terre mais n'alla pas au bout de son geste – ces pavés appartenaient à ses maîtres.

– Vous ne trouverez rien à lui ici, v'là deux ans qu'il a été remercié à coups de pied.

– Sur quel motif ?

– Pour vol !

– Encore ?

– Parfaitement ! Un tailleur de la reine, on le prend chez soi pour faire bisquer ses amis, pas pour offrir une tanière à un forban.

Mais il ne voulait pas en dire plus sur le sujet.

– Savez-vous où il logeait depuis lors ? s'enquit Rose.

– Chez d'autres forbans !

La minute de conversation du portier s'était épuisée en même temps que ses facultés de compassion. Il leur claqua le volet au nez. Rose et Léonard étaient encore saisis quand une femme entre deux âges, coiffée d'un simple napperon, attira leur attention depuis une fenêtre à barreaux qui ouvrait sur la rue.

– Pst ! Par ici !

Elle avait entendu leur conversation et voulait leur parler. Elle travaillait comme aide de cuisine, ainsi qu'en témoignaient ses mains couvertes de farine. Elle était toute secouée par le triste sort de M. Joseph qu'ils venaient de lui apprendre. Quelle pitié ! Un si brave homme avant…

– Avant quoi ?

Elle se signa.

– Il ne faut pas décrier les morts, dit-elle tout bas.

Ils sentirent qu'on allait quand même les décrier un peu.

Elle connaissait bien M. Joseph pour l'avoir côtoyé tout le temps qu'il avait travaillé ici. Au début, les maîtres avaient été enchantés. Madame était flattée de faire couper ses robes par un ancien tailleur ordinaire de la reine – même ancien, même ordinaire. Tout ce qui touchait à la royauté donnait du lustre, du brillant, de l'éclat.

Rose et Léonard en étaient bien convaincus, c'était pour cette raison qu'ils ramassaient des cadavres dans les bouges depuis leur visite à Versailles : ils vivaient un long moment de lustre et d'éclat.

Hélas pour M. Joseph, le scandale qui avait conduit à son renvoi du château l'avait rattrapé chez ses nouveaux patrons : soupçonné de complicité dans un vol de bijoux ! Ils possédaient eux aussi des bijoux auxquels ils tenaient… Sa chambrette avait été vidée sur l'heure.

– Savez-vous ce qu'il a fait ensuite ? demanda Léonard.

– Pourquoi vous intéresse-t-il ? s'enquit l'amie du défunt, peu disposée à abîmer davantage une réputation fort écornée. J'espère que ce n'est pas pour lui mettre sur le dos cette histoire de diamants !

– Eh bien…, commença le coiffeur.

Rose reprit les rênes de cet entretien qui partait à vau-l'eau.

– Nous écrivons un traité sur les petites gens injustement chargées de tous les péchés du monde par l'iniquité des puissants.

Devant la figure pleine d'incompréhension de la cuisinière, elle traduisit en langage courant : « Nous voulons lui rendre son honneur, même s'il est dans la tombe. »

– Ah ! fit leur nouvelle amie, soulagée. C'est bien de votre part, il en a grand besoin !

Après ce nouveau malheur, leur apprit-elle, Joseph s'était reconverti dans « ce qu'il avait pu ».

– Ah, fit Rose. Quelle branche ? Rubanier ? Coupeur de patrons ? Rebrodeur ? Pas ravaudeur, tout de même ?

La cuisinière n'osait pas dire le mot.

– Crieur de peaux de lapin, lâcha-t-elle enfin.

Rose en fut horrifiée. Un tailleur ! L'élite de l'humanité cousante, juste après les modistes ! Réduit à errer d'abattoir en boucherie pour récupérer les peaux puantes des lapins écorchés ! Que de talent gâché !

– Comment est-ce Dieu possible ?

Joseph aurait pu s'employer ailleurs, même dans un rôle moins prestigieux que celui de brodeur ou de coupeur ; on avait toujours grand besoin de couturiers. Hélas ! après être parti de chez les Montalembert, il avait mené un genre de vie qui lui avait abîmé la vue. L'alcool, le jeu, les courants d'air des mauvais lieux… Il n'y voyait plus assez pour coudre ; il avait gâché ses dernières chances d'exercer sa profession. C'était un drame dans un monde où les gens n'existaient que par leur métier. Un boutiquier était un bourgeois de Paris, un balayeur de rues était davantage qu'un égoutier purgeur de cuves d'aisances, mais moins qu'un allumeur de lanternes publiques. Et un tailleur aux mauvais yeux était tout juste bon pour occuper un des derniers emplois de la chaîne.

*

Léonard et Rose se rendirent à l'adresse où résidait Quatredeniers avant de trépasser. La vieille dame avait consenti à leur donner cette dernière information. Rue de la Bique : l'une des plus tristes venelles de la capitale, près de la Bièvre, entre les vapeurs méphitiques des tanneries et celles des teintureries. Rose ne se sentait pas bien.

– Crieur de peaux de lapin ! Même coiffeur j'aurais compris !

Léonard lui tapota gentiment la main.

– Oui, quelle déchéance, hein ? Aujourd'hui au sommet de l'art du chiffon, demain plus rien : une loque, une épave, une simple chute de cotonnade effilochée qu'on jette aux ordures !

Elle retira sa main.

À force de demander leur chemin aux gens du quartier – un chiffonnier qui tirait sa charrette, une dame très décolletée qui attendait son mari adossée contre un mur, un mendiant vautré dans la poussière –, ils trouvèrent la masure du bout du monde. Plus précisément, ils la sentirent avant de la voir. C'était ici que cela puait le plus.

La porte était fermée.

– Il faudrait appeler quelqu'un, dit Rose.

Léonard donna un coup d'épaule dans le battant, qui céda avec un craquement.

– Pas besoin d'appeler, c'est ouvert.

– Un instant ! dit Rose.

Elle prit dans une poche un flacon d'essence de fleurs dont elle imbiba généreusement le mouchoir de Léonard et le sien. Il ne s'agissait pas de tomber en syncope au milieu des recherches.

Le crieur vivait sous ses peaux de lapin pendues au-dessus de la tête. Il y en avait sur tout le plafond. Ce commerçant avisé s'était constitué un stock important qu'on pouvait embrasser d'un coup d'œil. Certaines peaux zébrées évoquaient une autre sorte d'animal.

– Tiens donc ! dit Rose. Combien de fois n'a-t-on pas tenté de me refiler du chat au lieu de lapereau pour les revers des calicots !

Les instruments de son métier reposaient sur un coffre et son costume de travail était pendu au mur. Ces crieurs revendaient surtout leurs peaux aux maîtres chapeliers qui fabriquaient des manchons, des couvre-pieds, des bas-jupons. Ils se déplaçaient surchargés, au point qu'on devait chercher la tête et les bras dans cette fourrure foisonnante. Dans la maisonnette, des traces de la plus grande misère côtoyaient quelques reliques d'une opulence enfuie, telles que de beaux livres et des souliers vernis. Une odeur de mort imprégnait tout. Quatredeniers vivait dans une exhalaison fétide.

Un appel retentit dans la rue et ils vinrent plaquer leurs visages au carreau. Un collègue du défunt passait justement là. Il ressemblait au croque-mitaine des contes pour enfants. Son cri était rauque. Les animaux s'écartaient devant lui.

Rose et Léonard allaient devoir retourner la pièce de fond en comble s'ils voulaient mettre la main sur le fragment de toile. Aucun des deux n'envisageait la tâche avec sérénité. Ils enfilèrent leurs gants, de veau pour l'un, de chevreau pour l'autre.

– Le mieux, c'est de se partager les recoins, dit le coiffeur. Vous n'avez qu'à explorer le coffre à bois, je ferai le grabat.

Il la trouva sur le grabat.

– Le coffre est là-bas !

– Vous avez choisi le matelas, je veux savoir pourquoi !

Ils se mirent donc à examiner les mêmes objets en même temps.

– Vous savez, dit Léonard d'une voix étouffée par le mouchoir, je crois que nous irions plus vite si nous n'étions pas en compétition.

– Je suis d'accord. Rentrez chez vous, je vais me débrouiller.

Il n'en fit évidemment rien. L'image d'un avenir radieux dans le sillage de la reine le soutenait dans l'épreuve. L'effort était d'autant plus fastidieux qu'ils remuaient tout l'un après l'autre. Ils terminèrent sur les genoux, dans les deux sens du terme – avant de faire leur meilleure découverte.

Dans le coffre à habits, parmi les hardes, reposait une splendeur. Ils n'en avaient vu de telle qu'à la cérémonie annuelle de l'ouverture du Parlement où venaient les princes : c'était un habit de cour galonné d'or, avec un pli dans le dos comme à l'époque de Louis XV, à manches longues et fines, avec une veste à basques[1] raccourcies. Joseph Quatredeniers avait vendu tous ses trésors sauf celui-ci. Il aurait pourtant pu en tirer de quoi vivre un an. La raison était évidente : ce vêtement était son chef-d'œuvre. Il se nourrissait de potages immondes mais possédait un pourpoint digne d'un maréchal.

– Que c'est donc beau ! dit Léonard. Imaginez la coiffure qu'on pourrait inventer pour aller avec !

Rose évalua la tenue en professionnelle.

1. Pan de veste qui tombe plus bas que la taille.

– Huit cents heures d'un des meilleurs artisans de France. Il faut quinze années de pratique pour réussir cette coupe, ce point de Limoges et ces finitions. Ce n'est pas le travail d'un idiot ou d'un estropié, c'est le couronnement d'un artiste, le prodige d'un maître de l'aiguille, un triomphe du goût et du labeur.

La tristesse les envahit. Celui qui avait habité là était mort bien avant de recevoir un coup de couteau chez un porteur d'eau aussi démuni que lui. Il était mort le jour où il avait cessé de coudre ces merveilles. Il avait été chassé du paradis. Léonard l'imaginait, le soir, à la lueur enfumée de l'horrible chandelle de suif, caressant longuement le tissu où se déployait un réseau de stries parfaites.

– Ce vêtement paiera ses retards de loyer et ses ardoises chez les commerçants du quartier, dit-il tandis que la modiste rangeait la somptueuse étoffe de manière à ne pas créer de plis.

– Il sera détruit, il ne vaut qu'en pièces détachées. Qui irait acheter un pourpoint de pair de France, hormis un pair de France capable de s'en faire couper un neuf à ses mesures ? Le trésor de Joseph Quatredeniers était non seulement inestimable : il était invendable. Ce malheureux était condamné à mourir de faim assis sur une fortune.

Qu'est-ce qui avait poussé cet homme, habité par la nostalgie de sa grandeur perdue, à cambrioler un autre serviteur déchu, et à le noyer dans un tonneau ?

Quelques ouvrages richement reliés s'entassaient sur une étagère.

– Ne trouvez-vous pas étrange qu'un homme qui perd la vue conserve ses livres au lieu d'en tirer quelques sous ?

Rose en prit un. Ils étaient factices : c'étaient des boîtes décoratives creusées à l'intérieur. Sans doute décoraient-elles son logement de Versailles.

Ils considérèrent un pot de chambre à couvercle en céramique qui n'était certainement pas à usage décoratif, lui.

– Si je voulais dissuader les voleurs, c'est là que je le mettrais, dit Léonard.

– Vos idées sont aussi tordues que vous.

Ils se disputèrent le pot de chambre, qui finit par tomber sur le plancher, où il s'ouvrit. À défaut d'être vide, il ne contenait rien d'intéressant ni d'agréable à regarder. Le coiffeur s'exclama.

– J'ai compris pourquoi nous n'arrivons pas à découvrir la cachette !

– Dites-moi ça, je suis tout ouïe.

– C'est parce qu'elle n'existe pas ! Vous cherchez en vain depuis une heure !

– Tiens donc ? Et vous ?

– Si ce bout de toile n'est pas ici, c'est que Quatredeniers l'avait sur lui ! Vous l'aviez sous votre nez chez le porteur d'eau ! Vous auriez dû fouiller le cadavre plus attentivement !

– Ah oui ? Et vous ?

Elle admit toutefois que c'était possible. Ils n'avaient pas examiné les ourlets, où l'on peut enfouir tant de choses, ni vérifié si son vêtement comprenait des poches intérieures.

Le corps était désormais aux mains de la police, il reposait probablement à la morgue. Une grande question faisait irruption dans leur mission au service de Marie-Antoinette : comment allaient-ils parvenir à détrousser un mort ?

6

Les tribulations de Mme Chou-fleur

Le lendemain matin, Rose se prépara pour se rendre à Versailles. Officiellement pour convenir des tenues que porterait la reine dans les jours à venir, en réalité pour rendre compte de l'avancement de ses recherches. Cela nécessitait de veiller au choix des étoffes, dentelles et passementeries dignes d'être proposées à Sa Majesté. Elle était assistée de ses filles de boutique, Élisabeth Tricotin, Honorine Lebas et Geneviève Maillot.

Au moment de quitter la boutique, elle sentit qu'il lui manquait quelque chose. Non une chose primordiale, ni très intéressante, mais tout de même nécessaire, qu'on s'attendrait à la voir apporter... Qu'était-ce donc ?

Mais oui ! Elle avait oublié son Léonard ! Où s'était-il encore fourré ? Elle n'était pas censée présenter son rapport toute seule, ils avaient été missionnés conjointement, il devait prendre sa part des déboires comme des échecs. Ou bien il était déjà parti. C'était bien le genre du bonhomme : il était assez goujat pour s'en aller devant sans prévenir et lui griller la politesse ! Elle envoya Mlle Tricotin voir au salon de coiffure ce qu'il en était. L'écumeur de marmites ! Le maroufle ! On ne pouvait pas faire confiance aux gens de sa sorte, à ces êtres sans moralité, sans convictions, sans ténacité, à ces… à ces hommes !

Mlle Tricotin revint de la maison voisine où on lui avait dit que « M. Léonard avait œuvré toute la nuit ».

– Œuvré à quoi ? À ses coiffures ? Il frise à la chandelle ?

– Oui. Du coup, il est un peu fatigué…

Cette rognure d'ongle vivante l'envoyait s'expliquer toute seule devant la dame d'atour ? C'était hors de question ! Vu le peu de résultat de leurs efforts, pas question d'essuyer la semonce ! Elle irait seule à Versailles le jour où ses mérites auraient écrabouillé la forfanterie du petit lanturlu ! Elle allait saisir le coiffeur par la peau du cou, comme feu Quatredeniers ses lapins.

Dans le salon de la maison voisine, elle fut accueillie par un jeune homme très propre sur lui qui tenait une poire à poudrer dans une main et un cornet en papier dans l'autre. Il s'offrit à dépanner la modiste en ébullition.

– Mon frère est très las, mais rassurez-vous : il m'a tout appris.

Elle en doutait absolument.

– Il vous a mis au courant, pour les bijoux de Trianon ?

– Pour les quoi ?

Elle s'abstint de prolonger une discussion qui ne menait à rien et grimpa l'escalier. Derrière la troisième porte, son bonhomme était étendu en travers d'un lit, en chemise, les pieds nus, tandis qu'un autre essayait de lui arracher une bouteille à moitié pleine. Il lui parut fort débraillé et échevelé pour un coiffeur.

– Ah ! Mademoiselle Bertin ! Pierre, donne un verre à Mlle Bertin ! Et à moi aussi !

Horreur ! Voilà l'homme à qui son destin était lié !

– Vous comptez vous rendre au château dans cet état ? dit-elle, pincée.

– Je vous présente mes frères, Pierre – celui à la bouteille – et Jean-François – celui au cornet. Ils pourront très bien poupougner la reine à ma place.

Elle jaugea les postulants au poupougnage. Ils avaient des têtes à couper les cheveux.

– Si la reine avait besoin d'un coup de ciseaux, elle ne prendrait pas la peine de côtoyer un ladre comme vous. Allez ! Debout, coquefredouille[1] !

1. Pauvre diable.

Saisi par trois paires de mains, l'expert en boucles et en enquêtes se résigna à obtempérer. Tout en enfilant bas et gilet, il jeta un coup d'œil au matériel qu'on préparait pour lui.

– Où qu'elle est, la moumoute à la reine ?

*

Un quart d'heure plus tard, Rose et ses trois vendeuses étaient assises à l'intérieur du carrosse – Léonard avachi en face d'elles, à moitié soûl. La modiste sentait la poudre à cheveux lui chatouiller les narines.

– Vous croyez que tout m'est venu avec facilité, peut-être ? Vous croyez qu'on m'a fait des cadeaux, dans la vie ? Je me suis faite toute seule, moi ! Je viens d'une petite ville de Picardie, moi ! J'ai dû me débrouiller sans l'aide de personne ! Je ne me suis pas contentée de friser des marquises ! On ne m'attendait pas, j'ai dû m'imposer par mon talent, par mon travail, par mon obstination !

– Je le vois bien, que vous n'êtes pas frisée comme les marquises. Qui vous a fait cette tête de légume ?

– C'est Riccardo ! Il est très bien ! Il coiffe la duchesse de Chartres !

– Ça ne m'étonne pas, elle ressemble à une courge. Il ne mange que de la verdure, votre Riccardo. Ah voilà, je voyage avec Mlle Chou-fleur !

La portière du carrosse s'ouvrit à ce moment. Léonard serait malencontreusement tombé sur le pavé si Mlle Maillot n'avait réussi à bloquer les pieds de sa patronne qui le poussaient dehors. Elle trouva le bon argument pour sauver l'ivrogne :

– Mademoiselle saura faire un meilleur usage de ce méchant homme.

Le frère de la jeune vendeuse servait dans le régiment de Condé. Les agents recruteurs, expliqua-t-elle, étaient toujours à la recherche d'individus solides et bien bâtis, mais on en prenait aussi de chétifs et de mal fichus... L'armée avait de l'emploi pour tous les gabarits ! On plaçait les gringalets devant pour arrêter les balles tandis que ceux de derrière réarmaient leurs fusils... Rose considéra l'odieuse raclure d'humanité recroquevillée sur la banquette. Il s'était assoupi et ronflotait. Son employée avait raison. Pourquoi se priver de chair à canon avant le déclenchement des hostilités ? Elle avait besoin de lui pour essuyer les coups. Avec un peu de chance, il resterait sur le carreau.

*

L'épreuve suivante consista à traîner l'outre à vin jusqu'aux appartements royaux. Ils firent un crochet par le Grand Commun où se préparaient les repas. Fatiguée de soutenir Léonard, Rose le poussa en avant : il trébucha, tomba dans les bras du chef de cuisine, qui lâcha son couteau juste à temps pour éviter d'embrocher un morceau de bidoche qui ne figurait pas au menu.

– Je vous apporte un lapin ! dit la modiste.

– Il est de bonne taille ! Comment dois-je l'accommoder ?

Léonard retrouva l'usage de la parole.

– Vous avez de la fine ?

Le chef eut un mouvement de recul quand l'haleine du coiffeur atteignit ses narines.

– Une sauce au vin me paraît superfétatoire.

Rose désirait qu'on le lui dessoûle si c'était possible.

– Vous devez bien avoir une technique pour purger les escargots ou les mollusques trop imbibés ?

Le chef ne manquait pas de ressources.

– Je vais vous préparer la même recette qu'à Sa Majesté quand elle abusait du bon vin. Sa défunte Majesté, parce que Sa Majesté actuelle n'abuse jamais de rien, c'en devient même un vice.

Il jeta divers ingrédients dans deux casseroles, avec de très beaux gestes à mi-chemin entre le percussionniste et le danseur de menuet.

– À main droite, vous avez ma potion dégrisante personnelle : lait, menthe poivrée, sel et mon ingrédient secret. À main gauche, le bouillon de ma grand-mère, très efficace mais un peu rude. Lequel choisissez-vous ?

Rose versa les deux casseroles dans un seul bol et tendit le tout à l'impétrant.

– Buvez.

Comme il reniflait pour voir si cela sentait bon, elle lui pinça le nez et versa le contenu du récipient dans sa bouche. Tandis qu'il hoquetait, elle s'adressa au cuisinier.

– Qu'est-ce que c'est, votre ingrédient secret ?

– Du noir de momie. Vous savez, cette matière gluante dont les Égyptiens se servaient pour badigeonner les cadavres. C'est parfait pour digérer[1].

Le coiffeur poussa un cri, exécuta force grimaces, changea de couleur, fit comprendre qu'il réclamait un verre d'eau.

– Et dans le bouillon de votre grand-mère ? demanda Rose.

– Du jus d'artichaut, des graines de fenouil écrasées, beaucoup de sucre, et on mélange le tout dans de l'eau de Vichy.

– Ce doit être l'eau de Vichy qui ne passe pas, dit Rose.

– Et de l'argile, chef ! compléta un marmiton.

Le chef de cuisine vociféra :

– Idiot ! L'argile, c'est en compresse contre la migraine !

1. Le natron, qui contenait du bicarbonate de soude.

Au vu de la recette, Rose voulut bien accorder une minute au comateux pour récupérer du traitement.

– Bon. Vous êtes vivant ?

– Ou… ui, fit Léonard.

– Assez pensé à votre petite personne. Direction Marie-Antoinette !

Elle tira sur les vêtements de son acolyte, qui ne tombaient pas de la façon convenable. Il se contempla dans un fond de casserole impeccablement récuré par l'un des cent trente-neuf garçons de cuisine.

– Dieu du Ciel !

Il se recoiffa rapidement à l'aide d'une fourchette, se poudra le visage avec une poignée de farine, sous le regard répugné du chef.

– Allons nous occuper de la reine ! conclut-il, quand il estima avoir repris figure humaine.

– À moins que ce ne soit la reine qui s'occupe de nous, dit Rose.

*

Ses couturières attendaient dans l'antichambre de la reine, les poupées modèles dans les bras. La dame d'atour leur ouvrit la porte du cabinet privé.

– Rose et Léonard ! Au rapport !

Sa Majesté n'aurait pas le temps de les recevoir. Mesdames Tantes, filles de Louis XV, s'étaient invitées. Marie-Antoinette avait préféré se montrer avec la coiffure de M. Larseneur, dans un style plus traditionnel que les créations de Léonard. Elle n'avait pas non plus voulu choquer les vieilles dames avec les toilettes de la modiste. En outre, le contrôleur des comptes qui visait les factures avait des remarques au sujet de certains montants évoqués ces derniers jours.

Rose regretta d'avoir gonflé ses notes de frais. Pour amadouer la dame d'atour, elle proposa de lui montrer ce qu'elle avait apporté.

– Oui, mais faisons vite, nous avons d'autres sujets à discuter.

Léonard en profita pour lui donner un petit coup de peigne. Mme de Chimay se laissa coiffer tandis qu'ils lui racontaient leurs pérégrinations.

Tout allait pour le mieux. Ils avaient rencontré des témoins très coopératifs, quoique certains fussent morts, avaient recueilli des indices concordants dans des pots de chambre et conclu avec brio un parcours sans faute.

– Peut-on savoir où vous a menés ce parcours sans faute ?

– À la morgue.

L'apparition d'un miroir entre ses mains coupa court aux récriminations qui n'allaient sans doute pas manquer de suivre.

Elle ne se reconnut pas. Qui était cette ravissante jeune femme à la beauté provocante ? Elle était sublime !

– Je dirai un mot pour vous à la reine.

– Êtes-vous satisfaite de nos recherches ?

– Votre enquête est nulle. Faites un effort, nous serions au désespoir de nous passer de vos services. Vous êtes très compétents dans vos parties, ce sont les à-côtés qui pêchent.

– Quels à-côtés ?

– L'intrusion dans les affaires des autres, la dissimulation, l'espionnage, le calcul intéressé… Vos qualités sont bonnes, mais vos défauts sont en friche.

Ils promirent d'améliorer leurs défauts autant qu'ils le pourraient. La dame d'atour abaissa le miroir, il l'empêchait de réfléchir. Leur affaire n'allait pas bien. Ils se heurtaient à l'abjection, à l'ordure, aux avanies… Il était temps de faire appel à des professionnels de ces questions. Elle ouvrit un tiroir et en retira une recommandation pour M. Lenoir, le nouveau lieutenant général de police. Il aurait certainement des renseignements sur les serviteurs du château qu'on avait renvoyés.

– Le roi vient de le nommer. Lenoir lui est tout dévoué. C'est un homme intègre, sa réputation est sans tache. On n'a rien à lui reprocher.

– Nous pouvons donc compter sur lui ? dit Rose.

– Non. C'est le contraire que je voulais dire : méfiez-vous-en comme de la peste ! Cuisinez-le sans qu'il s'en doute ! Faites-vous raconter tout ce que savent les policiers à propos du vol !

Cuisiner le chef de la police sans qu'il s'en doute ! Ce n'était plus une mission, qu'on leur confiait : c'était un défi qu'on leur lançait !

Quand ils furent partis, Mme de Chimay s'en fut rendre compte à la reine. Tristement pourvue par Larseneur d'un chignon sans volume, Marie-Antoinette vit approcher sa dame d'atour surmontée d'un croisement de choucroute et de crème chantilly étrangement appétissant. Tandis que les cheveux de la reine étaient tirés et serrés de manière à plaire à toute personne née vers 1730, Mme de Chimay semblait sortie d'un conte où de généreuses marraines maniaient la baguette magique.

Un valet annonça Mesdames Tantes : Adélaïde, Victoire et Sophie. Une grande sèche, une grosse pas très maligne et une petite bossue, toutes trois vêtues de brocarts empesés. Elles jaugèrent leur nièce d'un œil satisfait, mais dévisagèrent la Chimay. Qu'est-ce que c'était que cette manière de s'exhiber à la Cour comme pour aller au bal de l'Opéra ? Marie-Antoinette fit comprendre à sa dame d'atour qu'elle désirait être coiffée exactement comme ça la prochaine fois.

*

De retour chez lui, dans sa chambre, étendu sur son lit, Léonard contemplait d'un œil distrait la collection de gravures qui couvrait un des murs. On y voyait des dames du temps jadis coiffées avec excentricité, depuis les frisotis à la mode sous Louis XIII jusqu'à la fontange relevée sur le front qui avait marqué le règne de Louis XIV.

Il réfléchissait. La morgue était au Grand Châtelet. Si proche que cela soit, c'était à mille lieues s'il s'agissait d'y cambrioler. Rendre visite aux morts était facile, on les exhibait dans l'espoir que les badauds les identifieraient. Mais leur faire les poches, comme ils souhaitaient le faire pour Quatredeniers, et repartir avec leurs objets personnels, c'était une autre histoire : il fallait être policier pour ça.

Comment contacter les autorités sans rien leur révéler ? Il avait besoin d'un prétexte. Que possédait-il qui soit susceptible d'intéresser un corps constitué, un pilier du régime, un pouvoir inébranlable, incorruptible ? Rien… sinon l'art de la coiffure ! Chaque policier de Sa Majesté avait chez lui un « espion » à la solde des coiffeurs. Chez M. Lenoir, c'était… Mme Lenoir. Il allait offrir ses services à madame la lieutenante générale pour obtenir l'aide de monsieur. Il n'avait aucune idée de qui était cette personne, mais son frère le savait peut-être : Jean-François coiffait tout Paris pour faire tourner la boutique tandis que lui, l'artiste de la famille, nouait des mèches sur les crânes titrés.

Il se pencha sur la rampe de l'escalier et appela.

– Jean-François ! Connais-tu l'épouse du nouveau lieutenant général ?

Bien sûr qu'il la connaissait. Son mari occupait une place en vue. On parlait beaucoup d'elle chez les bourgeoises, entre le peigne et la poire à poudrer. Jean-Charles Lenoir avait fait un mariage très au-dessus de sa condition, avec une demoiselle de Montmorency-Laval bien plus jeune que lui. C'était une manière de miracle qui n'arrivait qu'aux princes charmants et aux fonctionnaires influents. La nouvelle Mme Lenoir ne lésinait pas sur les parures et les soins : quand on a fait un mariage d'argent, on veut que ça rapporte. Son mari avait à présent rang de ministre. Elle comptait faire oublier qu'elle avait épousé un roturier en s'apprêtant comme une princesse.

Léonard rédigea une offre de service sur papier à en-tête de son commerce. Il y expliquait que la reine l'avait prié de prendre soin de Mme la lieutenante générale qui était si chère à son cœur – et son mari si cher à celui du souverain. Cela n'était crédible en aucune façon, mais n'en passerait que mieux. La réponse que lui rapporta le coursier l'invitait à se présenter quand il le voudrait. Le plus vite serait le mieux – et tout de suite était parfait.

Léonard n'était pas homme à faire attendre une dame qui lui était recommandée par la reine et par son ambition. Il emballa ses instruments et ses postiches. Un quart d'heure plus tard, un fiacre le déposait devant chez les Lenoir avec ses boîtes, sa mallette et ses trousses.

*

Les Lenoir occupaient, rue Saint-Augustin, entre la rue Choiseul et la rue Sainte-Anne, un bel hôtel particulier jadis habité par les ducs de Gramont. Le précédent lieutenant de police, M. de Sartine, le louait à l'administration. C'était le siège de la police désormais. Derrière la maison, une grille séparait la cour des vastes jardins.

– Madame la lieutenante générale est à sa toilette, dit la femme de chambre, elle n'est pas finie d'habiller.

– C'est parfait ! dit Léonard en pénétrant d'un pas de conquérant dans l'hôtel de la lieutenance.

Il trouva la maîtresse de maison en chemise, jupon et jarretières.

– Nous allons pouvoir décider quelle tenue ira avec la coiffure que je vais créer pour vous ! déclara l'envoyé des dieux.

– Je crois que mademoiselle a déjà une idée sur la question, dit Mme la lieutenante, un peu gênée, en désignant un paravent.

Rose en sortit, une robe sur un bras et des rubans sur l'autre.

– Voilà, je crois que la reprise est parfaite, dit-elle sans un regard pour la statue en forme de coiffeur qui la contemplait avec stupéfaction, ses ciseaux à la main.

Mme Lenoir était ravie.

– Deux artistes chez moi le même jour ! Les grands esprits se rencontrent !

Rose l'avait assurée que la nomination de son mari faisait d'elle la dame de Paris la plus recherchée et elle feignait de la croire.

– Il n'y a pas que les grands esprits qui se rencontrent partout, marmonna Rose tandis que Léonard cherchait un meuble non encombré de chiffons pour y étaler son matériel.

Leur hôtesse était émerveillée par la beauté du vêtement que la modiste venait de pendre à un cintre. Rose voulait en effet que sa cliente l'ait bien sous les yeux à tout instant. Léonard fit pivoter Mme Lenoir pour l'asseoir dans un fauteuil et lui noua une blouse autour du cou.

– Il me faudrait une coiffure qui complète la belle robe de Mlle Bertin, dit sa cliente.

Tout dans cette phrase était affligeant : depuis le « compléter la robe » jusqu'au nom de « Bertin », en passant par la présence de cette dernière en chair et en taffetas. Il se mit à l'œuvre en cherchant comment éclipser l'assemblage de tulle et de satin qui attendait dans son dos.

– Vous êtes un génie ! dit la lieutenante. Où avez-vous appris à coiffer comme ça ?

– Mes grands-parents élevaient des moutons.

– Pardon ?

– Je me suis entraîné sur les poupées de mes cousines.

– Ah !

– Les mèches de monsieur vont bien avec mes étoffes, ne trouvez-vous pas ? demanda Rose.

– Oh oui ! Je n'imaginais pas qu'on ferait un jour de telles merveilles avec mes cheveux.

C'est parce que ce ne sont pas vos cheveux, se dit Rose *in petto*.

La maîtresse de maison se contemplait avec ravissement. C'était la duchesse de Rohan qui allait être surprise ! On avait beaucoup à rattraper quand on était née dans une des plus anciennes familles de la noblesse et qu'on se retrouvait assise en bout de table pour avoir épousé un M. Lenoir. Si on lui avait demandé son avis, elle aurait préféré manger du pain noir toute sa vie et rester comtesse. Mais ses parents avaient décidé pour elle : c'était Lenoir ou le couvent. Du moins compensait-elle aujourd'hui l'absence de titre par le statut social. Cela ne dispensait pas d'être lucide et de payer ses dettes.

– Bon, dit Mme Lenoir, une fois parée comme la personne la plus élégante de Paris. Parlons net. Que puis-je pour vous ?

« Oh, pensez-vous », dit l'un. « Nous sommes ici pour l'amour de l'art », dit l'autre. Comme si le savoir-faire et les étoffes de soie ne coûtaient jamais rien. Mme Lenoir n'était pas née de la dernière pluie. L'épouse du premier policier de France voyait surgir chez elle deux orfèvres en fanfreluches qui fréquentaient la reine. On ne lui ferait pas croire que c'était par admiration pour sa silhouette.

– Je suppose que vous attendez un petit service de mon mari. Dites-le moi : c'est accordé d'avance.

Les deux visiteurs s'extasièrent. Les curés qui leur avaient enseigné le catéchisme dans leur enfance leur avaient bien dit qu'il valait mieux prier la Sainte Vierge que le Bon Dieu ! Rose se promit d'offrir un voile à Notre-Dame ; Léonard se demanda si la mère de Notre Seigneur aimait les bouclettes.

Un « petit problème » les obligeait à devoir détrousser un mort dans les locaux de la police centrale : c'était moins grave que ce qu'avait craint Mme Lenoir. N'avait-elle pas déjà dû camoufler un adultère à la demande de la marquise de Boufflers ? Étouffer un scandale de mœurs pour plaire au maréchal de Villars ? Lenoir ferait ce qu'elle lui demanderait, tant qu'il ne s'agissait ni d'un ambassadeur ni d'un archevêque. Elle profita de l'aubaine pour négocier ses conditions. L'occasion ne se présenterait pas tous les quatre matins : deux robes payées à prix coûtant, deux coiffures lors de jours de grandes cérémonies dont le choix serait à sa discrétion.

– Je suis déjà réservé par la duchesse de Brancas et par la marquise de Praslin, objecta Léonard.

– Oui, eh bien vous me caserez entre les deux. À moins qu'une de ces dames n'ait l'oreille de mon mari pour piller le Châtelet, ce que je ne crois pas.

Il y avait encore, grâce à Dieu, des choses qui échappaient au pouvoir des duchesses et des marquises.

*

Situé en bord de Seine, le Châtelet était un entassement de donjons à toits pointus incongru en plein Paris. Une horloge était incrustée au-dessus de la porte monumentale, comme pour indiquer aux Parisiens l'heure de la police. L'intérieur n'était pas plus avenant, toutes les fenêtres étaient grillagées d'épais barreaux. L'ensemble avait un air de château fort : moins celui de la Belle au bois dormant que celui de Barbe-Bleue. C'était vieux, sale et ça ne sentait pas bon. Des générations de voleurs, de prostituées et d'écrivains avaient défilé ici.

Ils montèrent à un étage où le maître des lieux ne craignait ni les inondations ni la puanteur des rues. On y jouissait en plus d'une jolie vue sur la Conciergerie, avec le fleuve en contrebas.

– Z'avez rendez-vous ? s'enquit un secrétaire.

– Pas exactement, mon ami.

– L'emploi du temps de Monseigneur est plein jusqu'à Pâques.

Mme Lenoir leur avait confié un billet censé leur ouvrir les portes des bureaux de son mari.

– Nous avons une recommandation.

– Tiens donc ? De qui ? Du Sultan ? Du Grand Mamamouchi ? Si c'est encore le ministre de la Guerre qui réclame, nous lui avons déjà dit non la semaine dernière.

– De Mme Lenoir.

Ils lui collèrent sous le nez le papier orné du paraphe conjugal.

– Je vous en prie, veuillez prendre un siège, je préviens tout de suite Monseigneur.

L'attente fut très courte et les dernières portes cédèrent toutes seules devant eux. Le cabinet de la lieutenance était tout de lambris cirés, avec au mur un portrait de l'ancien monarque qui attendait son remplacement par celui de Louis XVI. Jean-Charles Lenoir se leva pour accueillir les émissaires de sa chère moitié, avec sur le visage une expression de curiosité mêlée d'inquiétude. Il s'adressa au secrétaire planté près de la porte.

– Monsieur Pringet, vous ferez patienter Son Éminence, je suis en conférence.

Il attendit d'être seul avec ses visiteurs pour aborder les sujets qui ne devaient être entendus de personne.

– En quoi puis-je être aimable à mes autorités ?

Ils venaient de rhabiller et de choucrouter ses autorités, et c'était à lui qu'ils présentaient la facture. Ils désiraient apprendre tout ce qu'il y avait à savoir du vol des bijoux de Mme du Barry, quatre ans plus tôt.

– Ah ! L'affaire de Trianon !

Il chercha quelques instants dans un carnet qui lui servait d'aide-mémoire.

– Voyons, voyons… Ah oui ! C'était entre le vol des reliques de l'église Saint-Paul et l'assassinat du comte de Hory ! Il se commettait tant de crimes, avant mon entrée en fonctions… On s'y perd !

Il occupait ce fauteuil depuis deux semaines et pouvait encore croire que les choses allaient changer grâce à lui.

– Je ne suis pas au fait de tous les dossiers, mais je connais quelqu'un qui pourra vous répondre. Sans divulguer les secrets de la Cour, bien entendu.

Il fit appeler un petit vieux tout rabougri qui semblait avoir dépassé de beaucoup l'âge de la retraite.

– Notre bon Mensillon est la mémoire vivante du crime. Que pouvez-vous nous dire sur les bijoux de la Du Barry, mon bon Mensillon ?

– Veille de Noël 1770, Trianon, cinq heures du soir. S'étant produite en dehors de Paris, l'affaire n'était pas de notre ressort. Mais comme des recherches devaient être conduites chez les receleurs de la capitale, nous nous en sommes occupés quand même.

– Que vous disais-je ? On ne s'ennuie jamais, dans cette maison, grâce à notre bon Mensillon !

Après avoir fait signe à son secrétaire de servir tout le monde en alcool de contrebande saisi sur les marchés, il se mit à l'aise dans son fauteuil de contrefaçon pour écouter le récit de son subordonné.

Pour la police parisienne, il s'agissait d'un vol astucieux, que ses auteurs avaient eu la bonne idée de commettre hors de sa juridiction : sans quoi ils se seraient bientôt balancés au bout d'une corde ! Tandis que, grâce à l'agitation stérile du Grand Prévôt, ils avaient rejoint la cohorte des malandrins qui pillaient Versailles en toute impunité.

– N'avez-vous pas été déconcertés de ne trouver aucune trace de ces joyaux ? demanda Rose.

Ces bandits avaient sombré avec leur butin dans quelque trou et ne causaient plus d'outrage à l'ordre public. Pour le reste, la police du roi se fichait bien des diamants et des diamantaires. Ce que le lieutenant général résuma en une phrase :

– Nous sommes payés pour tuer le cochon, pas pour faire du boudin.

Les visiteurs méditèrent en silence sur cet extrait de philosophie qu'on aurait pu intituler : *De la police réduite à l'état de charcuterie.*

Les fiches de renseignement, en revanche, étaient bien faites. Mensillon se fit apporter une boîte en carton pêchée dans les archives de l'entresol. Plusieurs serviteurs de Versailles renvoyés à ce moment-là étaient morts assez vite, ce qui menait à une double conclusion : c'étaient eux les coupables et leur méfait ne les avait pas enrichis. Ils étaient issus de différentes régions de France où ils étaient retournés pour s'y cacher. Les plus vivement soupçonnés formaient un quatuor saintongeais, cauchois, berrichon et bas-breton.

– C'est le collège des Quatre Nations[1] ! s'exclama Léonard.

Isidore Mensillon avait les noms de trois d'entre eux : des gibiers de potence que le service de Sa Majesté n'aurait jamais dû engager si le Grand Prévôt faisait correctement son métier ! C'était un certain Samson-dit-Rabeau, un nommé Quatredeniers, et un M. Grosse-Tête.

1. Le cardinal Mazarin avait fondé une université réservée à l'instruction de gentilshommes venus des quatre nouvelles régions agrégées au royaume.

– Fabuleux ! dit Léonard. Nous avons justement un bout de papier où certains de ces messieurs sont cités.

Rose écarquilla les yeux.

– Non, nous n'en avons pas.

– Mais si.

– Cessez de parler d'un papier, il n'y a pas de papier, nous n'allons pas ennuyer ces messieurs DE LA POLICE avec des papiers.

Jean-Charles Lenoir suivit l'échange avec une expression amusée.

– Ne vous inquiétez pas, ce qui se passe dans ce donjon reste dans ce donjon.

Léonard lui montra la liste. Rose leva les yeux au ciel.

– Ça n'a aucun sens, dit le lieutenant général.

Il la transmit à Mensillon, qui déchiffra « Victor Samson-dit-Rabeau » et « Joseph Quatredeniers ».

M. Lenoir voulut se rendre compte par lui-même.

– Qui c'est ça, « Fi Gosê » ?

– Ce sera « Firmin Grosse-Tête », Monseigneur, dit Mensillon.

– Ah, mais oui ! Et celui-là, avec un e dans l'o ?

– Je dirais « Barnabé Brûlebœuf ». C'était un ami de Pochonnet, l'un des serviteurs décédés. Ce Brûlebœuf était valet de chambre-horloger du roi. Depuis l'heure, il a mal tourné.

– Joli ! s'exclama Lenoir. On peut même dire que son heure a sonné !

Rose se permit d'interrompre ce concours de bel esprit pour demander qui était Pochonnet. Isidore Mensillon guetta l'approbation de son supérieur, qui acquiesça.

Jean Pochonnet, un natif du Berry, était employé au château comme valet de chambre-tapissier. Ses dettes de jeu l'avaient fait soupçonner d'avoir prêté la main au vol. Faute d'avoir pu l'incriminer formellement, on l'avait également remercié. Barnabé Brûlebœuf était aussi un nom berrichon. Sans doute tout ce petit monde était-il lié.

Ces propos plongèrent Léonard et Rose dans une profonde réflexion.

– Si je devais me présenter à ce Brûlebœuf pour lui tirer les vers du nez, reprit Mensillon, je me recommanderais de son ami Jean Milleveaux : cet homme ne sera pas en mesure de contredire quiconque avant longtemps.

– Lui aussi est mort ?

– Non. M. Milleveaux œuvre actuellement pour la gloire du roi de France. Sa Majesté lui a offert une position assise dans sa marine. Il prend quotidiennement de l'exercice au bon air du large. Bien sûr, cet emploi impose de ramer un peu.

Rose et Léonard comprirent que ce Milleveaux avait été condamné aux galères. Ils n'avaient pas oublié leur idée d'aller détrousser Quatredeniers à la morgue. Ils étaient sur le point d'en demander l'autorisation quand M. Lenoir se rappela tout à coup qu'il désirait faire ses preuves devant son ministre.

– Si vous retrouvez ces bijoux, soyez assez bons pour nous les rapporter à nous, en premier lieu. Il revient à nos services de faire régner l'ordre. En échange… vous bénéficierez de notre bienveillance.

On pouvait supposer *a contrario* que les malheurs pleuvraient sur leurs têtes s'ils s'abstenaient de collaborer. Ils en oublièrent leur requête concernant Quatredeniers. Il aurait fallu parler du morceau de toile peinte… Et ils n'avaient pas envie de voir la police se lancer dans une compétition à qui reconstituerait le tableau le premier.

Tandis qu'Isidore Mensillon les raccompagnait, ils s'enquirent de l'adresse de M. Brûlebœuf.

– Au coin des rues. Surtout sur les places royales. Vous ne pourrez pas le manquer, il transporte un long tuyau métallique.

– Il livre des conduites ? demanda Léonard.

– C'est un peu ça.

– Je pensais qu'il était devenu voleur.

– Oh, il a bien volé son tuyau… mais pas en France. Tant qu'aucune plainte ne nous parvient d'au-delà des frontières, au fond, peu nous importe.

Ils s'étaient éloignés quand Rose lâcha Léonard et revint sur ses pas. Elle rattrapa Mensillon dans la cour et lui glissa une pièce de monnaie.

– Que vouliez-vous dire, avec vos tuyaux en métal ?

Le vieil homme lui nomma le nouveau métier de Barnabé Brûlebœuf. Elle jugea l'information si intéressante qu'elle se promit de la garder pour elle.

*

Dans le salon de coiffure, rien n'allait plus. Pour se consacrer au service de la reine, Léonard s'était déchargé des tâches triviales sur ses deux frères. Les affaires se portaient mal : ils étaient écrasés de travail, sans pour autant gagner suffisamment pour engager des aides. Ce n'était pas ce que leur avait promis leur aîné.

– Nous n'y arriverons jamais si tu n'y mets pas du tien !

– J'essaie ! Je cours partout !

– Cours donc avec un peigne et des ciseaux !

Comment leur dire que le chemin qui menait à la reine passait par les bas-fonds, les mauvais instincts et les bureaux de police ?

– Il faut que tu nous aides ! dit Jean-François.

C'était bien son intention.

– Fais des papillotes à Mme la comtesse ! dit Pierre.

Il avait plutôt décidé de s'offrir une formation accélérée d'horlogerie.

7

La face cachée de la lune

Tout en cherchant une horlogerie, Léonard réfléchissait à la liste codée à moitié déchiffrée. Elle comportait sept noms, probablement ceux des personnes qui possédaient les morceaux du tableau. Quiconque reconstituerait l'œuvre saurait où avaient été cachés les bijoux. C'était une chasse à la « marvalère », comme l'avait dit en patois la belle-sœur de Samson-dit-Rabeau. Mieux valait préparer soigneusement l'entrevue avec Barnabé Brûlebœuf. Léonard fondait de grands espoirs sur cette rencontre : il y avait un bout de toile à récupérer et peut-être bien davantage.

L'horlogerie devant laquelle il s'arrêta possédait de très grandes fenêtres qui permettaient de travailler à la lumière naturelle. On y vendait de grandes horloges-meubles en bois verni, des horloges plates accrochées aux murs, et, posées sur les étagères, des horloges en pied pour cheminées et commodes. Des tiroirs à serrure contenaient les montres, objets très précieux, en or, en argent ou en émail. L'ouverture de la porte vitrée déclencha un carillon. Sa loupe coincée sur l'œil gauche, l'artisan fouillait les entrailles d'un mécanisme dont le cœur avait cessé de battre. C'était l'antre d'un réanimateur pour qui la mort n'était qu'un phénomène temporaire. Mais l'endroit respirait davantage l'optimisme qu'une salle de chirurgie, et l'air y était meilleur.

– Je m'intéresse à l'horlogerie, dit Léonard.

– Vous voulez acheter une horloge ?

– Non, je voudrais savoir comment elles sont faites.

Il disposait de quelques heures pour apprendre à parler métier comme un professionnel sans se trahir.

– Je ne prends pas d'apprenti en ce moment.

Léonard déposa une pièce d'or sur le comptoir, entre des vis d'une couleur comparable mais de moindre valeur. Le regard de l'artisan alla de la pièce à Léonard. On ne rejette pas les cadeaux du ciel ni les fous qui vous les apportent.

– Mécanisme à ressort ou à poids ? Résonateur à pendule ou à balancier ? Échappement à cylindre ou à détente ?

– Je me fie à vous.

L'horloger lui expliqua comment démonter un assemblage de roues dentées et le chargea de remonter tout ça, vêtu d'un grand tablier en cuir, un bonnet sur la tête.

– Le cheveu est l'ennemi des mécaniques de précision.

– C'est pourquoi nous ne nous fréquentons guère, elles et moi, dit Léonard.

Il voulut savoir si son mentor avait connu un certain Barnabé Brûlebœuf, jadis employé à Versailles. L'homme à la loupe se souvenait d'un valet-horloger qui remontait les montres de Louis XV. Ce dernier se fournissait chez lui en pièces de rechange. Mais il avait perdu sa trace ces dernières années.

– C'est pas grave, je trouverai, dit Léonard en s'efforçant de faire entrer une vis ronde dans un trou carré.

Il était sur le point de réclamer un marteau quand un client apporta une pendule à réparer.

– Bien, monsieur. Ce sera pour jeudi prochain, prévint l'artisan. Je manque de personnel en ce moment.

– Mais vous avez monsieur..., dit le client en désignant Léonard.

L'horloger estima qu'il rendait service à la clientèle en la priant d'attendre.

*

Pendant ce temps, Rose choisissait le vêtement adéquat pour l'opération qu'elle avait en tête : quelque chose qui dise « je suis une mauvaise fille » mais aussi « on peut compter sur moi ». Il fallait rencontrer ce Brûlebœuf pour lui extorquer son fragment du tableau mystère. Grâce à son petit entretien avec l'archiviste du Châtelet, elle savait à peu près où le rencontrer. Et elle avait bien retenu le nom de Jean Milleveaux, son compatriote devenu rameur sur les galères du roi en Méditerranée.

Les couturières qu'elle avait envoyées en éclaireuses aux quatre coins de Paris lui apprirent que Brûlebœuf n'était pas sur le Pont-Neuf, ni place Louis-le-Grand, ni place Royale[1]. Sur la place Louis-XV[2], Mlle Maillot avait eu plus de chance. Le monsieur en question les y attendait.

« Bien », se dit Mlle Bertin en mettant la dernière main à sa tenue. Elles fermèrent boutique un peu plus tôt. Au moment de rallier la voiture qui les attendait, Rose eut un regard pour le salon de coiffure. Il y avait là un bonhomme qui n'allait pas tarder à manger sa perruque.

Elle se fit déposer, avec ses demoiselles, devant l'un des deux hôtels à colonnade bâtis par l'architecte Gabriel. On apercevait au loin, sur la rive gauche, les belles arches oblongues fastueusement vitrées qui donnaient au Palais-Bourbon une parenté avec le

1. Actuelles place Vendôme et place des Vosges.
2. Actuelle place de la Concorde.

Grand Trianon. La place était bornée d'un côté par la grille du jardin des Tuileries, de l'autre par celle des Champs-Élysées, ce long parc qui montait doucement vers le couchant. L'absence de pont pour traverser la Seine limitait le trafic des voitures. L'endroit touchait aux confins de la cité, il y avait peu de lumière, c'était commode pour observer le ciel nocturne. Voilà pourquoi le loueur de télescope Brûlebœuf s'y installait, son instrument sur un trépied, derrière une inscription qui disait : « Cherchez le paradis pour cinq liards ».

L'énorme tube en cuivre pointé vers le haut s'achevait, en bas, par un tuyau plus petit où l'on appliquait l'œil. Les curieux payaient pour observer les cratères de la Lune et admirer les constellations indiquées par le loueur. C'était un but de promenade. Avec la mode des mariages à la chandelle, les noces faisaient un détour entre l'église et le banquet pour guetter les nues où habitaient les anges et le Bon Dieu. Rose avait loué l'objet ainsi que son propriétaire pour une séance privée à l'intention de ses filles de boutique.

Barnabé Brûlebœuf commençait à détailler le zodiaque quand il eut la surprise de voir arriver un jeune homme en redingote qui se présenta comme M. Delambre, astronome et mathématicien. Rose l'avait loué, lui aussi, pour qu'il indique les planètes à son personnel, qui était très féru d'astronomie. Elle entraîna le propriétaire de la lunette vers une buvette ambulante installée un peu plus loin. Brûlebœuf garda pour lui sa surprise : un verre de limonade ne se refusait pas, et sa bienfaitrice avait de toute évidence des vues sur son corps à lui, plus accessible que les corps célestes.

Leur timbale à la main, ils prirent place sur un banc et engagèrent une conversation de bon ton, quoique non dénuée d'arrière-pensées. Comme Rose lui posait des questions sur sa vie, le loueur de télescope lui avoua qu'il avait connu des temps plus brillants : il avait été valet-horloger à Versailles, où il remontait les pendules de Sa Majesté Louis XV.

– Quelle vie extraordinaire ! s'extasia la modiste. Comme j'aimerais aller là-bas ! J'aurais peut-être la chance d'y apercevoir la reine ! Si seulement je trouvais un homme assez bon pour m'y mener !

– Ce ne sera pas moi, dit Brûlebœuf, qui se rembrunit. Il paraît que je suis une personne mal grattée ! C'est ce que nous a dit le Grand Prévôt quand il nous a congédiés ! Trente d'un coup ! Des personnes mal grattées ! Moi qui prends un bain trois fois par an !

Persona non grata, corrigea Rose pour elle-même.

– Mais que vous a-t-on fait, mon pauvre ami ?

Elle posa une main gantée sur la grosse paluche, dans un mouvement de commisération qui fut apprécié. Il poursuivit son récit.

C'était après ce vol de bijoux dont elle avait peut-être entendu parler, quoique les autorités aient tenté d'étouffer la rumeur. Une fois que le Grand Prévôt avait eu terminé son enquête, qui n'était pas grand-chose, et remis son rapport, tout plein de vide, on avait pris en haut lieu la mesure énergique de renvoyer des serviteurs. Les médisances avaient permis de dresser une liste. Encore cette liste était-elle truquée : les plus à l'aise avaient soudoyé les gardes de la prévôté pour faire rayer leur nom, tandis que d'autres, pourtant plus honnêtes, comme lui, les avaient remplacés. On avait choisi de frapper par priorité ceux qui ne travaillaient pas le jour du vol, sur l'idée qu'ils avaient pu y participer pendant leur congé. Ils avaient été sacrifiés selon l'adage du loup dans la fable de La Fontaine : « Si ce n'est toi, c'est donc ton frère ou bien quelqu'un des tiens ! »

Il se tut après un reniflement qui renforçait le pathétique de ses lamentations. Rose estima qu'ils avaient assez rompu la glace. Il était temps de mettre la conversation sur le sujet qui l'amenait.

– Vous m'êtes recommandé par un ami du Berry, Jean Milleveaux.

– Tiens ! Comment va-t-il ?

– Il rame un peu.

– S'est-il habitué à son nouveau métier ?

– Oh ! Une vraie galère !

– Je suis content qu'il s'en soit sorti, j'ai toujours cru qu'il finirait forçat ou pendu.

– Il a trouvé autre chose.

Elle tira de sa manche le morceau de toile peinte.

– Quékseksa ? fit Brûlebœuf.

– La fortune, mon ami.

À la façon dont il prit en main le bout de peinture, Rosa se douta que ce n'était pas le premier qu'il voyait. Comme s'il tâchait de deviner comment ce morceau pouvait s'assembler à un autre qu'il aurait eu en sa possession. Elle poursuivit et lui raconta qu'elle s'était trouvée amenée à secourir ce brave Jean Milleveaux.

– Il allait donc si mal ?

– Sa vie prenait l'eau, il était au bord du naufrage.

Rose expliqua que M. Milleveaux lui avait cédé deux objets en remerciement pour ses bontés : ce bout de tableau non identifié et un papier où étaient inscrits deux noms.

– Je suis surpris qu'il ne vous ait pas offert Notre-Dame et l'archevêque en prime ! dit Brûlebœuf avec un reniflement plein de dubitation.

Il demanda tout de même quels étaient ces deux noms.

– Le vôtre et un autre, répondit Rose.

Le loueur de télescope termina son verre pour se donner le temps de la réflexion.

– Allons ! dit la modiste, peu désireuse d'y passer la nuit. Vous savez bien que le tableau entier désigne l'endroit où sont cachés les bijoux des Bœhmer… ces bijoux qui sont la cause de votre renvoi !

Elle avait abattu sa dernière carte, soufflant alternativement le chaud et le froid. Afin de conserver sa confiance toutefois, elle inventa qu'elle était en délicatesse avec ces messieurs les policiers du Châtelet pour avoir trafiqué dans le ruban de satin d'importation. Elle souhaitait réussir un grand coup qui lui permettrait de reprendre pied. Et après tout, ce n'était pas si faux : le grand coup consisterait à résoudre cette énigme, et la reprise serait fournie par la reconnaissance de la reine.

– Ah ! Moi aussi, j'aimerais bien me mettre au vert…, dit l'ancien horloger de Versailles. Ce tube de cuivre pèse un poids terrible. Ce n'est pas toujours drôle de passer sa vie sur les places publiques à attendre le chaland, qu'il vente ou qu'il pleuve…

– Eh bien, allions-nous ! C'est comme ça qu'on réussit, dans la couture ! Échangeons nos informations et partageons le trésor ! Combien de noms pouvez-vous me révéler ?

– Juste un.

– Nous sommes donc à égalité.

Elle reprit son morceau de toile. Ils se donnèrent rendez-vous chez lui pour échanger les indices et comparer leurs fragments. Elle nota l'adresse sur le premier feuillet venu.

« Pas un bon quartier, évidemment... », se dit-elle en repliant le papier à factures sur lequel elle venait d'écrire. Ces enquêtes pour la Couronne n'avaient décidément rien d'une partie de campagne dans un décor bucolique à la Watteau.

8

La tactique du tic-tac

Rose et Léonard étaient attendus à Versailles le lendemain pour préparer la reine, qui devait poser pour un nouveau portrait. Avant d'être admis dans le cabinet où Sa Majesté recevait ses fournisseurs, ils patientèrent en échangeant des regards soupçonneux.

– Où étiez-vous, hier au soir ? demanda Léonard.

– Je piquais, ne vous déplaise. Et vous ?

– Je frisais.

– J'en suis fort aise.

– Du nouveau ?

– Non, rien du tout. Et vous ?

– Du tout du tout.

La dame d'atour vint les chercher. Ils lui demandèrent quel genre de portrait allait être peint.

– La reine désire-t-elle porter une tenue de chasse ? Une grande robe de cour à traîne ?

– Dois-je la coiffer en amazone ? En vestale ?

Mme de Chimay balaya ces idées classiques.

– Il s'agit d'un portrait intime, en déshabillé.

Cela ne s'était jamais fait ! Les reines de France prenaient des poses hiératiques, une fleur de lys entre deux doigts.

– Quelle modernité ! s'écria Rose.

– Quelle délicieuse audace ! dit Léonard.

– Nous avons choisi une pose naturelle, dit la dame d'atour. Comme si le contemplateur du tableau surprenait Sa Majesté dans son intimité. La reine doit sembler s'être tout juste levée pour partager une tasse de chocolat avec des amis et chanter des chansons.

Le naturel, c'était ce qu'il y avait de plus difficile à imiter. Rose et Léonard réfléchirent longtemps et lui concoctèrent une « sortie de lit » soigneusement froissée, qui suggérait beaucoup sans rien montrer. Ses cheveux ne paraîtraient pas coiffés, mais aucune mèche ne s'égarerait hors du chignon. Rose se demandait quel célèbre artiste avait été choisi.

– Fragonard ?

– Un monsieur qui peint des femmes toutes nues ! Vous n'y pensez pas !

Les dames avaient rassemblé des instruments de musique. On allait camper Sa Majesté à la harpe pour lui donner une contenance. Ce serait mieux que « Sa Majesté une tasse à la main » ou « Sa Majesté enfilant ses pantoufles » : on n'était pas chez Fragonard, enfin !

*

Un peu plus tard, la reine était enfin apparue. Léonard et Rose avaient eu l'autorisation de commencer à l'apprêter. Tandis qu'ils coiffaient et ordonnaient la passementerie, Marie-Antoinette consultait son courrier. Il y avait une lettre de Vienne. Après l'avoir lue, elle chuchota à l'oreille de sa dame d'atour. Celle-ci se releva et lança des ordres.

– Tout est changé ! L'impératrice Marie-Thérèse d'Autriche veut un portrait de sa fille. Ce tableau sera pour elle !

Plus question donc de la représenter en chemise ! Une pose de reine nécessitait des vêtements raides. Rose suggéra une robe bleue à gros nœuds et large panier, comme celles qu'on revêtait pour recevoir les ambassadeurs. Elle composerait un pouf assorti à poser sur des cheveux fortement crêpés.

Quand tout fut enfin prêt, le peintre fut introduit, son matériel sous le bras. Jean-Baptiste Gautier-Dagoty avait un gros nez, un grand front, et sa perruque bouclée lui donnait un air de caniche aux bons yeux bruns. Il sentait le dissolvant et les pigments à l'huile.

– Que souhaite dire Sa Royale Majesté à Son Impériale Majesté par l'intermédiaire de ce portrait ? demanda-t-il.

– Que je règne.

Il réclama un globe terrestre et pria la reine de poser la main sur cette représentation du monde. Rose assortit le bleu de la robe à celui du manteau d'hermine à fleurs de lys dorées.

– Et pour le fond ?

– J'ajouterai deux colonnes et des rideaux pourpres, dit le peintre, rien ne fait plus royal que ça.

La modiste et le coiffeur attendirent la fin de la séance, qui ne dura qu'une demi-heure : au-delà, Marie-Antoinette perdait patience et commençait à se tortiller. Un peintre… C'était précisément ce qu'il leur fallait ! N'avaient-ils pas une énigme picturale à élucider ? Rose en avait touché discrètement un mot à la dame d'atour.

Dès que la reine commença à avoir des fourmis dans tous les membres et l'artiste à s'agacer, la séance fut suspendue. Tandis que Gautier-Dagoty rangeait son matériel, Mme de Chimay l'avertit qu'il était prié de collaborer avec ces deux personnes, des fournisseurs très fidèles de la Couronne. Elle faisait allusion au côté féminin de la Couronne ; le côté masculin ne devait pas être informé de ces questions.

On ouvrit à Gautier-Dagoty un petit cabinet discret où la modiste et le coiffeur patientaient en échangeant à mi-voix des propos aigres-doux et des gestes brusques. À eux deux, ils piétinaient l'obligation de politesse affable imposée par la Cour. Le monsieur réclamait un fragment d'on ne savait quoi au prétexte que « c'était son tour ». La dame refusait, elle en avait besoin car « elle avait une piste ».

– Je n'ai pas passé la nuit à boire, moi ! lança-t-elle à son acolyte.

Elle s'était détournée pour ranger des rubans dans les cases d'une boîte portative. Et, tandis qu'elle s'affairait, le peintre vit le monsieur glisser la main dans les replis de la robe. Il lui faisait les poches ! Il en retira un étui plat en papier qu'il fourra dans l'une des siennes.

Gautier-Dagoty décida de ne pas passer le reste de la journée à observer ces turpitudes. Il toussa poliment. La dame et le monsieur découvrirent sa présence et se présentèrent.

– Ah ! C'est à vous que je dois de devoir dessiner toutes ces boucles de cheveux, dit-il en s'adressant à Léonard… Quel enfer ! Et vous, madame, étiez-vous forcée de la couvrir de babioles de la tête aux pieds ? Des plumes, des nœuds de taffetas, des perles, des étoiles… Que d'heures de travail supplémentaires !

On lui promit de lui livrer une reine toute nue et décoiffée dès que ce serait la mode, mais pour l'heure il fallait en passer par ces ornements. Par ailleurs, ils avaient besoin de son aide pour un « divertissement » auquel s'amusait la Cour. Un… jeu de piste. Il fallait recomposer un tableau divisé en plusieurs parties.

– Un tableau ? Divisé ? En parties ?

– Eh bien ! dit Rose à Léonard. Montrez-lui ! Vous croyez que je n'ai pas senti quand vous m'avez fouillée ?

À la vue des morceaux de toile peinte qu'ils avaient récupérés auprès de Tobias Kettermann et de Firmin Grosse-Tête, M. Gautier-Dagoty blêmit.

– Mais, qu'est-ce que c'est que cette barbarie ? Qui s'est permis ? Cette œuvre a été massacrée à coups de ciseaux !

Ce tableau était une œuvre moderne, certainement peinte par un artiste renommé. Les couleurs étaient de bonne qualité. Hélas ! il en voyait trop peu pour se prononcer sur le nom de l'auteur.

Il retira de son carton à esquisses des feuilles aux dimensions habituelles des toiles et posa le triangle dessus, ce qui lui permit d'établir le format de l'œuvre originale. Il leur manquait six morceaux. Puis il se retira en songeant que ces courtisans avaient des amusements scandaleux.

Rose et Léonard réfléchirent. Les bandits auraient donc été huit à l'origine, à se répartir les fragments au hasard. Mais c'était imaginer que ces bandits étaient républicains et qu'ils avaient constitué des lots égaux. On pouvait imaginer que quelques-uns d'entre eux aient obtenu plusieurs morceaux. Le recours au hasard n'était pas évident non plus. Certains triangles devaient bien être plus intéressants que d'autres. Ceux qu'ils avaient là, par exemple, ne leur apprenaient pas grand-chose. L'un des comparses avait pu tricher afin de conserver les meilleurs pour lui. Ils affrontaient un casse-tête dont ils ignoraient le but, né d'un accord dont ils ignoraient les règles.

Ils avaient quitté le petit cabinet et se dirigeaient vers la cour où stationnaient les voitures quand ils furent abordés par un page de treize ans, vêtu d'une livrée royale bleue et coiffé d'une perruque poudrée. Le jeune garçon les pria de le suivre, il devait les mener à une personne de qualité qui les réclamait. Il leur fit emprunter des corridors ménagés entre deux cloisons. Il les conduisit en sous-sol par un escalier en colimaçon et les laissa devant une porte ferrée. Quels nouveaux mystères les attendaient de l'autre côté ?

*

De l'autre côté de la porte les attendait la princesse de Chimay. Un rideau divisait la pièce – une cave éclairée par des soupiraux.

– Je ne pouvais pas vous parler dans les appartements de la reine. Sa première dame d'honneur, la comtesse de Noailles, est de l'ancienne cour, elle ne comprendrait pas.

– Qu'est-ce qu'elle ne comprendrait pas ?

– Ceci.

Elle tira le rideau. La salle était remplie d'objets bizarres.

– En tant que dame d'atour responsable de la garde-robe, j'ai été chargée de mettre sur pied le service des accessoires.

Ces objets avaient été fabriqués pour Sa Majesté par des artisans qui ignoraient tout de l'identité de leur cliente. Mme de Chimay en choisit quelques-uns qui lui semblaient appropriés : un éventail en métal qui pouvait servir d'arme contondante, voire coupante ; un trousseau de clés universelles ou passe-partout ; de minuscules pistolets faciles à dissimuler – elle montra à Rose comment en accrocher un à sa jarretière et conseilla à Léonard d'en coincer un dans le fond de son tricorne. Elle leur remit une poignée de balles dans des boîtes à pastilles en fer où l'on pouvait lire « Cachous du Dr Le Page[1] ».

– Prenez garde, ils fonctionnent à la pierre à silex, ça secoue un peu.

Léonard et Rose eurent droit à une séance d'entraînement pour apprendre à se servir de l'éventail, des clés ou du pistolet. Quand Rose eut fini avec l'éventail, qui demandait un peu de dextérité, elle se rendit compte que Léonard avait filé. « Foutriquet ! » songea-t-elle.

1. Célèbre fabricant de pistolets.

*

Léonard fit un saut chez lui pour se changer. Bien au chaud dans sa poche, il conservait l'étui plat qui abritait les morceaux de toile peinte, la liste codée et l'adresse de l'ancien valet-horloger Brûlebœuf griffonnée sur un feuillet à factures. Contrairement à ce que pensait Mlle Bertin, il n'avait pas passé la nuit à boire mais à remonter des pendules. À présent, il était prêt à parler de pied à pied avec l'homme et à conclure un pacte profitable pour les deux parties, surtout la sienne.

Il était toutefois impossible d'aller traîner en habit de cour dans ce quartier-là. Barnabé Brûlebœuf habitait près de la rue du Maître-Albert, qui regorgeait de taudis.

Il faisait presque nuit quand le coiffeur s'y présenta. Nul bruit ni lumière ne filtrait de la maison. Tant pis ! Pas question de renoncer à son avantage sur la Bertin. Il étrenna le passe-partout de la reine. À défaut de rencontrer ce Brûlebœuf en personne, il pourrait au moins voir quel genre de bonhomme c'était. Et, pourquoi pas, dénicher tout seul un nouveau morceau de toile dans ses affaires.

À peine eut-il poussé le battant qu'un tintamarre le fit sursauter : une sorte de « dong ! » retentissant qui venait de partout à la fois et se prolongea une trentaine de secondes, ponctué de « dzoing » tonitruants et d'étranges petits « ding ding ».

Quand la cacophonie s'acheva, Léonard pénétra à pas feutrés dans le logement le plus étonnant qu'il eût jamais vu. Dans la pièce unique, éclairée par une lanterne publique pendue dehors, Brûlebœuf avait conservé maints souvenirs de ses premiers emplois. Des horloges qui s'étageaient sur tous les murs et produisaient un grand tic-tac. De toute évidence, certaines étaient trop précieuses pour n'avoir pas été soustraites à leurs propriétaires. Il contemplait une petite fortune en cadrans émaillés, en métaux précieux, en miniatures où des bergères attendaient l'heure du berger.

Au milieu, posé sur son trépied, trônait un immense télescope.

Léonard se rappela qu'un cambrioleur était déjà mort dans cette affaire : Quatredeniers, chez le porteur d'eau Firmin Grosse-Tête. Pas question de finir avec un couteau dans la poitrine. Il retira son petit pistolet de son tricorne et le tint devant lui à tout hasard.

Quand, tout à coup, avec un horrible grincement, la porte d'une horloge à balancier s'ouvrit lentement. Léonard sursauta. Un homme en surgit : il était armé d'une aiguille – la longue, celle des minutes. Le petit pistolet parut soudain dérisoire au coiffeur, d'autant que sa main tremblait beaucoup.

– C'est cette femme qui t'envoie ? dit la voix, sépulcrale.

L'homme s'avança encore. Il parut soudain moins menaçant, éclairé par la lumière de la lanterne.

– Elle veut plus traiter avec moi ? continua-t-il. Elle préfère envoyer un homme de main me voler ?

« Voix sépulcrale », où Léonard était-il allé chercher cela ? L'homme était tout à fait ordinaire. Quant à la femme dont il parlait, inutile de se demander à qui il faisait allusion. Ainsi Rose l'avait déjà contacté ! Elle avait gardé ce détail pour elle ! La drôlesse ! Non seulement il s'était mis dans un mauvais cas, mais il s'y était mis pour rien.

– Que nenni ! répondit Léonard en se disant toutefois que cet homme avait bien cerné le caractère de la Bertin. C'est pour vous offrir un meilleur marché que je suis venu vous voir !

– Je suis déçu, dit Brûlebœuf, j'étais sûr de son honnêteté... Je perds la main.

Léonard expliqua qu'il était lui aussi à la recherche des bijoux de Trianon.

– Eh bien ! fit Brûlebœuf. Il faut croire que tout Paris court après eux !

Léonard répondit qu'il n'était pas parisien. Il tâcha de l'apitoyer au récit de son enfance difficile à Pamiers : la pauvreté, ses parents domestiques...

– Tes parents étaient domestiques ?

– Ils le sont encore ! Je passe presque autant de temps à le cacher qu'à friser les bourgeoises !

– Il n'y a pas de honte à être serviteur.

– Certes non, mais allez expliquer ça à ceux qui ne le sont pas ! Mon père rêvait de me voir intendant dans un château. Il s'est arraché les cheveux au premier mot de « coiffure ».

– Comme c'est triste, dit Brûlebœuf en se laissant tomber sur un siège.

Léonard constata avec satisfaction que l'aiguille ne pointait plus sur lui.

Barnabé Brûlebœuf avait lui aussi connu des épreuves. Il adorait l'horlogerie, il s'était battu pour entrer en apprentissage chez un bon maître, il avait obtenu la place de ses rêves à Versailles : remonter les montres et horloges du roi ! Des mécanismes parmi les plus beaux du monde ! les plus fins ! les plus savants ! Le sommet de la modernité ! Des mouvements de précision, des ressorts en platine ! Puis il avait été chassé du paradis à cause d'un vol qu'il n'avait pas commis. Parce qu'il était ami avec un certain Pochonnet et que ce dernier était soupçonné. On n'avait pas fait de détail, c'était un congé en gros.

Léonard vit que cet homme croyait à l'amitié, c'était le moment de lui offrir la sienne.

– Allons ! Ne nous laissons pas aller aux idées sombres ! Et si je commandais à souper ? Il y a bien un traiteur, dans le coin ?

Brûlebœuf ouvrit la fenêtre et apostropha un gamin qu'il connaissait, auquel Léonard jeta une pièce.

– Va nous commander à souper à la rôtisserie la plus proche !

– Vous ne préférez pas plutôt des beignets de chez Malefoy ? répondit l'enfant.

– Fais ce qu'on te dit ! rétorqua Brûlebœuf. Et méfie-toi : je sais faire la différence entre un chapon et un poulet !

Il referma la fenêtre.

– Ce Malefoy corrompt les gamins du quartier. Il les gave de ses sucreries pour les inciter à lui amener des clients. Mais, moi, les beignets, ça me pèse sur l'estomac.

Les plats arrivèrent bientôt, ainsi que les vins, les couverts et le linge de table. Il y en avait pour plus d'argent que Léonard n'avait prévu d'en dépenser. Un feu fut allumé dans la cheminée. L'endroit devint presque riant sans cesser d'être curieux. La nourriture venait de chez Mallissard, une maison connue pour ses volailles grasses. Il sortait de ces chairs, sous la pression du couteau, un jus qui sentait la truffe.

La volaille, le vin, l'atmosphère de camaraderie, incitèrent Brûlebœuf à lâcher la modiste pour le coiffeur. Au vrai, entre la location du télescope par les demoiselles de boutique et les banquets surprise, son confort s'améliorait beaucoup depuis que tout le monde se lançait dans la course au trésor. Il espéra qu'il viendrait encore de nouveaux prétendants.

Entre la fricadelle et l'entremets, ils accolèrent leurs morceaux du tableau. Par chance, les triangles se correspondaient. Une fois mis ensemble, on devinait le bras d'un personnage, la jambe d'un autre, et de la végétation autour.

Ils échangèrent les noms dont ils disposaient. Léonard livra celui de Quatredeniers, ce qui ne l'engageait guère puisque l'ancien tailleur de la reine vendait à présent des peaux de lapin en enfer. Brûlebœuf donna celui de Fleurignant. Léonard fit la fine bouche.

– Ça ne nous mène pas très loin, ça, « Fleurignant ».

– Et Quatredeniers, ça nous mène où ? demanda Brûlebœuf.

– À la morgue, répondit le coiffeur. Dans les caves du Grand Châtelet.

– Nous voilà bien !

– Au contraire, c'est tout bénéfice. Écoute : Quatredeniers n'a plus besoin de sa part. Autant dire que le trésor est à nous.

– Et où est-il, son fragment ?

– Sur lui.

– Tu plaisantes ?

Léonard fit part de son idée d'aller le récupérer sur place. Brûlebœuf avait travaillé à Versailles comme le défunt, il n'aurait qu'à dire qu'ils étaient parents.

– J'ai besoin de boire plus ! dit Brûlebœuf, peu séduit par ce projet. Au moins, le nom que je t'ai donné ne mène pas à un caveau.

L'un resservit à boire tandis que l'autre faisait passer les accompagnements. À force de familiarité, Léonard était en train d'obtenir ce qu'il souhaitait, sans même y penser. Entre deux hoquets, Brûlebœuf révéla qu'il avait vidé des chopines en compagnie de ce Quatre-deniers. Ils étaient tous deux natifs du Berry, comme Pochonnet également. Pas étonnant que Pochonnet lui ait confié un morceau du tableau au trésor !

– Et Fleurignant ? Qui c'est, ce type ?

– « Ce type » se prénomme Ambroisine et fait la servante dans une rôtisserie à l'enseigne de La Reine Pédauque.

C'était de là que venait le souper dont ils se régalaient. Brûlebœuf s'y était rendu à plusieurs reprises pour interroger la Fleurignant avec finesse et discrétion.

En le regardant massacrer la carcasse du chapon de ses gros doigts à assommer les veaux, Léonard imagina sans peine de quelle finesse et de quelle discrétion Brûlebœuf pouvait faire preuve. Il dégagea un coin de table et sortit de son tricorne le matériel qu'il avait apporté : un calque et un fusain. Sous les yeux ébahis de l'ancien valet-horloger, il fit un relevé de chacun des morceaux pour compléter leurs collections respectives.

Le reste de la soirée ne fut que beuverie et menus propos associés au vin. Dans son enthousiasme, Brûlebœuf jeta un verre dans la cheminée.

– Sept ans de malheurs ! dit le coiffeur.

Et vingt sous de perdus pour moi, ajouta-t-il en son for intérieur.

Brûlebœuf raconta les visites qu'il avait faites à la Fleurignant pour négocier son morceau du tableau. Elle avait nié savoir de quoi il était question.

– Ah ! Les femmes ! fit l'horloger. Où est-il, le temps où elles faisaient ce qu'on leur disait ?

– Oui, où est le Moyen Âge ? renchérit Léonard.

Brûlebœuf raconta que la Bertin lui avait fait les yeux doux pour le faire parler. Mais il s'était méfié ! Elle n'était pas née, la donzelle qui l'entortillerait dans ses rubans ! Depuis lors, plus de nouvelles ! Voilà ce que c'était que les femmes ! Pas de tête, pas de constance, pas de jugeote ! Dieu sait où était cette Bertin en ce moment !

Plus près que tu ne crois, se dit Rose, tapie dans le placard de l'entrée depuis le début de la soirée. Elle dut encore attendre que les deux lurons aient vidé les derniers flacons. L'ancien horloger commença à ronfler, affalé sur une banquette. Trop cuit pour rentrer chez lui, Léonard ne tarda pas à l'imiter. Elle poussa doucement la porte du réduit et quitta ce bouge avec l'intention de faire triompher les gens bien élevés sur les rustres et les ivrognes.

Les pensées se bousculaient en elle. Ce coiffeur n'était pas quelqu'un de bien, ni de sérieux. Il n'était pas digne de travailler pour la reine, elle s'en doutait depuis le début. On ne tirerait rien d'intéressant de lui. Il fallait le chasser de cette enquête au plus vite. Elle en trouverait bien un autre pour Sa Majesté, un brave homme. Ce n'étaient pas les coupeurs de cheveux qui manquaient. Celui-ci, elle n'en voulait pas. Il était capable d'entrer par surprise dans les bonnes grâces de Marie-Antoinette et de lui dérober incidemment à elle, la bonne et fidèle modiste, une faveur qui aurait dû lui revenir.

Avant de mettre un pied dans la rue, elle tira sur les cordons dissimulés dans ses jupes, déplaça quelques accessoires, retourna son calicot, déplia son chapeau : ces artifices changeaient une cambrioleuse invisible en femme du peuple, tout aussi invisible. C'était l'avantage de fabriquer ses vêtements soi-même. Elle était prête pour damer le pion à tous les butors du monde.

9

Les cuissots de La Reine Pédauque

Tandis que Léonard étudiait le vol des bijoux dans ses rêves, Rose filait à la rôtisserie où travaillait Ambroisine Fleurignant.

Enfermée dans le placard de l'horloger, elle avait eu tout le temps de dresser de sa mission un bilan plus clair et plus cruel qu'elle ne l'aurait souhaité. Les espoirs qu'elle plaçait dans sa relation avec la reine étaient immenses. Chaque jour de sa vie, elle sacrifiait tout à son métier. Tout, c'est-à-dire les hommes et ce qu'ils auraient pu lui apporter : le statut d'épouse et de mère, les enfants, la respectabilité, l'aisance, la considération. Tout, sauf la liberté ! Par moments, elle se disait qu'elle n'avait pas renoncé à grand-chose, au fond : les hommes étaient décevants, les familles n'étaient pas fiables, la vie était une chienne. Elle, au moins, tenait ce qui lui importait vraiment : son travail. Le tissu, le fil et l'imagination, voilà des amis qui ne vous lâchaient jamais !

Mais à d'autres moments, elle se laissait aller à de plus sombres idées. Quand elle pensait avoir fait un fâcheux pari et tout perdu. La joie qu'elle retirait de l'ouvrage bien fait valait-elle le sacrifice de sa vie de femme ? Son obsession de l'indépendance, sa course à la réussite, cela était-il autre chose que de l'orgueil ? Elle avait refusé qu'un mari l'éloignât du chemin qu'elle s'était tracé, elle n'avait pas voulu partager – elle avait eu peur. Désormais, elle était contrainte à réussir ou à admettre qu'elle avait eu tort. Voilà pourquoi elle se jetait dans toutes les batailles comme un guerrier acculé à la muraille.

Un côté de la rue était occupé par un traiteur à l'enseigne du Cochon Rieur : une silhouette de porc en bois peint qui s'esclaffait de la bonne plaisanterie qu'on venait de lui faire de l'embrocher. Juste en face, la rôtisserie de La Reine Pédauque avait pour enseigne une dame du Moyen Âge au front ceint d'une couronne et dont les pieds étaient palmés. « Pédauque » : « pied d'oie » en occitan, se souvint Rose. Les deux établissements semblaient se défier. Rose poussa la porte de celui qui l'intéressait.

Les canards et autres volailles ne manquaient certes pas dans cette maison. Un puissant relent de chair cuite parfumait la touffeur des cheminées. L'une d'elles contenait une « marmite perpétuelle » : un bouillon qui ne s'épuisait jamais, que l'on ne cessait d'approvisionner en poulet, en eau, en légumes, et dont le jus, bien que peu raffiné, ravissait le palais.

Elle s'assit à la table commune pour manger un morceau. Une assiette de brouet arriva toute seule, il était délicieux. Depuis quand n'avait-elle pas pris le temps de savourer une nourriture simple en compagnie de petites gens ? Son voisin lui servit du vin en carafe qui ne lui parut pas si aigre qu'elle l'avait craint. À force de souper sous les plafonds à fresques de sa clientèle, elle avait oublié l'aimable chaleur humaine des salles bruyantes.

Les gamins accouraient avec des commandes telles qu'« un poulet et des friands pour quatre personnes avec le vin ». Mallissard y joignait des petits cadeaux maison.

– Dis-leur bien que j'ai ajouté un paquet de biscuits au cumin, ça te vaudra un pourboire !

Elle entendit deux garçons dire entre eux : « On compterait moins sur les pourboires s'il nous payait mieux ! »

Le patron hâtait ses livreurs :

– Allez, donc ! Chez Mallissard, pas de retard ! C'est mieux que « Chez Malefoy, j'y perds deux fois ».

– Chez Mallissard, c'est le bazar ! lança une voix depuis l'entrée.

Le rôtisseur avait-il vu que le traiteur d'en face était dans la salle avant de lancer sa dernière saillie ? Une dispute s'engagea.

– Chez Malefoy, j'ai mal au foie !

– Chez Mallissard, c'est cher et rare ! Dis donc, fesse-mathieu ! Tu m'as encore emporté deux clients, cette semaine ! Ça commence à bien faire !

– Tu veux dire que j'en ai repris deux sur les cinq que tu m'avais volés !

– Que veux-tu : la mauvaise qualité finit par se voir !

Rose crut qu'ils allaient s'écharper. Comment pouvait-on se chamailler ainsi entre commerçants ? Cela devait faire triste impression sur la clientèle.

Bien au contraire, les dîneurs jubilaient. C'était apparemment l'attraction du lieu. Il manquait un troubadour pour scander de couplets les éructations des deux gros ours.

– Tu as de la chance, dit Malefoy, je n'ai pas de temps à perdre avec toi, j'ai des chalands de choix à satisfaire !

– C'est ça, retourne empoisonner le pauvre monde, vieux manche à gigot !

Un dîneur leva son gobelet pour réclamer à boire.

– Hé, Ambroisine ! Nous oublie pas, ma belle !

Rose en profita pour aborder la servante.

– Votre patron et son collègue ont l'air de bien s'entendre.

– Si Malefoy était un canard, Mallissard le passerait tout de suite à la broche. Il rêverait d'acheter la maison d'à côté pour ouvrir une boutique de traiteur et couler une bonne fois pour toutes les beignets Malefoy !

Il se faisait tard, la salle se vidait, il ne resta bientôt plus que trois personnes dispersées. Quant à Mallissard, il avait disparu en cuisine.

Ambroisine était une belle femme blonde. Rose entrevit par habitude de quelle manière elle aurait pu l'habiller. Le résultat ne lui déplut pas. Il y avait dans son maintien, dans sa démarche, dans son port de tête une grâce dont une modiste aurait pu tirer quelque chose.

– Avez-vous pensé à raccourcir votre robe d'un doigt et à choisir un décolleté arrondi plutôt que carré ? Cela mettrait en valeur votre silhouette.

Ambroisine posa son pichet et s'assit à côté d'elle pour parler chiffons. Rose vit bien que cette femme n'avait pas toujours été servante.

– Vous m'avez l'air de vous y connaître en élégance.

– Vous voulez dire « pour une servante » ? Mon mari avait une position élevée à la Cour. Il était sommier[1] du garde-manger de la Cuisine-bouche de

1. Employé qui tient le compte des denrées de cuisine.

la reine ! Hélas ! il a eu des malheurs. Et puis il est mort. J'ai dû gagner mon pain. J'ai repris mon nom de jeune fille et je suis repartie de rien.

Ces souvenirs lui donnaient du vague à l'âme. Elle se tenait jambes écartées, les mains ballantes, le nez vers le dallage.

– Allons, ne soyez pas triste, tout pourrait s'arranger pour vous.

– Je ne vois pas comment.

– Par le miracle d'un tableau.

Ambroisine releva la tête et considéra la modiste avec surprise.

– Seriez-vous parente avec un abruti qui vient régulièrement m'embêter au sujet d'un bout de toile peinte ? demanda-t-elle à Rose.

Derrière la modiste, Mallissard, qui allait et venait avec ses volailles cuites, s'était soudain rapproché.

– Il vaudrait combien, ce bout de tableau, si Ambroisine l'avait ? dit-il de sa voix de baryton.

– Vous vous intéressez à la peinture, monsieur Mallissard ? demanda Rose.

– Ambroisine a fini par m'en toucher un mot à cause du gros idiot qui ne cesse de venir la relancer.

Parmi tous les dindons qui passaient sur les broches du rôtisseur, Barnabé Brûlebœuf n'était donc pas passé inaperçu.

– Donc vous possédez un bout de ce tableau, conclut Rose.

– Allez, dis-lui, insista Mallissard. Quand on tient un billet de loterie gagnant, on ne le garde pas dans sa chaussure !

Ambroisine ne voulait pas en parler. Cela lui rappelait une période de sa vie dont la plaie n'avait pas fini de cicatriser. De cette époque elle n'avait rien retiré de bon : ni mari, ni famille, ni carrière. Elle ne voyait pas comment un triangle de peinture indéchiffrable ferait exception à la règle.

– J'étais mariée à Séraphin, j'ai tout perdu, je voudrais qu'on me laisse tranquille.

– Séraphin ?

– Séraphin Bergouzouc, le sommier du garde-manger de la Cuisine-bouche de la reine ! dit Mallissard. Ah, madame n'a pas toujours servi des pichets dans une misérable rôtisserie bourgeoise ! On a connu les dorures de Versailles !

Ambroisine haussa les épaules.

– Ce n'est pas ce que je voulais dire, ne sois pas cruel. De ce temps-là, j'avais une vie, des amis, un avenir…

– Et maintenant tu as des poulets à plumer ! Désolé de ne pas t'envelopper de soie, ma belle !

Ambroisine se décida à évoquer, mais en quelques mots seulement, la destinée de Séraphin Bergouzouc fraîchement débarqué du pays de Caux : sa réussite, sa malchance, sa déchéance, son décès, la honte de ceux qui lui survivaient. André Mallissard se chargea des détails pénibles. Bergouzouc n'était pas si parfait… Pour preuve, il avait été soupçonné de complicité dans la disparition des bijoux de la Du Barry ! Il avait même séjourné au For-l'Évêque avant d'être libéré faute de preuve. La Cour avait deux manières d'étouffer les scandales : une geôle dans un donjon ou le renvoi dans le néant. Bergouzouc avait eu droit aux deux. Quand les serviteurs soupçonnés étaient devenus trop nombreux pour tenir tous en prison, la prévôté avait opté pour la deuxième solution, et tant pis pour les bijoutiers Bœhmer qui n'avaient jamais revu leur bien.

– S'il a bien volé ces diamants, ce n'est pas cher payé, conclut Mallissard. Mais pourquoi ne t'en a-t-il pas fait profiter, ma toute belle ?

– *Maôdit graund sicot ! Cache pouque !* lui lança Ambroisine, dont la figure traduisait les paroles.

Le patois cauchois lui était bien utile en la circonstance. Elle continua :

– Séraphin n'avait rien à voir avec ce crime ! Il a été puni pour d'autres !

Le rôtisseur en doutait.

– Oui, bon, passons. Après ça, Bergouzouc ne pouvait plus s'employer nulle part. J'espère au moins que le pauvre gars était coupable, vu ce que ces diamants lui ont coûté.

– Pardonnez-moi, interrompit Rose, mais si ce monsieur avait dérobé cette fortune, il aurait vécu dans l'opulence, non ?

Mallissard prit la mine malicieuse d'un rôtisseur qui a des vues sur la poule aux œufs d'or.

– À condition d'avoir pu conserver le magot, chère madame. Un haut fait de la sorte ne s'accomplit pas tout seul. Je suis d'accord sur un point avec le Grand Prévôt : il existait forcément des complices. Allez savoir lequel d'entre eux s'est enfui avec le butin, en fin de compte ! Ou même…

– Ou même ? demanda Rose.

Le rôtisseur jeta un coup d'œil à Ambroisine qui noyait son chagrin dans les fonds de pichets.

– Vous savez, on entend bien des choses, dans la restauration. Le bruit a couru que les bijoux avaient peut-être été cachés en catastrophe, un peu n'importe où, en un lieu difficile d'accès, à l'intérieur même du domaine royal. Et que les voleurs étaient morts sans avoir pu y retourner.

Ambroisine posa brutalement son gobelet sur la table en bois.

– Tu parles trop, Mallissard !

Cela n'empêcha pas son patron de continuer à développer sa pensée sur un sujet que, d'évidence, il avait longuement étudié.

– J'ai échafaudé une hypothèse. Imaginez que l'un des compères ait caché le trésor et qu'il soit mort tout de suite après... Écrasé sous les roues d'une voiture, par exemple ! et que les autres soient obligés de fuir ! Harcelés par les hommes du Grand Prévôt, repérés par la police, ils décident de se disperser à travers la France pour se faire oublier quelque temps. Et la plupart périssent d'une mort funeste, emportés par une sorte de malédiction des joyaux !

– Ou par ton imagination délirante ! siffla Ambroisine avant de vider un flacon à même le goulot.

– Du coup, plus personne pour récupérer le trésor..., conclut Mallissard, avec un clin d'œil pour Rose. Alors, il vaudrait combien, ce bout de tableau, à votre avis ?

Il valait bien plus que Rose n'avait envie de l'avouer entre le coq et la poularde. L'arrivée d'une commande procura une diversion bienvenue. Le rôtisseur reprit ses couteaux et retourna découper ses volailles.

– Chez Mallissard, tout est au lard !

Rose fouilla sa poche. Il ne lui restait plus de carte de son magasin, mais elle en avait une au nom du coiffeur. Comme la servante se levait pour servir les nouveaux venus, la modiste la retint par la main et lui glissa le petit carton.

– Si vous changez d'avis, murmura-t-elle, faites-moi demander à cette adresse. Nous pourrons discuter tableaux sans que votre patron s'interpose. Je ne vous promets pas le trésor de la Du Barry, mais il y aura sûrement une récompense.

Elle se hâta de quitter cet établissement avant que l'odeur de graisse cuite ne s'incruste définitivement dans ses précieux voiles.

10

Le tableau du maître français

Quand Barnabé Brûlebœuf ouvrit les yeux, le jour était levé, sa bouche était pâteuse et il avait mal au crâne. Le vin de la veille était vraiment bon, il en avait abusé. Il lui fallut un moment pour se rappeler qu'il avait passé la soirée à discuter avec quelqu'un, et un autre pour constater que cette personne n'était plus là… Le fragment ! Il se leva d'un bond et vérifia sa cachette. Le bout de toile peinte était toujours là, ainsi que la copie de l'autre morceau du tableau, celui de Léonard, qu'ils avaient dessinée la veille. Il fut heureux de constater que son petit trésor n'avait pas filé en même temps que l'invité.

Il eut à peine le temps de se remettre l'estomac en bonne forme grâce aux restes de volaille que la porte d'entrée s'ouvrait sur son nouvel « ami », frais comme une rose. Ainsi ce dernier n'avait pas décampé. Léonard déposa sur un coffre un gros paquet léger et mou.

– Allez, debout, j'ai besoin de toi pour une opération !

– Quelle opération ? articula l'horloger d'une langue pâteuse.

Léonard le considéra comme on fait des amnésiques et des gâteux.

– Mais voyons, la morgue !

Le coiffeur avait couru les fripiers pour rapporter à Brûlebœuf un costume de son pays natal, le Berry, comme on n'en voyait plus que dans les champs autour de Châteauroux. Il se félicita d'avoir deviné ses mensurations – un peu du génie de Mlle Bertin devait être entré en lui. Brûlebœuf portait la tenue parfaite pour aller saluer « son cousin » dans les caves du Châtelet.

Après avoir englouti les restes du souper, ils marchèrent jusqu'aux donjons noirâtres où s'abritaient les chauves-souris et la police. Comme Brûlebœuf semblait un peu confus à cette heure matinale, Léonard crut bon de lui rappeler le but de la mission. Il s'agissait de récupérer le fragment de Quatredeniers, l'ancien tailleur de Versailles devenu crieur de peaux de lapin et, plus récemment, cadavre en quête de famille dans un sous-sol sordide. Brûlebœuf était du même pays que lui, il l'avait un peu connu, il n'aurait aucun mal à se faire passer pour un parent soucieux d'offrir au malheureux une sépulture décente.

– Avec quoi je paye la « sépulture décente » ? demanda Brûlebœuf.

Léonard poussa un soupir. Rien n'était gratuit en ce monde, pas même les actions malhonnêtes.

– Avec ça, dit-il en déposant un louis dans sa main. Si c'est plus cher, rabats-toi sur la fosse commune. Prends soin de récupérer ses objets personnels. Si tu montres une pièce d'or au gardien, il acceptera même de croire que tu es sa grand-mère.

Brûlebœuf était soucieux.

– Je veux bien essayer, mais je ne le fréquentais pas tant que ça… Et il a dû changer, en quatre ans, surtout depuis qu'il est mort. On m'a dit que les cadavres ont des yeux de poisson et la mâchoire pendante.

– Non, non, il est pareil, ne t'inquiète pas… Il est passé dans l'au-delà avec le sourire. Et puis il porte un vêtement de chez toi, tu ne peux pas le manquer : un long manteau grège, des guêtres et un chapeau plat. Et si tu hésites encore : choisis le bonhomme qui a un trou au milieu de la poitrine.

– Tu ne viens pas ? s'étonna l'ancien horloger, qui aurait aimé qu'on lui tienne la main.

– Non, répondit Léonard sur un ton évasif. J'ai à faire. Je vais t'attendre ici.

Les dernières vapeurs d'alcool avaient dû se dissiper en Brûlebœuf car il réfléchit.

– Dis donc, tu aurais aussi bien pu l'enfiler toi-même, ton costume de Berrichon…

– Impossible ! La mort me fait horreur. Des tas de gens s'en moquent : je n'en fais pas partie.

*

Les corps des vagabonds, des inconnus et des assassinés étaient exposés sous de belles voûtes. L'administration espérait chaque fois que les visiteurs leur rendraient leur nom, se montreraient en mesure d'expliquer ce qui leur était arrivé et, surtout, s'acquitteraient des frais d'inhumation en terre chrétienne.

Engoncé dans ses vêtements d'emprunt, Brûlebœuf répétait son rôle : il venait réclamer son frère chéri dont le décès allait consterner la population de Poilly-lez-Gien et des alentours. Il se demandait s'il n'y avait pas moyen de conserver pour lui le fragment de toile peinte. Avec celui de Léonard, ça lui en ferait trois. Autant dire un tiers du trésor !

Il descendit les marches inégales d'un escalier humide, prêt à s'écrier « Joseph ! » devant le premier bonhomme claqué, avec l'espoir que ce serait le bon. Il défila derrière la rambarde qui tenait les visiteurs à distance des cadavres ficelés sur des planches verticales. Une corde retenait les têtes pour les empêcher de tomber sur la poitrine. Ce spectacle était l'incarnation du mot « macabre ». Et en plus cela sentait. Les corps étaient évacués lorsque l'odeur virait à l'insoutenable, mais seulement en fin de journée ; on avait le temps de tomber évanoui d'ici là. Les visiteurs les plus délicats plaquaient un mouchoir sur leur nez. Des herbes et de l'encens d'église brûlaient dans des vasques en nombre insuffisant. Les visiteurs étaient invités à laisser une pièce pour les fumigations, mais la radinerie, hélas ! parvient à se manifester jusque dans les plus tristes circonstances.

Paris était une grande ville : cette « exposition » comprenait un peu de tout. On pouvait deviner la position de ces gens dans la société et les tourments auxquels ils avaient succombé. La vue des enfants malades et des femmes battues était particulièrement navrante.

– Elle a dû tomber dans l'escalier, dit un monsieur devant une personne au visage tuméfié.

– Bien sûr, lui répondit la dame qui l'accompagnait. Il devait s'appeler Jean-Paul, son escalier. Ne t'avise pas de me faire l'escalier à la maison, je pourrais bien te casser quelques marches !

Il y avait un ivrogne à gros nez rouge, un petit ramoneur tombé du ciel, un batelier bleui qui ne savait pas nager, une raccrocheuse de nuit dont le cou portait des marques de strangulation… Tout l'enfer de Paris s'exposait ici.

Juste après une femme dont la face tirait sur le verdâtre, Brûlebœuf identifia enfin, non pas Quatredeniers, dont il avait oublié à quoi il ressemblait, mais un costume du Berry pareil au sien. Il se présenta au factionnaire afin de réclamer « son cousin tant regretté ». Il livra l'identité du mort, son adresse et son état de crieur de lapin, tout cela avec l'accent de Bourges – à défaut d'avoir celui de la vérité. Ses intonations rocailleuses s'accordaient à merveille à son vêtement : la méfiance du planton ne jugea pas utile de se réveiller. D'autant que le « brave cousin » Brûlebœuf parla de régler l'inhumation et les frais annexes. Le factionnaire l'accompagna de l'autre côté de la rambarde pour lui permettre de se recueillir sur la dépouille de son parent. Le seul moment où le Berrichon marqua une véritable émotion fut lorsqu'il toucha le pourpoint du défunt.

– Ah ! Y a rien de mieux que la toile d'Issoudun ! Ça ne tache pas, ça ne froisse pas, c'est tellement inusable qu'on meurt avant de l'avoir élimée !

– Connais pas, dit le planton. Je suis des Vosges.

Il remit au cousin le petit sac de jute où l'on avait jeté les quelques babioles trouvées sur le corps de Quatredeniers. La liste lui fut lue à voix haute :

– … et un triangle de toile enduite de couleur à l'huile d'un usage indéfini.

L'administration était précise, à défaut de savoir de quoi elle parlait. L'utilité de ce morceau devait être de faire briller les yeux des Berrichons, car c'est ce qui advint à Barnabé Brûlebœuf lorsqu'il le tint entre ses doigts.

Il se hâta de payer l'inhumation de l'ancien tailleur dans la fosse commune des Innocents et regagna l'air libre à la recherche d'un remontant. Ce bain de miasmes et l'émotion d'avoir côtoyé des dépouilles mortuaires pendant un quart d'heure lui avaient ruiné la santé. Léonard parvint tout juste à lui faire faire quelques pas jusqu'au premier troquet. Il l'assit devant une bouteille de quelque chose de fort et en profita pour s'éclipser, la bourse au trésor à la main.

Incapable d'attendre plus longtemps, il ouvrit fébrilement le sac, sitôt l'angle de la rue tourné. Combien d'efforts ce morceau de toile lui avait-il coûtés ! Mais tout était oublié, maintenant qu'il le tenait !

Ce n'était pas le cas.

Le sac de jute ne contenait que des bagatelles. Il avait été floué ! Le monde était donc rempli de voyous qui n'hésitaient pas à vous tromper à la moindre occasion ! Il retourna à la taverne pour s'assommer à son tour d'alcool fort, persuadé que Brûlebœuf avait déjà filé avec son précieux trésor.

L'ancien horloger de Versailles n'avait pourtant pas bougé d'un pouce. Seul son bras s'animait pour transférer le gobelet d'étain de la table à sa bouche. Léonard opta pour une stratégie de fine diplomatie. Il s'assit sans un mot, comme s'il revenait du petit coin. Brûlebœuf ne parut pas avoir remarqué son absence. Le coiffeur profita de ce qui restait dans la bouteille avant de poser la question.

– Où est-il, le fragment ?
– Dans ma poche.
– On peut le voir ?
Le geste que fit Brûlebœuf pour explorer l'extérieur de sa jaquette berrichonne sembla lui coûter infiniment. Ses gros sourcils se soulevèrent.
– J'ai dû le remettre dans la bourse.
Léonard la vida sur la table entre les gobelets et le flacon. Point de fragment. Brûlebœuf se redressa et le saisit au col.
– Ne joue pas avec moi, toi !
– Réfléchis un instant, mon ami. Si je l'avais, je ne serais pas en train de te le réclamer.
Les brumes de l'alcool n'empêchèrent pas l'horloger d'en convenir. Ce fut à Léonard de s'énerver.
– Le factionnaire te l'aurait repris ?
– Je vois pas comment ? Il tenait son registre d'une main, sa plume de l'autre.
– Ce ne sont pas les morts qui t'ont fait les poches, quand même !
N'y tenant plus, Léonard empoigna le loueur de télescope avec une force qu'il ne se connaissait pas et l'entraîna au dernier endroit au monde que celui-ci désirait fréquenter. Quelques minutes plus tard, ils franchissaient le seuil du Grand Châtelet et s'engouffraient dans la bouche des enfers. Ils bousculèrent les curieux en promenade afin d'accéder plus vite à la fin de la ligne, là où gisait Quatredeniers. Des ouvriers

ensevelisseurs étaient en train de l'ôter de sa stèle de présentation pour le conduire à sa dernière demeure.

– Il était là ! dit Brûlebœuf sans trop oser vraiment regarder. À côté de cette horrible femme verdâtre !

– Quelle horrible femme verdâtre ?

Elle avait disparu, elle aussi. Son corps avait été déménagé. Jamais Léonard n'aurait imaginé la mort comme une période aussi agitée. Il aborda l'un des fouisseurs.

– Dites-moi, qu'est devenue la femme qui occupait ce présentoir ?

– Quelle femme ? demanda l'homme. La 17 est vide depuis trois jours, les harnais ne tiennent plus.

Léonard considéra les planches à nu. Un problème de physique élémentaire se posait : comment, en l'absence de harnais, la dépouille d'une défunte avait-elle pu tenir debout, la tête droite et la mâchoire fermée ?

*

Tout en s'éloignant du Grand Châtelet, Rose Bertin achevait de se démaquiller à l'aide d'un mouchoir imprégné d'essence de lavande. Voilà un bien qu'elle n'avait pas volé ! Elle avait récupéré tout le fourbi qui traînait dans le manteau de cet imbécile : canif, carton à l'adresse d'une maison close, facture de vin impayée… Elle jeta l'ensemble dans la rigole, ne conservant que le triangle de toile peinte qui allait lui assurer la fortune et son triomphe définitif sur les coupeurs de mèches !

Elle n'était pas dans sa boutique depuis une heure quand ce dernier surgit, des protestations plein la bouche.

– Où elle est, la voleuse ? clama-t-il au milieu d'une présentation de jarretières et de corsets, ce qui fit moins de mal à la réputation de la modiste qu'à la sienne.

Rose mit fin à la scène en brandissant sous le nez de l'intrus un billet qu'un page venait de livrer. On pouvait y lire :

« Vous voudrez bien vous poster devant chez M. de Caraman, sur Saint-Dominique, à quatre heures sonnantes. »

M.-A.

– Vous avez dix minutes pour vous rendre présentable, dit la modiste en ajustant son bonnet sur sa tête.

*

À quatre heures précises, rue Saint-Dominique, il ne se passait rien. Ils relurent le billet pour y déceler un quelconque message secret.

À quatre heures un quart, la rue fut soudain encombrée d'une vingtaine de cavaliers qui firent dégager la chaussée pour plusieurs carrosses royaux. La porte de l'hôtel de Caraman s'ouvrit à deux battants et le comte lui-même vint s'incliner devant la personne qui lui faisait l'honneur d'une visite impromptue. Tandis que Sa Majesté entrait dans la très jolie bâtisse en compagnie de la princesse de Lamballe, Mme de Chimay et les autres dames se laissèrent distancer, puis revinrent en arrière pour rejoindre le coiffeur et la modiste qui patientaient. Ces derniers disparurent au milieu d'un massif de soie, de satin, de taffetas, d'où les coiffures émergeaient comme de gigantesques fleurs tropicales.

La reine avait improvisé ce petit déplacement au prétexte de consulter les plans du jardin que M. de Caraman avait créé à Roissy. C'était un petit parc à l'anglaise ; elle envisageait de s'en faire un grand autour de Trianon. Le parc à la française, c'était très Louis XIV, c'était les règnes d'avant. Elle voulait être moderne ; ce qui était moderne était anglais, et les Anglais aimaient les jardins déstructurés, comme les compositions de Mlle Bertin ou les chignons de Léonard. M. de Caraman allait faire aux végétaux ce que le coiffeur et la modiste avaient fait à ses cheveux et à ses robes.

Mais le vrai but de la visite était tout autre. Tandis que la reine se faisait expliquer ce paysage au naturel finement étudié, ses dames avaient pour mission d'apporter leur aide aux deux espions.

– Sa Majesté a pensé que nous pourrions vous éclairer sur ce qu'on peut déjà voir du tableau, dit Mme de Chimay.

Rose et Léonard n'osèrent pas demander comment elles savaient déjà qu'ils avaient récupéré plusieurs morceaux. Les méthodes de renseignement de Sa Majesté étaient d'une implacable efficacité. Léonard montra les premiers triangles. Rose se sentit contrainte d'exhiber celui prélevé à la morgue. Et ce, malgré l'expression outrée du coiffeur qui se retenait pour ne pas s'écrier : « Je le savais ! »

Les dames d'honneur considérèrent cela longuement. Différents blasons avaient été peints en marge du tableau, ils devaient appartenir aux personnes dont on apercevait les bras et les jambes.

– Ceci, ce sont les armes des Beauregard, dit l'une des dames, ils me sont apparentés par les d'Ussel de Chambourcy.

– Les trois rameaux sur fond bleu, on dirait les armes des Sarcilly, dit une autre. Il y avait une Mme de Sarcilly au service de feu la reine.

Cela permettait assurément de dater le tableau.

Le capitaine de Beauregard n'avait passé à la Cour qu'une année avant de périr dans un naufrage. Quant à la comtesse de Sarcilly, elle avait occupé pendant dix ans la charge de « dame pour accompagner la reine », avant de regagner ses terres de Normandie. Si l'on recoupait la présence du navigateur et le service de la comtesse, cela datait le tableau de l'été 1767. Que s'était-il passé cet été-là qui justifiât la présence de ces deux personnes dans ce paysage ? À bien y regarder, il y avait plus d'un couple dans ce jardin. Était-ce une partie de campagne ? Les pique-niques n'étaient pourtant pas en vogue ces années-là. Mais comment cette scène pouvait-elle conduire à la découverte de diamants ?

Il aurait été intéressant d'interroger les domestiques qui travaillaient à Trianon avant le vol : eux auraient su ce que cette œuvre représentait. Hélas ! ces gens avaient été au service de Mme du Barry, ils étaient aujourd'hui indésirables. La reine n'en voulait pas, on les avait envoyés nettoyer les résidences royales inoccupées : Fontainebleau en été, Marly en hiver.

– Je crois que cette peinture était dans le boudoir bleu, dit la plus âgée des dames. Si je me souviens bien, elle montrait des gens dans une clairière, mais dans des positions très figées, comme s'ils désignaient quelque chose. Je n'y ai jamais prêté une grande attention.

Ils avaient donc entre les mains des fragments d'une scène champêtre entre personnes de qualité. Où étaient-elles, que faisaient-elles, quelle était la raison de tout cela ? On n'en avait toujours pas la moindre idée.

Les interrogations s'arrêtèrent là : déjà le comte de Caraman reconduisait la reine à son carrosse devant le perron. Avant d'y monter, Marie-Antoinette pria son hôte de bien vouloir travailler à concevoir le nouveau jardin qu'elle désirait voir surgir de terre. Le comte s'inclina avec reconnaissance. C'était un honneur, c'était la renommée, et l'intendant des Bâtiments allait le couvrir d'or.

M. de Saint-Florentin, ministre de la Maison du roi en charge de l'intérieur, passait justement devant chez Caraman pour rejoindre le domicile de sa maîtresse, une petite danseuse qu'il avait logée pas loin. Il s'étonna de ce déploiement. Il régnait ici un parfum de manigances… Il avait le nez assez fin pour renifler les entourloupes.

– Je me demande pourquoi la reine a besoin d'une modiste et d'un coiffeur pour discuter jardin…

Il se promit de faire une observation au roi sur ces « visites impromptues » qui nuisaient à la dignité des reines de France. Rien ne devait être « impromptu » au sommet du pouvoir : tout devait être prévu et calculé.

Tandis qu'ils s'éloignaient, Léonard réclama d'être le gardien des fragments : son habit était pourvu de grandes poches qui fermaient avec des boutons. Il était las de se faire dérober le fruit de ses efforts, il s'était donné du mal, et n'entendait pas se faire coiffer au poteau par une intrigante. À sa grande surprise, Mlle Bertin céda sans barguigner. Mieux, elle voulut bien lui remettre un beau portefeuille en cuir de Cordoue qu'elle faisait fabriquer pour sa clientèle et les y rangea devant lui.

– Voilà. Ainsi ces précieux indices seront en sécurité. Prenez le tout.

La matière était lisse et douce. Il eut le tort d'accepter.

11

Le coiffeur et le chat perché

Avant d'entrer dans sa boutique, Léonard jeta un coup d'œil par la fenêtre. Jean-François était en train de reproduire le modèle n° 19 qui figurait sur leur catalogue : un rang de boucles à demi biaisé, un rang de boucles en coquille jeté en arrière, une coque, un chignon natté façon parquet, une boucle longue renversée avec l'extrémité de la natte. C'était classique, compliqué et légèrement démodé.

– Ah ! Monsieur Léonard ! dit la cliente quand il entra.

Il aurait souhaité rallier directement l'escalier qui menait à son appartement, mais dut s'arrêter pour la saluer. Elle l'agrippa sans pitié. De sa main libre, elle désigna l'individu qui était en train d'agrémenter de fausses mèches ses cheveux tressés.

– Ce monsieur a tenté de me faire croire qu'il était vous, puis ce monsieur là-bas (elle désignait son deuxième frère) a osé me dire qu'il était vous, lui aussi !

– C'est normal, madame, nous sommes trois. Léonard est une raison sociale.

Elle demeura perplexe.

– Mais alors... lequel de vous s'appelle Léonard ?

– Aucun des trois, j'en ai bien peur. Je suis Alexis, voici mon frère Jean-François, et celui qui frise au fond se nomme Pierre.

La dame parut choquée. On lui avait vanté Léonard, et voilà que ce Léonard n'existait pas !

– C'est un peu comme la sainte Trinité, tenta le Léonard qui se nommait Jean-François. Un seul être en trois personnes.

La cliente serait partie tout de suite si le mécréant qui tenait ces propos n'avait eu dans ses doigts une masse de cheveux non encore peignés. Elle désirait ardemment paraître jeune, belle et à la mode, mais pas au prix de son âme éternelle. Au moins, monsieur le curé, quand il lui présentait l'hostie, lui garantissait-il la présence du Christ à l'intérieur, pas un succédané plus ou moins certifié.

Elle se calma en entendant le moins frauduleux des trois donner quelques directives pour faire de sa plantation capillaire une arme de séduction et le point de mire de l'Opéra.

Léonard en profita pour redonner un coup de frais à sa propre coiffure – un peu de brosse, un peu de poudre parfumée à la violette – et imprégna son mouchoir d'un baume à la menthe qui aurait rendu la santé à une momie.

– Tous ces cheveux… ça me rajeunit, n'est-ce pas ? demanda piteusement la dame.

– Absolument ! répondit Léonard.

« Rajoutes-en », glissa-t-il à son frère avant de quitter la boutique.

Il n'était pas d'humeur à friser, on avait exigé trop de lui ces derniers jours. Il avait besoin de se détendre et connaissait l'établissement en mesure de lui offrir ce repos mérité.

*

Le Chat perché, maison de bonne renommée, était installé dans un vieil hôtel particulier des hauteurs de Montmartre. À sa tête siégeait Mme Aimée, personne fort bien élevée et très au fait de la nature humaine. L'entrée se faisait sur la bonne mine. Les habitués étaient même parfois connus sous leur vrai nom. Les messieurs recommandés présentaient un jeton remis par un ami et passaient éventuellement un petit entretien – un louis d'or permettait d'écourter l'entretien.

La soirée du jour était masquée. On distribuait dans le vestibule des loups en forme d'animaux, qui ajoutaient la discrétion à la fantaisie. Léonard opta pour un bec de canard et rejoignit les poules et les cochonnes qui peuplaient cette étable.

Il sirotait sa clairette de Die quand il eut la surprise de s'entendre apostropher par un renard à paillettes armé d'une bouteille de champagne.

– Alors, mon canard, on cherche sa mare ? lança le prédateur rouquin.

C'était un renard de taille moyenne, élancé, plein d'énergie et doté d'une assurance qui donnait à supposer qu'un bel homme se cachait sous le masque. À part cela, Léonard n'avait aucune idée de qui c'était.

– Vous ne reconnaissez pas ma voix ? dit le renard, très amusé. Je vous aurais cru plus perspicace !

– Voyons un peu…

Léonard considéra la coiffure de l'inconnu. C'était du cheveu roux, mal poudré, deux rouleaux sur les oreilles, lavé avec un savon de mauvaise qualité.

– Ah, bonsoir, monsieur Kettermann.

Le bijoutier remplit deux verres et leva le sien.

– Bravo ! Vous m'épatez !

– C'est vous qui m'étonnez, répondit Léonard. Je pensais que vous n'aviez pas le sou et que vous courtisiez l'héritière Mlle Bœhmer.

Tobias Kettermann lui raconta qu'il faisait une pause dans ses assiduités auprès de la demoiselle. Il avait conclu une affaire.

– Dites-moi donc quelle affaire, je rêve de m'offrir du champagne.

– Profitez déjà du mien ! dit aimablement le bijoutier. C'est un sujet ennuyeux comme le sont les affaires, il ne conviendrait pas à ce cadre enchanteur. Il nous faut un sujet riant, léger, mousseux... Parlons de vous ! Où en êtes-vous de notre enquête ?

– « Notre enquête » ? Si cette enquête est à quelqu'un, c'est à la personne dont le nom ne doit pas être prononcé – surtout ici.

Kettermann lui rappela qu'il lui devait le fragment de tableau qui avait servi de point de départ, et qu'en échange il espérait que « la personne sans nom » userait de son influence pour laver sa réputation injustement salie. Au reste, il avait des arguments, certes volatiles, mais capables d'enivrer un interlocuteur déjà fatigué par l'activité de ces derniers jours. Léonard voulut bien lui dire deux mots de ses recherches.

Pendant qu'il parlait, Kettermann acheta des pilons de poulet caramélisés à une jeune femme brune qui les présentait sur un plateau pendu à son cou. Léonard poursuivit son récit en suçotant du pilon au sucre. Il se sentait bien et devint volubile. Après tout, ce n'était peut-être pas de compagnie féminine qu'il avait besoin, ce soir, mais plutôt d'une oreille attentive à qui confier ses doutes et atermoiements. Parler de ses pérégrinations lui donnait l'occasion d'en faire le bilan. Après les deux cadavres des bas-fonds de Versailles, il avait réussi à rencontrer un détenteur de fragment encore vivant : Barnabé Brûlebœuf, ancien valet-horloger et loueur de télescope de son état actuel.

– Alors, qui gagne ? demanda Kettermann. Mlle Bertin ou vous ?

– Vous ne croyez pas que la Bertin serait de taille, tout de même ? répondit le coiffeur d'une voix alcoolisée.

Il avait de l'avance. D'ailleurs elle avait à moitié baissé les bras : elle lui avait donné les morceaux de tableau à garder. Celui du porteur d'eau, celui prêté par Kettermann, et celui de l'ancien serviteur du château, Joseph Quatredeniers.

Au bout d'un moment, il s'aperçut que le renard ne l'écoutait plus. Il s'était éloigné en compagnie d'une grande fille un peu maigre qui l'intéressait davantage. Il avait eu la bonté de lui abandonner la bouteille. Léonard la termina entre deux nouvelles amies qui se nommaient Delphine et Marinette. Cette dernière proposa d'aller finir la nuit tous les trois en un lieu plus confortable.

– J'peux pas ! dit le coiffeur avec regret. J'ai Bertin, tout à l'heure !

– C'est qui, ce Bertin ?

– Un dragon à chapeau !

L'image de ce soldat de cavalerie coiffé d'une toque avec lequel Léonard aurait eu rendez-vous jeta une ombre sur l'avenir de leurs relations. Il jugea que l'heure était venue de rentrer chez lui tant bien que mal : le programme du lendemain consistait en coiffure, enquête et bataille rangée avec le dragon à chapeau.

*

Il avait rejoint son domicile avec lenteur, retardé par une démarche hésitante et par un trajet plus sinueux qu'à l'ordinaire. Il venait d'introduire sa clé dans la serrure quand il se sentit poussé en avant et tomba sur le tapis de l'entrée. Le temps de se retourner, la porte se refermait sur lui et sur deux brutes. Elles étaient munies d'objets qui reflétaient la lumière de la lune comme l'auraient fait des hachoirs. Tandis que l'une le maintenait au sol avec son pied, l'autre battit le briquet pour donner davantage de lumière. Toutes deux avaient noué sur leur visage un foulard ou une serviette de table qui les rendaient aussi mystérieuses que les clients du Chat perché.

Quand le pied cessa d'écraser sa poitrine, le coiffeur se pelotonna contre la cloison, sans oser encore se relever. La tête lui tournait. Ce vertige avait pu être agréable tout à l'heure : à présent, il était gênant. Même sans le pied ni les hachoirs, il n'aurait pas réussi à s'enfuir autrement qu'en dévalant l'escalier sur le ventre.

– On vient pour les morceaux de tableau, dit une voix étouffée par la serviette.

– Dans mon portefeuille rouge, répondit Léonard.
Il tendit le doigt vers la commode sur laquelle il était posé.

Les intrus s'en emparèrent et l'ouvrirent.

– Dis donc, tu te fiches de nous ? dit l'un d'eux en se tournant vers lui.

Le portefeuille qu'il brandissait grand ouvert était vide. Léonard ne perdit pas son temps à s'interroger sur ce malheur ni sur ceux qui le menaçaient s'il ne trouvait pas une solution.

– Suis-je bête ! J'ai tout rangé dans le tiroir. Le deuxième à partir du haut. Sous les bas de soie.

Tandis que ses hôtes faisaient voler en l'air ses sous-vêtements, il se rua dehors. Il renonça à descendre l'escalier – dégringolade assurée ! – et monta vers le toit, dont la porte était toujours ouverte. Les pas et les éructations derrière lui laissaient penser que les deux molosses n'hésiteraient pas à le rouer de coups pour lui faire avouer une cachette qui n'existait pas. Il se trouva bientôt sur une surface de tuiles obliques où l'on discernait peu de choses hormis les piles des cheminées et un espace noir, en bas de la pente : un abîme d'une hauteur de trois étages. Il se demandait s'il valait mieux tomber aux mains de ses agresseurs ou tomber tout court, quand une poigne s'abattit sur son épaule et lui arracha un cri. Il se sentit soulevé de terre et emporté vers le faîte du toit. Il aperçut du coin de l'œil ses poursuivants qui hésitaient à s'engager après lui tandis qu'un invisible ange gardien l'éloignait d'eux. À droite et à gauche, deux ramoneurs le soutenaient par les aisselles de son pourpoint brodé.

– C'est le service de nuit du ramonage ?

– Équipe M.-A. 5, hâtons-nous !

Il jaugea du regard la différence de niveaux avec le toit voisin, poussa un second cri et fit mine de rebrousser chemin. Mais ses bienfaiteurs saisirent deux cordes qui descendaient d'une cheminée et lui firent franchir l'obstacle avec l'aisance d'un cabri sautant un ruisseau.

Dans ce nouveau bâtiment, une porte s'ouvrait comme chez lui sur un escalier ; les trois hommes s'y engouffrèrent dans le noir. Tandis que Léonard se heurtait à tous les obstacles – seuil, rampe, marches –, ses acolytes évoluaient avec souplesse et vélocité. Il avait l'impression d'être la proie de deux grands chats noirs. Ils finirent par le lâcher sur un palier et le poussèrent chez quelqu'un.

– Où sommes-nous ?

– Chez une amie. Elle va s'occuper de vous.

Déjà ses anges gardiens s'évanouissaient dans la nuit, aussi mystérieusement qu'ils étaient apparus. Les yeux de Léonard prirent du temps à s'acclimater à la pénombre. Puis il discerna, sur une patère, une série de bonnets à fleurs et à plumes. La frayeur le prit réellement pour la première fois de la soirée.

– Non ! Attendez ! Ne me laissez pas là ! Pitié !

On comptait bien au contraire qu'il y resterait ! La section ramonage des services secrets de Sa Majesté préférait n'avoir qu'un appartement à surveiller plutôt que deux – surtout avec un habité par un asticot qui avait la bougeotte.

Son angoisse grandit avec la certitude. Il voyait par la fenêtre un bout de l'enseigne du Grand Mogol, la boutique de Mlle Bertin – et il savait qu'elle logeait au-dessus.

– Au secours, dit-il tout bas.

Il errait dans le noir en un lieu hostile et tâchait de se repérer à tâtons. Il fallait trouver une bougie, ou la modiste – et plutôt la première que la seconde.

– Qui va là ? demanda une voix peu amène.

L'ouverture évasée d'un fusil de garde-champêtre pointait sur lui. Comme il avait une main sur le briquet et l'autre sur la mèche de la chandelle, la lumière se fit presque aussitôt. Il était sur le point de se faire remplir de plomb par une petite femme un peu boulotte en chemise de nuit et coiffée d'une charlotte. Il décida de la prendre de haut, en homme du monde habitué à être bien reçu partout.

– Pas d'inquiétude, ma fille. Va prévenir ta maîtresse que M. Autier est ici.

– C'est moi, Lustucru ! dit la voix sans que le fusil s'écarte d'un pouce.

– Allons donc ! Je connais Mlle Bertin, elle est grande et mince !

– Oui, mais là, c'est la nuit, je me repose.

– Ne te moque pas de moi, allez, appelle ta maîtresse !

Pour toute réponse, il reçut un coup de fusil au sens propre : la délicate personne s'en servait comme d'un gourdin.

– Et là, vous me reconnaissez ?

Aucun doute n'était permis.

Cette vigueur dans le coup de paluche était inimitable. Sans les artifices du corset, du panier, de la coiffure et de la chaussure à talon, la modiste était méconnaissable. Il dut admettre qu'elle maîtrisait à la perfection l'art du vêtement.

– Je n'aurais jamais deviné ! Vous avez du génie !

Elle trottinait dans ses mules en poils de biquette.

– C'est ma tenue pour dormir, dit-elle en posant l'arme sur un meuble, avant d'allumer une deuxième bougie. Et vous, vous dormez en redingote ?

Il sauta sur l'occasion pour solliciter le prêt d'une chemise et d'un lit, il désirait finir cette aventure mieux qu'elle n'avait commencé. Ses déboires étaient extraordinaires. Il venait d'être attaqué chez lui par deux malotrus armés de hachoirs et ne devait la vie qu'à l'intervention d'une brigade de ramoneurs.

Elle s'approcha et renifla son haleine.

– Faites ce que vous voulez de vos nuits, mais évitez de vous présenter chez moi complètement soûl.

Il se permit d'insister. Il avait bu, mais c'était avant d'avoir sauté de toit en toit au péril de ses os. L'air des hauteurs l'avait dessoûlé.

L'évocation des hachoirs laissait Rose perplexe. Presque autant que le commando volant de ramoneurs. Pour prouver ses dires, Léonard voulut montrer la trace des violences subies avant et pendant le sauvetage. Après avoir déboutonné plusieurs couches de vêtements, il souleva sa liquette pour exhiber un torse rien moins qu'athlétique. Rose voulait bien croire qu'il n'était pas assez audacieux pour se lancer dans des exercices où l'on gagne des bleus. Et si ses agresseurs avaient exigé les fragments, elle comprenait leur désillusion : c'était elle qui les avait. Pour ce qui était de porter foi à une histoire de bouchers fous et d'anges sortis des cheminées, elle réclamait un peu de temps ; elle n'avait pas sifflé une bouteille de champagne, elle.

Le coiffeur se considérait dans le miroir de la cheminée. Un œil au beurre noir commençait à apparaître. Ça ne serait pas gracieux pour tresser les cheveux de la reine. Rose voulut bien aller chercher quelque chose de frais à poser dessus pour décongestionner. Elle passa la demi-heure suivante à le soigner (un peu) et à le cuisiner (beaucoup). Que s'était-il passé avant l'agression pour que toutes les corporations de Paris lui tombent dessus, charcutiers et fumistes compris ?

À en croire le coiffeur, rien de particulier. Il était allé prendre un verre dans un endroit plaisant où il avait échangé des propos anodins avec des gens de bonne compagnie. Rose traduisit tout de suite ce jargon :

– Vous êtes allé vous enivrer dans une maison close où vous avez déballé votre vie devant des étrangers.

Il fut ébahi. Elle possédait un don de double vue. S'il était certain de ne pas avoir aperçu au Chat perché une modiste mal embouchée, il aurait juré qu'elle avait assisté à la scène. Il dut admettre qu'il avait partagé un moment avec un ami de rencontre et qu'il s'était laissé aller à des épanchements.

– Qui c'est, l'ami de rencontre ? demanda l'enquêtrice en bonnet de nuit.

Il fallut bien prononcer le nom de Kettermann. Rose leva les yeux au ciel.

– Ne cherchons plus, nous tenons votre agresseur.

– Sa carrure était plutôt celle de Brûlebœuf, objecta l'agressé dans une tentative pour rejeter la faute du côté de Rose. Mais, bon, Brûlebœuf n'a pas mon adresse.

Rose prit une mine évasive.

– Il l'a. Je n'aime pas donner la mienne à des personnages douteux. Une jeune fille seule, vous comprenez…

– Comment cela ?! Mais pas du tout ! Je ne comprends pas du tout !

Ainsi Mlle Bertin distribuait son adresse dans tout Paris pour attirer chez lui égorgeurs, découpeurs et hacheurs de tout poil ! Elle essayait de le tuer !

Le gros de la colère passé, ils convinrent que Brûlebœuf et Kettermann étaient leurs deux principaux suspects. L'un et l'autre avaient pu essayer de récupérer les fragments et, au passage, d'éliminer un concurrent. Tout cela en vain.

– Figurez-vous que je me suis fait voler les petits triangles plus tôt dans la soirée, lança Léonard.

Il voulait observer la réaction de Rose.

– Rassurez-vous, ils sont bien cachés, répondit-elle sans détour.

– J'en étais sûr ! Vous m'avez eu avec votre portefeuille truqué !

Elle retira d'un tiroir un deuxième portefeuille identique dont elle lui fit la démonstration. Quand on le fermait, tout ce qui était à l'intérieur tombait par terre. Léonard passa les cinq minutes suivantes à jouter avec cet objet magique. Rose en profita pour s'habiller à l'abri d'un paravent.

– Quelle ingéniosité !

– Cela m'est fort utile quand certains fournisseurs m'obligent à signer des contrats défavorables.

Elle lui offrit son lit sans elle dedans et le laissa se reposer de ses émotions.

– Je ne vais pas réveiller ma servante à cette heure-ci pour la prévenir, alors évitez de faire trop de bruit.

– Je m'en voudrais de déranger cette fille.

– Et moi d'apprendre qu'elle vous a assommé par mégarde en vous prenant pour un intrus.

Elle jeta un coup d'œil par la fenêtre. Deux inconnus surveillaient sa maison depuis la porte cochère d'en face. Avec un peu de chance, c'étaient les hommes de la reine. Sinon, les coups de hachoir risquaient de pleuvoir à nouveau. Qui avait pu attaquer M. Chignon-bouclettes ? Elle comptait bien obtenir des explications de Kettermann ou de Brûlebœuf. Si on lui estourbissait son partenaire, elle devait admettre qu'elle aurait du mal à terminer cette enquête toute seule. Des deux suspects, Brûlebœuf était le plus susceptible d'avoir organisé l'agression. L'ancien horloger était habitué à manier des outils. Tandis que, dans sa bijouterie, Kettermann manipulait plutôt des écrins de ses mains gantées.

Rose descendit dans la courette où l'on entassait les vieux emballages. Elle ouvrit la petite porte qui donnait sur la ruelle et sortit par-derrière. Comme elle s'en était doutée, les guetteurs se bornaient à surveiller l'entrée principale. Léonard allait pouvoir ronfler tranquille, la reine veillait sur lui.

Elle héla un fiacre qui errait dans la nuit sombre et se fit conduire chez Brûlebœuf. Elle sentait dans la poche de sa robe le petit pistolet et les balles. Une fois qu'elle aurait secoué les puces du loueur de télescope, il n'aurait plus envie d'assaillir les honnêtes gens – ni même les coiffeurs.

Rue du Maître-Albert, la maison tout entière était plongée dans le noir. Si le sommeil était gratuit, la chandelle coûtait cher. Rose chercha dans sa robe de quoi s'éclairer. *Voyons, la lumière, c'est dans le panier à baleines ? Ah, non, là, c'est le lasso...* Elle se souvint qu'elle avait glissé bougie et briquet dans l'ourlet du deuxième jupon.

Tandis qu'elle se démenait pour attraper son matériel, une porte palière s'ouvrit en grinçant. Elle se trouva nez à nez avec une vieille dame en bonnet et châle au crochet qui la dévisageait, une chandelle à la main.

– Vous cherchez ? demanda l'apparition.

– Je suis Mme Brûlebœuf, j'ai perdu ma clé.

– Il n'y a pas de Mme Brûlebœuf.

– Nous avons eu des différends, mais mon confesseur m'a convaincue de regagner le foyer conjugal. À cause du sacrement du mariage... Malgré les coups, ajouta-t-elle comme en confidence.

– Il a raison. Une femme se doit d'être courageuse, approuva la voisine, à qui on n'avait rien demandé. Vous trouverez la clé derrière la plinthe, à gauche : il y a un trou dans le mur.

– Merci bien ! dit Rose en s'emparant de l'objet. Mon confesseur m'a aussi appris à tirer, ajouta-t-elle en sortant son pistolet, alors ça devrait aller !

La figure de la voisine suggérait que cette riposte n'avait pas été prévue par les sacrements. Elle referma prestement sa porte.

Rose n'aurait pas eu besoin de se donner tant de peine si elle avait simplement essayé de tourner la poignée dès son arrivée… Étrangement, c'était ouvert. Même dans les quartiers moins délabrés, on donnait un tour de clé avant d'aller dormir, et plutôt deux qu'un seul. C'était étrange.

Elle battit son petit briquet contre sa mèche et une lueur lui permit de découvrir la pièce. Tout semblait en ordre, hormis le télescope, qui gisait sur le sol, et son propriétaire, qui gisait dessous. Brûlebœuf regardait au plafond, et la fixité de ses yeux grands ouverts n'annonçait rien de bon. Il avait été écrasé par son instrument de travail, et peut-être par quelqu'un qui s'était assis dessus pour faire bon poids.

L'instinct lui souffla de ne pas s'attarder dans la maison d'un mort. Dieu seul savait qui pouvait surgir encore – des assassins armés de hachoirs, ou pire : la police. L'assassin avait obtenu ce qu'il voulait. Les bavardages de Léonard avaient fait un mort. Elle se promit de le lui rappeler lorsqu'elle manquerait d'arguments pour lui rabattre son caquet. Les coiffeurs parlaient trop, c'était bien connu ; tandis que, dans la mode, on était réservé, posé et réfléchi.

Cette pérégrination prenait un tour inquiétant. C'était le troisième cadavre qu'ils rencontraient. Il y aurait bientôt dans cette affaire plus de défunts que de diamants.

Rose rentra chez elle avec l'intention d'agonir de reproches l'imbécile qui avait changé leur mission en hécatombe. Mais Léonard semblait doté d'un sixième sens : alors qu'elle pensait lui verser un broc sur la tête pour le réveiller, elle constata que le lit était vide.

Lui était-il arrivé malheur ? Tout en se déshabillant pour se coucher, elle se demanda si elle le reverrait un jour. Sa disparition l'intriguait. Elle se serait crue heureuse d'être débarrassée de lui. Elle l'était, elle désirait l'être. Mais elle aurait aimé savoir ce qu'il était advenu de lui. Il était comme ces toutous encombrants, bruyants et puants, qui nous agacent tant que nous les avons sur le dos, mais qui nous manquent le reste du temps.

Mets un frein à tes contradictions, ma fille, tu deviens difficile à suivre, même par moi ! Avant de s'endormir, elle se promit de traiter le coiffeur sans pitié quand elle aurait la malchance de l'affronter de nouveau. Les choses reprendraient ainsi leur place. Puis Morphée l'emporta dans ses bras pour lui procurer quelques heures d'un oubli réparateur.

*

Tandis que Rose était la proie de sentiments antagonistes, Léonard cheminait à grands pas vers le quartier du Temple. Trop de problèmes non résolus l'avaient empêché de s'endormir. Plus il y pensait, plus il se disait que cette bouteille de champagne gratuite au Chat perché était un piège dans lequel il était tombé la bouche ouverte.

Il mania d'une main ferme le heurtoir de bronze. Tobias Kettermann lui ouvrit avec une rapidité qui lui parut suspecte. Il était en chemise, les jambes nues.

– Ah, c'est vous ? dit Kettermann. Faites moins de tapage, vous allez réveiller le quartier ! Que va-t-on penser de moi ?

– Que vous enivrez les gens dans les maisons de rendez-vous pour profiter d'eux !

Stupéfait, Kettermann le fit rapidement entrer pour éviter d'avoir des discussions scabreuses à portée d'oreille des insomniaques. Léonard lui reprocha aussitôt de l'avoir attaqué avec l'aide d'un acolyte muni d'un hachoir à viande. En prononçant ces mots, il sentait ce qu'ils avaient d'incongru. L'homme en face de lui n'avait pas la mine à brandir des objets contondants sur la tête des gens. Léonard s'accrocha néanmoins à cette idée pour s'épargner le ridicule d'un quiproquo.

– Où sont-ils, les hachoirs ? demanda-t-il en faisant le tour de la maisonnette.

Sans hachoir, sa théorie partait en miettes. Il entendit du bruit dans la pièce d'à côté.

– Ah, un complice ?!

Kettermann hésita.

– Allez-y. Dans la chambre.

Léonard s'y propulsa. Le drap de dessus remonté jusqu'au nez, une jeune femme le regardait avec des yeux apeurés.

– Qu'esse qui veut çui-là ? demanda la nymphe.

– Ma chère, dit Kettermann, voici M. Autier, un ami. M. Autier, je vous présente mon alibi.

Il avait rencontré cette jolie personne alors qu'il rentrait du Chat perché. Après avoir sympathisé sur le trottoir, ils avaient ressenti la nécessité de nouer plus ample connaissance sans laisser au temps et aux circonstances l'occasion de mettre en péril leur amitié naissante.

Bref, il a ramassé une fille publique, traduisit Léonard pour lui-même.

Kettermann affirmait avoir passé le reste de la soirée en cette charmante compagnie – ce dont on ne pouvait douter.

– Mademoiselle a elle aussi ses habitudes au Chat perché, vous pourrez vérifier dès demain. Je ne doute pas qu'on lui délivrera un certificat de bonnes mœurs : elle en a d'excellentes.

Il n'aurait plus manqué que d'aller se ridiculiser au bordel en demandant si on connaissait cette... cette...

– Comment se nomme-t-elle ?

– J'm'appelle Nannon Longinotte, répondit la belle avec un accent des Vosges très prononcé.

– Cette demoiselle exerce-t-elle un métier, en plus de ses activités nocturnes ? s'enquit le coiffeur.

Mlle Longinotte était loueuse de sangsues au village de Bercy. Elle confirma volontiers n'avoir pas quitté son cher Tobias d'un pouce. Il lui tardait d'ailleurs de reprendre leur entretien où ils l'avaient laissé.

– Nous sommes restés l'un contre l'autre ! confirma Tobias. Si vous n'acceptez pas mademoiselle comme alibi, je puis au moins vous assurer que je suis le sien. Au cas où vous voudriez l'accuser elle aussi de vous avoir attaqué avec un hachoir...

Léonard poussa un soupir de lassitude. Voilà, c'était fait : il se sentait ridicule.

12

Cinquante nuances de gras

Il aurait été dommage d'être venu déranger Kettermann pour rien. Léonard en profita pour lui demander à quelle adresse il pouvait trouver le témoin suivant dans la course aux bijoux : il pensait au dernier survivant de la famille Samson-dit-Rabeau, le petit orphelin. Son père avait été lui aussi renvoyé de Versailles, comme Kettermann. Puis pendu pour un méfait quelconque. Et c'est dans leurs affaires que Kettermann avait trouvé la liste de tous ceux qui possédaient un fragment de la toile peinte, ainsi qu'un bout du tableau. Victor Samson-dit-Rabeau n'avait laissé derrière lui, avant de trépasser, que ces maigres indices – et un fils qui n'avait connu aucun de ses deux parents. Fannelle Samson-dit-Rabeau était en effet morte après l'avoir mis au monde. Or le nom de cette dame semblait figurer en quatrième position sur la liste codée, si l'on considérait qu'une lettre sur deux manquait :

F n e l a ɔ n i R b a

Tout cela suffisait pour justifier la visite de Léonard.

Le lendemain – pas trop tôt, car sa nuit avait été courte –, il se rendit à l'Hospice des Enfants-Rouges dans le Marais, à la limite nord de Paris. L'orphelinat hébergeait les petits Parisiens nés de parents mariés dans une paroisse de la capitale : les bienfaits payés par les bourgeois de Paris ne devaient pas se perdre dans le gosier de gamins nés ailleurs ou hors mariage. Les orphelins des provinciaux, s'il y en avait, étaient renvoyés dans leur province. Il existait même un service de porteurs munis de paniers à bretelles qui pouvaient contenir jusqu'à trois bébés !

Mais quand Léonard arriva devant l'Hospice des Enfants-Rouges, il n'aperçut dans la cour entourée de grilles que des soldats… « Voilà de bien grands bébés ! » se dit Léonard. On le renseigna : l'institution avait fermé deux ans plus tôt pour être réunie à l'Hôpital des Enfants-Trouvés, dans l'île de la Cité !

Allons bon ! La moitié de Paris à traverser !

Contrairement aux Enfants-Rouges, la maison des Enfants-Trouvés accueillait elle *tous* les bébés abandonnés. Cette œuvre avait été fondée au siècle précédent par Vincent de Paul, et ce saint homme avait obtenu l'un des plus beaux emplacements de Paris. C'était un bâtiment de moyenne importance, ancien, construit de bric et de broc à cause des extensions ajoutées au fil du temps. Situé devant le parvis de Notre-Dame[1], il était en forme de U, avec une chapelle sur un côté. On y priait pour la survie des nourrissons qui arrivaient – et pour le repos éternel de ceux pour qui la prière n'avait pas suffi. Un tiers des enfants mouraient en effet la première année. Léonard espéra que son petit témoin avait eu de la chance, sans quoi il se serait déplacé pour rien.

Il y avait des bébés partout. Et aussi des femmes en uniforme. Point d'hommes. Cet environnement n'avait rien d'attrayant pour l'humanité mâle. Une salle était remplie de berceaux identiques serrés les uns contre les autres. Qu'elles fussent religieuses ou laïques, toutes les nourrices étaient vêtues d'une robe gris clair couverte sur le devant par un grand tablier à poches où elles rangeaient mouchoirs et biberons. Leur tête était entourée d'une simple coiffe blanche empesée en forme de pot de fleurs renversé, dont les pans leur couvraient les épaules. Cet endroit était une grosse usine à bébés, où toutes s'activaient. On y comptait une femme pour trois ou quatre enfants, l'institution donnait de l'emploi à bien du monde.

1. Il a depuis été démoli pour l'agrandissement dudit parvis.

– Qu'esse vous voulez ? fit une voix dans son dos.

Léonard déclara qu'il rendait visite à un des bébés qui était de sa famille. On lui indiqua l'escalier qui menait à l'étage des administratrices. Une fois en haut, il demanda où était le bureau de la directrice : mieux valait s'adresser au Bon Dieu qu'à ses saintes.

– Vous avez rendez-vous ?

– Oui, oui.

– Mme Henri-dit-Cousin a son bureau au fond du couloir de gauche.

Henri-dit-Cousin… Pourquoi ce nom lui disait-il quelque chose ? Il avait l'impression de le connaître sans le connaître.

Il erra dans un vieux labyrinthe qui sentait l'encaustique. Il demanda son chemin une ou deux fois, puis finit par aboutir à une porte marquée « Direction ».

Léonard fut saisit par une odeur de brûlé. Un filet de fumée filtrait de sous la porte. Il frappa, au cas où Mme la directrice aurait voulu avoir le temps de dissimuler la pipe sur laquelle elle tirait peut-être entre deux rendez-vous. Nul ne répondit. L'odeur ne s'atténuait pas, ni la fumée. Il se jugea autorisé à entrer : il pourrait fouiller dans les dossiers et, si quelqu'un arrivait, il dirait qu'il avait cru à un incendie et avait voulu porter secours.

Une dame en uniforme gisait face contre terre. Des tas de papiers se consumaient sur le plancher. Léonard chercha des yeux de quoi étouffer les flammes :

un seau d'eau, des draperies, un sac de sable… Il arracha la coiffe de la blessée, faite de gros drap plié en plusieurs couches, la jeta sur le foyer et sauta dessus à pieds joints. Une personne poussa un grand cri.

– À l'assassin ! s'exclama la nourrice sur le seuil.

Léonard songea à s'enfuir, mais choisit plutôt de continuer à piétiner les flammèches.

– Qu'avez-vous donc fait ? s'écria une dame de charité en découvrant le corps de sa directrice.

– Je m'exerce à la gavotte, vous voyez bien ! répondit le coiffeur en poussant les cendres chaudes vers la cheminée.

Ces dames portèrent secours à leur supérieure, qui se mit à gémir. Elles l'aidèrent à sortir. Tout en faisant un peu de ménage dans les cendres, Léonard commençait à se demander à quelle sauce il allait être cuisiné. Une des femmes vint le chercher.

– Madame souhaite vous parler.

Elles avaient installé la malheureuse directrice dans un petit salon chichement meublé. Sa coiffe avait été changée et sa tête bandée. Elle lui fit signe de s'asseoir. On leur apporta une théière sur un plateau.

– Aimez-vous la tisane aux orties ?

– Oh, assurément ! C'est ma boisson favorite !

Comme il n'avait à portée de main aucun pot de fleurs pour se défaire du breuvage, il profita d'une vague de soupirs de son hôtesse pour sortir la flasque qu'il avait toujours sur lui. Avec du rhum et du sucre, la pire infusion prenait un goût de nectar des îles.

– Je vous remercie de m'avoir épargné une mort atroce. Que puis-je pour vous ?

– Me dire qui vous en veut, madame.

– Personne, voyons ! Je gère une institution de charité qui recueille des orphelins ! On aura voulu me voler !

– Et vous a-t-on volée ?

Il apparut que non. Léonard n'avait guère envie de s'entendre dire des mensonges par une personne qu'il venait de sauver d'un assassinat.

– Madame, vous avez été assommée et vos dossiers incendiés, ce n'est pas là un acte sans raison.

– Hélas ! nul n'est à l'abri des œuvres de Satan ! dit la rescapée en se signant. Je n'ai rien vu, tout ce que je me rappelle, c'est que j'étais en train de travailler. Je me suis réveillée sur le parquet, la première personne que j'ai vue, c'est vous. D'ailleurs, de quoi vouliez-vous m'entretenir ?

Il mentionna le petit Samson-dit-Rabeau, un gamin qu'on avait dû leur confier trois ou quatre ans plus tôt. La directrice garda le silence un long moment. Ce nom ne lui était pas indifférent.

– Que lui voulez-vous, au petit Clément ?

Il fut sur le point de répondre qu'il était venu fouiller les affaires du petit Clément pour voir si elles le mèneraient à un trésor, mais il se ravisa : la vérité est rarement la bienvenue, même dans les institutions religieuses. Mieux valait prétendre qu'il était mandaté par des amis de son père, ce qui n'était pas complètement faux.

La directrice le contempla par-dessus sa tasse de décoction couleur pipi. Le sauvetage fit pencher la balance en faveur du visiteur.

– Clément n'est pas ici, il est dans notre maison du faubourg Saint-Antoine. Sur l'île, nous ne gardons que les nourrissons. Le reste du bâtiment est dévolu à l'administration.

Une dame venue prendre des ordres appela la directrice par son nom : Mme Henri-dit-Cousin. Léonard comprit tout à coup ce qui le troublait.

– Dites-moi… C'est courant, ces noms avec « dit » au milieu ?

– En Saintonge, ce n'est pas rare.

On lui avait déjà parlé de ce pays. Il tâcha de se souvenir qui venait de la Saintonge dans cette affaire… Mais… Samson-dit-Rabeau lui-même ! Sa femme peut-être aussi. Et ainsi donc : la directrice de l'orphelinat où était élevé leur fils !

– Vous êtes la tante du petit Clément ! La sœur de sa mère, Fannelle ! La belle-sœur de Victor Samson-dit-Rabeau !

Il tenait là un excellent motif pour la tentative de meurtre qu'elle venait de subir, et peut-être aussi une petite liste de suspects.

– Bravo, dit la directrice. Vous êtes fin, pour un coiffeur.

Artiste capillaire, corrigea Léonard.

Héliette Henri-dit-Cousin avait pris soin de son neveu. Elle avait veillé sur lui, il se portait bien. Elle évoqua la triste destinée de ses parents. Victor Samson-dit-Rabeau avait quitté Saint-Augulin pour venir s'employer à Versailles. Avec son bagou et sa bonne mine, il avait obtenu une place très avantageuse de coureur de vin. Quand le roi allait à la chasse ou en promenade, il le suivait à distance avec de quoi satisfaire une petite faim ou une petite soif. Sur un signe du souverain, il lui présentait de quoi se sustenter. Une valise de drap rouge aux armes de France contenait des serviettes, du pain, des biscuits, des fruits, des confitures, du vin et de l'eau dans deux flacons d'argent. Il complétait le conducteur de la jument qui portait dans ses paniers six pains, six bouteilles, quelques douzaines de petits choux, des pastilles à sucer et des oranges du Portugal. Les jours maigres, le roi se contentait d'une compote de poires de bon-chrétien, d'une omelette, de fromages, de gâteaux, de talmouses[1] et de brioches.

Héliette Henri-dit-Cousin fit une pause. Ce qu'elle venait de décrire, c'était la partie heureuse de son récit. Fini, les valises de drap rouge, le vin et les tal-

1. Sorte de cheesecake.

mouses ! Le beau-frère s'était révélé être une mauvaise graine, il n'en était germé que du malheur : conduite à réprouver, habitudes détestables, aucune tempérance, aucun respect. Le château s'en était débarrassé. Et par la suite, impossible de retrouver un emploi dans la capitale. Comment condescendre à des tâches obscures quand on a accompagné le roi sous les chênes centenaires ? Samson-dit-Rabeau ne faisait plus rien d'utile, il perdait son temps dans les gargotes, comme s'il attendait qu'une pluie d'or lui tombe dessus. Et puis la police avait toujours un œil sur lui. Souvent, des inconnus venaient demander où il était, ce qu'il faisait, de quoi il vivait. Bel effet sur le voisinage ! Las d'espérer un miracle qui n'arrivait pas, ce méchant sujet était retourné en province, à la poursuite d'on ne savait quelle lubie. Il avait fait là-bas pire encore qu'à Paris : il avait fini pendu. La peste soit des paresseux, des buveurs et des mécréants !

– Quelle tristesse ! dit Léonard. Et votre sœur, que lui est-il arrivé ? Ne lui a-t-il pas laissé quelques subsides ?

– Lui ? Des subsides ? Et pourquoi pas des diamants, tant qu'on y est ?

Après la fuite de son mari, Fannelle s'était vue complètement démunie. Elle avait survécu comme marchande de café au coin des rues, sous les lanternes. Elle portait sur son dos une fontaine de fer-blanc et remplissait des pots à deux sols. C'était la ressource des désespérés. La communauté des limonadiers avait pris ombrage de cette concurrence : ils vendaient la même tasse cinq sols dans leurs boutiques. Les ouvriers allaient évidemment au moins cher. Leur guilde avait argué de son privilège pour faire interdire les cafetières ambulantes. Fannelle avait continué plus loin, dans les faubourgs, en se cachant. Mais l'hiver était glacial et elle était enceinte – le dernier cadeau de Samson-dit-Rabeau. Les derniers mois, impossible de porter la fontaine. Elle s'était traînée comme elle avait pu jusqu'au jour de la délivrance, puis était morte d'épuisement dans les bras de sa sœur, à l'Hôtel-Dieu. Héliette écrasa une larme.

– Je travaillais ici, j'étais logée, je ne sortais guère. Nous prenons les bébés, pas les mères. Et puis nous étions fâchées à cause de son mari. Quand je l'ai revue, c'était trop tard.

Elle inspira profondément.

– Clément a trois ans, c'est mon bonheur sur cette terre.

Léonard se moucha. Il aurait bien aimé qu'on lui indique comment remettre la conversation sur le sujet des découpages de tableaux après ça. Il se risqua :

– Je viens de la part de M. Kettermann, madame la directrice.

– Qui donc ?

– Des cheveux roux légèrement ondulés, deux rouleaux sur les oreilles, non poudrés.

– Pardon ?

– Assez grand, mince, une bonne trentaine d'années, ancien bijoutier, très intéressé par la peinture en morceaux.

– Ah ! Le collectionneur de bizarreries ! Il est venu me voir il y a un mois ou deux. Que veut-il encore ? Je n'avais qu'un seul triangle de toile à lui offrir.

Une incongruité frappa soudain Léonard.

– Vous ne vous exprimez pas du tout en patois saintongeais, dites-moi.

– Je le comprends, mais je n'ai guère l'occasion d'en faire usage. À Paris, les gens parlent plutôt le langage de l'argent.

Le problème, c'était que Tobias Kettermann avait affirmé qu'elle lui avait tenu un discours en patois et qu'elle avait prononcé le mot qui signifie « trésor » en saintongeais.

– Vous auriez évoqué une « marvalère ».

– Une marvalère ? Ma seule marvalère, comme vous dites, c'est le petit Clément.

Qu'est-ce que cela voulait dire ? Se pouvait-il que Kettermann ait mal compris ? Ou s'était-il complètement moqué d'eux ? Mais pour quelle raison ? Pourquoi les lancer sur la piste de ce « trésor » à partir d'un mensonge ? Il se promit de tirer ça au clair avec le bijoutier à leur prochaine rencontre.

– Pourtant, vous avez donné à ce M. Kettermann une liste codée…

– Moi ? Pas du tout.

Léonard se demanda qui des deux lui mentait.

– Je n'ai jamais eu de liste d'aucune sorte, insista Héliette Henri-dit-Cousin. J'avais juste ce bout de toile peinturlurée. On n'y voyait pas grand-chose, un arbre, un pied… Garder ça n'avait aucun sens. Je l'ai donné à ce monsieur, il semblait en avoir fort envie.

– Vous distribuez donc des bouts de toile aux inconnus ? En auriez-vous un pour moi ?

– Vous aussi, vous collectionnez les curiosités ?

Kettermann lui avait dit qu'il réunissait des objets pour un « petit musée à l'usage des enfants ». Elle avait trouvé l'idée charmante, il n'est jamais trop tôt pour s'instruire. Il s'agissait d'un endroit où les gamins pouvaient toucher des statues, admirer des œuvres animalières, le tout placé à leur hauteur, non en haut des murs ou sur des piédestaux.

Léonard réfléchit en sirotant la tisane dont la directrice avait de nouveau rempli sa tasse. À quoi jouait Kettermann ? Il avait totalement dupé cette ingénue. Tout cela pour obtenir un indice qu'il n'avait même pas gardé pour lui ! Ou bien…

Ou bien son plan n'avait pas été de le leur remettre. S'il avait menti à cette femme, cela donnait à penser qu'il leur mentait aussi. Et donc cherchait à les utiliser. Léonard ne voyait pas bien ce qu'espérait le bijoutier. Rose et lui n'étaient pas faciles à manipuler, surtout lui. Ils étaient retors et soupçonneux, surtout elle. Et s'ils découvraient le « trésor », ce serait pour le remettre à la reine. Si le bijoutier désirait rétablir sa réputation de probité, ce n'était pas avec des mensonges qu'il y parviendrait... À moins qu'il n'ait dit la vérité, auquel cas c'était la Henri-dit-Cousin qui cherchait à les embobiner. Après tout, pouvait-on faire confiance à une personne qui prétend subir des tentatives d'assassinat sans en connaître la raison ?

Il s'aperçut que quelque chose la contrariait.

– Si vous voyez ce M. Kettermann, dit la directrice, n'hésitez pas à lui rappeler sa promesse.

Le bijoutier lui avait promis de faire un don substantiel en faveur des orphelins. Depuis lors, plus de nouvelles. Léonard comprit mieux avec quelle spontanéité la directrice avait abandonné ce « triangle de peinture sans intérêt ». Il sentit qu'un accès de générosité comparable était attendu.

– Chère madame, veuillez accepter ma modeste contribution.

– Oh, ne vous donnez pas la peine. Vous avez déjà beaucoup contribué en me gardant en vie.

La cote d'honnêteté de la directrice fit un bond vers le haut. Il n'y avait pas d'hésitation entre elle et le bijoutier filou. Bien sûr qu'elle lui disait la vérité ! Et Kettermann mentait. Le porte-monnaie de Léonard choisit sans hésiter entre les deux suspects.

L'assassin avait donc tenté de faire taire la directrice. Mais Léonard n'avait croisé que des femmes d'un bout à l'autre de cette institution. Pour commettre ce crime, Kettermann aurait-il endossé une robe ? Pouvait-on imaginer pareille chose ? On n'était pas dans les pièces de Marivaux.

*

De retour au salon de coiffure, Léonard trouva ses frères en train de friser et tresser deux dames. Elles s'étaient fait livrer des friandises de la pâtisserie voisine. Il piocha un biscuit et donna son opinion sur l'édifice de mèches blondes qu'on était en train de bâtir. Pierre l'informa que la modiste d'à côté était passée.

– Pour me présenter des excuses après nos aventures de cette nuit ?

Les deux clientes haussèrent les sourcils.

– Je ne sais pas, dit Pierre. Elle voulait t'apprendre le décès d'un certain Brûlebœuf. Il aurait eu un accident de télescope. Je ne savais pas que l'astronomie était si dangereuse. Heureusement, dans la coiffure, on ne risque pas de tels accidents.

– Si tu t'obstines à tenir ton fer comme ça, je crains que si.

Il s'installa dans un fauteuil et considéra la liste de Kettermann.

a n b ß û e œ ſ
F r i G o s – ê e
o e h Q a r d n e s
F n e l a s n i R b a
A b o s n l u i n n

Les quatre premiers noms correspondaient désormais à des défunts : Brûlebœuf, Grosse-Tête, Quatredeniers, Fannelle Samson-dit-Rabeau. Le cinquième était celui d'Ambroisine Fleurignant, la servante d'auberge. Ces recherches lui avaient donné faim. Il était temps de joindre l'important à l'essentiel : il décida de souper à la rôtisserie de La Reine Pédauque. Il avait envie de retrouver les chapons de Mallissard – et de faire la connaissance de celle qui les servait.

L'établissement était dans le même état d'agitation fébrile qu'à la visite de Mlle Bertin. La volaille volait de la cuisine à la salle, mais déplumée, cuite, et parfois même farcie. Le service n'était pas fastidieux : la concurrence des pâtés en croûte Malefoy se faisait sentir. Léonard en profita pour entrer en conversation avec cette Ambroisine dont Rose lui avait parlé. Comme elle, il était bien convaincu que la jeune femme détenait un morceau du tableau et souhaitait y jeter un œil.

Blonde et accorte, la servante lui parut bien plus charmante que ce qu'en avait dit Mlle Bertin. Il se présenta comme un ami de la dame au gros bonnet à plumes qui était venue la veille. Elle lui avait vivement recommandé l'établissement, ses rôtis, ses sauces, sa bière…

– Ne vous fatiguez pas. Votre amie ne boit pas de bière, elle n'était intéressée que par Bergouzouc, mon défunt mari. Vous êtes le troisième à venir me cuisiner, ces jours-ci. Il n'est pas si facile de me mettre sur le gril, vous savez. Je suppose que je dois m'attendre à une nouvelle visite du gros imbécile, là, ce Boullebof…

– Barnabé Brûlebœuf. Rassurez-vous, il ne viendra plus vous embêter : il a été tué la nuit dernière.

– Tiens donc ! Il s'en est pris à une écaillère ou à une charcutière, cette fois ? Voilà ce qui arrive aux enquiquineurs et aux petits curieux.

Léonard décida de s'obstiner. Cette femme avait la mine à cacher bien des choses, sauf dans son corset, dont le contenu débordait agréablement.

– Feu Brûlebœuf n'aura pas manqué de mentionner certain morceau de peinture qu'il convoitait…

– Ah, ça, en effet, il n'a pas manqué de le mentionner ! De manière répétée ! J'espère que vous n'avez pas la même manie !

– Ma belle enfant, mieux vaudrait vous départir de cet objet auprès d'un gentilhomme qui saurait se montrer reconnaissant. Le triste sort de M. Brûlebœuf est contagieux. Moi-même, j'ai été attaqué par des goujats qui étaient peut-être ses bourreaux.

– Raison de plus pour laisser tomber, alors, répondit la servante en indiquant les broches. Comme vous voyez, nous avons ici de quoi recevoir les assassins et les importuns.

Elle paraissait peu sensible à la peur ou à l'intimidation. Il se demanda s'il ne devait pas s'installer ici pour éviter les tentatives d'assassinat sur sa personne.

– M. Brûlebœuf n'est pas la seule victime du jour. Je viens de sauver la directrice d'un orphelinat qu'on voulait brûler vive. Tous ceux qui détiennent une partie de ce tableau sont menacés. Et votre nom est sur la liste.

– Ciel ! fit la servante en posant la main sur sa ceinture où étaient passés deux couteaux à désosser.

– Même si vous gardez votre bout de peinture pour vous, vous devriez au moins m'aider à faire arrêter ces meurtriers : vous seriez plus tranquille pour rentrer chez vous le soir.

– Rassurez-vous, je n'ai pas loin à aller, répondit Ambroisine.

Elle s'éloigna pour encaisser deux dîneurs qui s'en allaient. La salle était presque vide. Mallissard raccrocha son tablier.

– Allez, messieurs, on ferme ! J'ai assez donné pour aujourd'hui !

La concurrence de la maison d'en face gâtait son humeur.

– Que Dieu broie Malefoy ! lâcha-t-il en claquant la porte de sa cuisine.

Ambroisine Fleurignant donna quelques coups de torchon sur les tables et revint voir le coiffeur. Elle s'était ravisée.

– C'est vrai que j'ai trouvé un triangle de toile peinte dans les affaires de mon défunt Bergouzouc.

– Vous me le montreriez ?

– Pourquoi pas. Mais je ne vous le donne pas.

C'était mieux que rien ; mieux, surtout, que ce qu'avait obtenu la Bertin. Léonard savourait la victoire du charme masculin sur la brutalité des modistes qui ne doutent de rien.

Ambroisine choisit un flacon dans la réserve du patron, souffla les lumières et le conduisit vers l'escalier à la lueur de sa bougie. Si elle n'avait pas loin à aller pour rentrer chez elle, c'était qu'elle habitait au-dessus.

– Ah, vous aussi ! fit Léonard.

– Pardon ?

– Rien, rien.

On était mieux accueilli chez elle que chez la modiste au fusil. L'appartement n'avait rien d'un taudis, le mobilier était neuf et commode, les tissus imprimés de motifs floraux et les murs tapissés de papier rose pâle. Un subtil parfum de cuisson créait une impression de bien-être familier. Le coiffeur se découvrit une envie de croquer de la poularde. Ambroisine avait des chairs appétissantes, des rondeurs voluptueuses, un sourire coquin, et sans doute un matelas de plumes bien rembourré.

Elle lui confia le flacon à déboucher tandis qu'elle cherchait deux verres. Il était sur le point de réclamer le bout de toile quand elle ôta la coiffe blanche qui lui couvrait la tête. Elle portait en chignon des cheveux clairs tout à fait ravissants.

– Tiens, vous qui êtes coiffeur, que pensez-vous de mes cheveux ? À cause des graisses de cuisson, j'ai le plus grand mal à me coiffer.

Il affirma qu'on n'en devinait rien et la conseilla sur la manière d'ôter la graisse sans abîmer les cheveux, avec un petit mélange d'herbes médicinales qu'elle pourrait aisément se procurer chez l'apothicaire du quartier. Pour le reste, il recommanda un chignon à boucles courtes disposées en diadème, facile à faire et à défaire. Il prit même le temps de lui faire une rapide démonstration.

– Et voilà ! Où est votre miroir ?

– Sur la coiffeuse de ma chambre. La porte, là.

Il prit une bougie pour passer dans l'autre pièce. Une glace ronde cerclée de bois reposait sur un meuble bas.

– Je ne vois rien.

La jeune femme entra à son tour, prit le miroir et se contempla.

– Vous faites des miracles, monsieur !
– Le mérite revient tout entier au modèle.
Ils se tenaient tous deux tout près du lit. Un faux mouvement aurait suffi à les renverser sur les couvertures. Il se sentait nerveux, mais d'une nervosité agréable. Tandis qu'elle admirait ses traits et le travail qui les avait mis en valeur, il respirait son parfum, des essences de fleurs modifiées par la nature de la peau. Il se sentait comme un furet prêt à bondir dans un poulailler. Un poulailler qu'on avait peut-être laissé ouvert exprès.

*

Rose avait réfléchi. Il ne s'agissait plus de s'embarrasser de scrupules et de conventions. Cette affaire était semée de cadavres. Différer, c'était hasarder leurs propres vies. Il fallait avancer. Bref, elle avait décidé de se procurer les morceaux du tableau là où elle savait qu'ils se trouvaient, que cet acte fût licite, moral, autorisé ou rien de tout cela.

Elle attendit que toute lumière disparût à l'intérieur de la rôtisserie Mallissard et crocheta la serrure à l'aide du trousseau de clés de la dame d'atour. La protection de la reine vous ouvrait toutes les portes, surtout avec un passe-partout.

La pièce était vide, sombre, et sentait la peau de volaille croustillante. Elle se servit d'un tison de la cheminée pour allumer une chandelle et chercha l'escalier. Ambroisine Fleurignant avait son logement au-dessus, Rose l'avait appris à sa première visite. C'était commode : ça permettait aux servantes d'être toujours à pied d'œuvre et aux cambrioleuses de savoir où cambrioler.

Elle poussa la porte palière, qui était ouverte, et pénétra dans l'appartement ténébreux. Où Ambroisine pouvait-elle avoir caché son bout de tableau ? Rose avisa un coffre bas qui servait également de siège. Elle venait de l'ouvrir lorsqu'une voix d'homme l'apostropha.

– Non, pas là !

Elle se figea.

– Ne bouge plus ! Reste comme ça !

Elle ne bougea plus.

– Recommence, pour voir ! Tu ne vas pas t'en tirer si facilement, ma belle !

Recommencer quoi ?

– Oh, là, oh, là ! Petite canaille ! Mais que fais-tu donc ?

Rose n'osait pas se retourner. Elle s'apprêtait à répondre qu'il y avait méprise, qu'elle ne voulait pas déranger ; elle s'était perdue sur le chemin du petit coin.

– Petite brute ! fit une voix de femme.

« Qu'est-ce à dire ? » songea la modiste.

La nature exacte de la situation ne tarda pas à se faire jour. Elle avait mal choisi son moment. Ou peut-être pas. Elle pouvait être certaine de n'être pas dérangée dans les prochaines minutes ; la demi-heure si le monsieur savait s'y prendre.

En explorant la pièce, elle trouva un vêtement qui ne lui était pas étranger. Cette veste chinée à la branche[1], imprimée en indienne[2], cette chemise de basin brodée à l'aiguille… Elle ne connaissait qu'un seul homme capable d'assortir un gilet à motif de camélias rouges avec une culotte en soie bleu roi. Léonard était dans la chambre à côté, en pleine enquête : il donnait de sa personne. Elle se hâta de fouiller. Impossible d'imaginer combien de temps cet olibrius était capable d'occuper une dame bien disposée.

– Oh oui, oh oui ! fit une voix d'homme.

Non, non, c'est trop tôt ! pensa Rose.

– Tu es belle de partout !

C'est ça, meuble, dis-lui des fadaises.

– Je n'en peux plus !

Encore un effort, je n'ai pas fini l'armoire.

– Tu es ma marvalère !

– Merci ! répondit Ambroisine. J'aimerais mieux être son trésor partout, pas seulement en Saintonge.

– Tu es mon trésor partout !

1. Façon de teindre les textiles.
2. Étoffe à motifs exotiques.

Rose dressa l'oreille. La réponse de la jeune femme la surprit. Apparemment pas Léonard, qui était d'humeur à ne s'étonner de rien.

Elle finit par pêcher au fond d'une cassette un petit papier couvert de lettres incohérentes. Soit ce genre de code était à la mode, soit elle tenait l'autre moitié de la fameuse liste.

Adieu, les deux pigeons ! Elle fit claquer la porte en sortant. Dans le lit, Ambroisine se raidit.

– Tu n'as pas entendu quelque chose ?

– C'était la terre qui tremblait, mon cœur.

13

Bruits de couloir et complots de palais

Dans le cabinet des dépêches, le roi conférait en privé avec le vieux M. de Maurepas, son Premier ministre. Ils étaient assistés de quelques officiers des missions spéciales. Son accession au trône contraignait Louis XVI à s'informer des actions que ses agents diplomatiques menaient en son nom, mais il dut bientôt admettre qu'il n'y comprenait rien.

Maurepas tentait de lui expliquer comment avait fonctionné ce cabinet noir ces vingt-huit dernières années. Comme c'était exactement la durée de la disgrâce pendant laquelle Maurepas avait été écarté des affaires, lui non plus n'y entendait goutte.

Le chef des services secrets, le comte de Broglie, avait été exilé à la suite d'un complot sur sa terre de Ruffec, où il boudait depuis. Pendant ce temps, les rapports des agents et des ambassadeurs initiés au Secret continuaient d'affluer à Versailles. On n'avait aucune idée de ce qu'ils racontaient : le comte de Broglie s'était retiré avec la grille de déchiffrement du code. Le roi lui avait écrit deux fois pour la lui réclamer, mais Broglie feignait de ne pas comprendre, il n'avait rien envoyé.

Jusqu'à la mort du précédent roi, Louis XV, les agents secrets envoyaient leurs lettres à des adresses fictives convenues entre l'administration et eux. Le baron d'Ogny, intendant des postes, les recueillait pour les remettre directement à Sa Majesté. M. Guimard, garçon du château, les transmettait à M. Dubois-Martin, dont les secrétaires assuraient le déchiffrement et rédigeaient des résumés à l'intention du roi. Le comte de Broglie écrivait les réponses.

Il y avait aussi le problème des papiers secrets de Louis XV, que Guimard conservait dans un coffre. Il fallait prendre une décision, ces documents risquaient de tomber un jour entre de mauvaises mains.

Maurepas avait soixante-treize ans, rien de tout cela n'existait de son temps. Ces questions d'espionnage et de contre-espionnage lui semblaient avoir beaucoup changé, et pas en bien. Le baron d'Ogny remit au roi les lettres chiffrées. Louis XVI y jeta un coup d'œil par curiosité, n'en ayant jamais vu. Mais il se lassa bientôt de parcourir des lignes incohérentes dont il ignorait qui les lui envoyait et quel était leur sujet.

Maurepas eut l'impression qu'on n'avait pas très bien préparé son nouveau maître à prendre les rênes de l'État.

– Bon, dit le jeune roi. Eh bien, le plus simple est de dissoudre ce cabinet noir et de brûler toute cette paperasse ! Ainsi, nous serons sûrs de ne pas commettre d'impair !

Maurepas se demanda si Sa Majesté n'était pas justement en train d'en commettre un, bien que cette solution lui facilitât la vie à lui aussi. Il ordonna d'enfermer les courriers dans une caisse et de la détruire.

La caisse fut confiée au premier secrétaire, qui la transmit au premier valet de la Chambre, qui la déposa en réserve, où il ne la trouva plus le lendemain – ce dont il déduisit que les ordres avaient été exécutés.

*

Rose faisait antichambre en attendant d'être admise dans le cabinet privé de la reine. Léonard la salua sans falbalas.

– Mademoiselle de la Bertinière…

– Monsieur de La Mèche…

Ils échangèrent des propos qui pouvaient paraître souriants et anodins, vus de loin.

– Vous avez réussi à vous lever, ce matin ? Après la nuit que vous avez eue ? demanda Rose.

– J'ai dormi comme un bébé.

– Oh, si vous le dites…

– En tout cas, j'ai pris le temps de me coiffer comme il convient, moi.

Il ne supportait pas cette mode qu'elle avait lancée de poser sur des cheveux bouclés avec art une espèce d'énorme bonnet flasque comme une méduse.

– Mais pas celui de vous habiller, dit-elle en désignant de son éventail un pan de chemise qui s'échappait d'un gilet mal boutonné.

Ils profitèrent de l'attente qui se prolongeait pour s'entendre sur ce qu'ils allaient raconter à la dame d'atour. Ils étaient bien obligés de faire front commun. Léonard résuma sa visite aux Enfants-Trouvés : la tentative de meurtre et les confidences de la directrice. Si Kettermann avait attaqué cette femme pour la faire taire, il avait été contraint d'endosser l'uniforme de l'institution pour parvenir jusqu'à elle.

– En êtes-vous sûr ? dit Rose. Et si la directrice avait été attaquée par une vraie femme ?

Léonard se récria.

– C'est impossible ! Jamais une personne du beau sexe ne ferait preuve d'une telle brutalité ! Je connais bien les femmes ! Elles en sont incapables !

– Mon cher, ce n'est pas parce qu'on multiplie les galipettes avec les filles faciles qu'on peut se vanter de connaître les femmes. À propos, où en êtes-vous, avec le triangle d'Ambroisine Fleurignant ?

Léonard avait avancé : Mme Fleurignant n'avait pas fait de difficultés pour lui montrer son triangle.

– Vous m'en direz tant ! dit Rose, qui n'ignorait pas de quelle manière il avait payé son droit de visite.

– Hélas ! elle ne m'a pas permis d'en prendre copie.

Il fallait croire que le charme du coiffeur avait ses limites. Rose avait une remarque à ce sujet.

– Un détail ne vous a pas frappé pendant votre tête-à-tête avec cette personne ?

Il ne voyait pas de quoi elle voulait parler. Mme Fleurignant s'était montrée coopérative, tout à fait souple et pleine de bonne volonté. Rose le coupa.

– Épargnez-moi le récit de vos turpitudes. Quand vous l'avez traitée de « marvalère » : elle a parfaitement compris de quoi vous parliez.

Il resta bouche bée, à se demander si elle s'était cachée sous le lit.

– Et alors ? finit-il par répondre.

– Ambroisine Fleurignant est cauchoise, elle a épousé un Cauchois… Où a-t-elle appris ces mots de saintongeais ?

Cette « marvalère » revenait bien souvent dans leur enquête. On pouvait soupçonner ceux qui l'utilisaient de courir après le pactole.

*

Tandis que les dames de la reine laissaient les deux fournisseurs mariner dehors pour que le monde les voie, Marie-Antoinette tenait réunion dans son cabinet privé. La présence du coiffeur et de la modiste accréditait l'idée qu'elle n'était qu'une écervelée. Et cela lui était bien utile. Dès qu'on eut fermé les portes de sa chambre, elle repoussa les rubans et sortit d'un tiroir des lettres chiffrées soustraites au feu.

– Mesdames, nous avons un problème.

Il importait de sauver le réseau des agents de la Couronne à l'étranger. Mais comment le financer ? Les employés du Secret attendaient leurs gratifications. Il fallait aussi offrir une somme au comte de Broglie pour récupérer le code que le roi n'avait pas réussi à se faire envoyer. Rien n'irait sans argent. Comment en avoir ? Les reines de France ne possédaient rien : elles vivaient de ce que le Trésor voulait bien leur accorder au coup par coup, et les factures étaient visées par les comptables.

Marie-Antoinette avait tenté de solliciter une rallonge. On la lui refusait au prétexte qu'il fallait abattre tous les arbres centenaires du parc plantés sous le règne de Louis XIV : on lui répondait qu'il n'y avait plus d'argent, elle passait après les arbres ! Les intendants voulaient qu'elle leur donne des raisons de l'augmenter – d'autres raisons que l'intention de se livrer au contre-espionnage. Déjà, ses dames et ses suivantes récupéraient les vieilles chandelles et ses vêtements pour les revendre et en tirer un petit pécule. Mais cela ne montait pas bien haut. Elle pouvait arguer de ses dépenses en étoffes et en coiffures – la frivolité était permise, et même encouragée. Elle avait besoin que Mlle Bertin et Léonard lui facturent des fournitures hors de prix.

L'ordre du jour comprenait aussi un courrier de Vienne. L'impératrice Marie-Thérèse conseillait à sa fille de mettre son grain de sel dans la politique française. Elle l'avait élevée pour devenir la reine de France, non pour être une potiche autrichienne sur une commode française.

Le point suivant portait sur le remplacement du duc d'Aiguillon, secrétaire d'État aux Affaires étrangères et à la Guerre : un poste crucial. Le roi désirait se défaire des ministres de son grand-père, Louis XV, pour en prendre qui ne devraient rien qu'à lui. Il fallait en profiter. De son côté, le Premier ministre M. de Maurepas essayait de conserver son poste au duc d'Aiguillon : il était son neveu. Mais d'Aiguillon avait été un allié de la Du Barry, et le roi la détestait.

– Je dois absolument contrôler cette nomination. Imaginez que le nouveau secrétaire d'État pousse la

France à faire la guerre à ma mère ! Je deviendrais l'ennemie de mes deux pays ! On finirait par m'appeler « l'Autrichienne » !

Un page annonça que Sa Majesté approchait avec M. de Maurepas et M. de La Vrillière, le ministre en charge de la police. La reine lui ordonna d'aller quérir M. d'Aiguillon, et ces dames reprirent leurs échantillons d'étoffes. Quand Louis XVI entra, elles se levèrent et firent la révérence.

– Vous êtes très en beauté, ce matin.

– Je le serai plus encore quand mes gens auront fini de me parer, répondit Marie-Antoinette.

– Je ne vous tiendrai pas longtemps, je suis venu vous dire un mot.

– Avec M. de La Vrillière. J'espère que je ne suis pas en état d'arrestation.

Le roi rit.

– Que vous êtes drôle, ma chère amie !

Les deux ministres firent mine de rire aussi par politesse. Maurepas vit sur les genoux de la reine une lettre ornée d'un tampon qui ressemblait fort à celui du Secret. L'étiquette lui interdisait de l'interroger, mais Marie-Antoinette suivit son regard.

– C'est une lettre de ma mère.

– Oui, oui, je vois.

– On voit beaucoup la livrée rouge et bleu de la reine, ces temps-ci…, dit le ministre de la Maison du roi qui dirigeait la police du royaume. On la voit en des lieux où l'on ne s'attendrait pas à rencontrer les serviteurs de Sa Majesté.

– Ma chère, dit Louis XVI d'une voix enjouée, vous ne devinerez jamais ce que prétend M. de La Vrillière !

– Dites-le moi, j'aime rire.

– Que vos gens arrêtent et interrogent des suspects dans Paris !

Les dames de la reine pouffèrent derrière leurs éventails.

– Votre Majesté ne rit pas, nota M. de La Vrillière.

– Si, dit Marie-Antoinette. Intérieurement. Beaucoup.

– La reine a l'humour allemand, expliqua son mari.

– Autrichien, Sire.

– Quelle est la différence ?

– La portée de nos canons.

La reine demanda si Sa Majesté voulait bien entendre un mot qu'elle avait à dire sur M. d'Aiguillon.

– Pourquoi pas ? dit Louis XVI. J'ai souvent remarqué qu'un regard féminin peut apporter une vision différente. Dites-nous ça.

Elle prit une grande inspiration et se lança. M. d'Aiguillon était incapable de travailler avec quiconque, ni d'envisager quoi que ce soit sans y mêler ses propres intérêts, voire ses inimitiés personnelles, il passait son temps à espionner, ne supportait pas d'être contredit ni contrarié, il traînait un passé judiciaire gênant et remerciait ses alliés en les envoyant à la Bastille, en un mot il n'agissait jamais qu'à son avantage.

Maurepas resta bouche bée.

– Mais, bien sûr, je ne comprends rien à la politique, conclut la reine en vérifiant l'agencement de sa toilette dans la glace de sa coiffeuse. D'ailleurs, Mme de Chimay pourrait en parler mieux que moi.

M. de Maurepas ne s'était pas attendu à ce coup de Jarnac. La diatribe comportait un deuxième chapitre que leur délivra la dame d'atour.

– M. d'Aiguillon est un brave homme dont les qualités principales sont la curiosité et l'absence de scrupules. Il prend si grand intérêt pour Votre Majesté qu'il ne manque jamais une occasion de boire vos paroles, même quand il n'est pas convié à les entendre.

– Je ne peux le croire, dit Louis XVI, on vous aura menti dans le but de lui nuire.

– Ouvrez, dit la reine.

Une des dames tourna la poignée de la porte. On découvrit la mine stupéfaite du duc d'Aiguillon qui donnait toutes les apparences de s'être installé dehors pour écouter. Le battant fut refermé au nez de l'importun.

Le roi se tourna vers son ministre.

– M. de Maurepas, votre neveu s'en ira demain.

– Sire, je supplie Votre Majesté de renoncer à l'usage d'exiler sur leurs terres les ministres qui ont déplu. Cette coutume n'est plus pratiquée que chez nous et en Turquie.

– Soit. Qu'il démissionne, je lui donne cinq cent mille livres et l'autorisation de vivre à Paris.

La reine farfouillait dans les étoffes.

– Qui nommerez-vous pour le remplacer, mon cher ami ?

– Avez-vous quelqu'un en vue, Maurepas ?

Le ministre ouvrit la bouche, mais la reine répondit avant lui.

– Connaissez-vous Charles de Vergennes ? J'ai ouï dire qu'il avait brillé à Stockholm dans son ambassade. J'ai reçu une lettre d'un certain M. de Fersen à ce sujet.

Le roi se tourna vers Maurepas, qui était tout surpris de voir qu'un orage s'était déclaré dans ce salon et qu'il pleuvait sur lui.

– La carrière de M. de Vergennes s'est surtout déroulée à Constantinople..., tenta-t-il d'objecter.

– Quelle chance ! dit la reine. Il pourra nous conter des histoires turques, l'exotisme fait fureur. On me dit qu'il a été déchu de son ambassade pour avoir épousé une Turque. Il nous revient de récompenser le courage et l'amour, n'est-ce pas, mon cher ami ?

Elle fit à Louis XVI un de ces sourires auxquels il ne savait pas résister – un sourire Habsbourg. Il remarqua comme sa nouvelle robe lui allait bien.

– Monsieur de Maurepas, dit-il, vous prierez M. de Vergennes de venir à la Cour nous raconter ses histoires turques. Il me semble être un excellent candidat pour nos Affaires étrangères.

Les deux ministres Maurepas et La Vrillière sortirent de là inquiets. Pourquoi la reine se mêlait-elle des nominations ? Elle semblait suivre des plans qui leur échappaient. Ils espéraient qu'elle n'agissait pas au profit de l'Autriche. Ils devaient absolument lui procurer des passe-temps qui la détournent de la politique. La Vrillière avisa le coiffeur et la modiste assis dans l'antichambre. Que faisaient-ils ici, ceux-là ? Depuis quand une reine de France recevait-elle ses fournisseurs ? N'avait-elle pas déjà un coiffeur dûment accrédité par le gouvernement ? Quel était le propos de ces entretiens ?

Comme La Vrillière leur posait la question, Rose et Léonard montrèrent des rubans et des nattes de cheveux dont ils avaient des paniers pleins. Le ministre était dubitatif. Maurepas, au contraire, y vit là l'occasion qu'ils cherchaient.

– Eh bien, faites-en davantage ! Davantage de bouclettes ! Davantage de frivolités ! Je ne manquerai pas de dire à notre contrôleur des Finances de payer toutes les notes que la reine lui transmettra !

Un garde suisse appela.
– Mlle Rose Bertin ! M. Léonard Autier !
Tandis que le coiffeur et la modiste entraient, des courtisans qui passaient par là et qu'on n'avait pas appelés se scandalisèrent de voir la reine recevoir des roturiers. La reine bousculait l'étiquette, elle ne se pliait pas aux conventions. Ces entorses étaient outrageantes pour la noblesse.
– La reine est étonnante, dit Maurepas en s'éloignant dans la galerie en compagnie de La Vrillière. Elle n'a pas fini de nous surprendre.

*

La princesse de Chimay reçut les deux compères assise tandis qu'ils présentaient leur rapport debout. Ils possédaient désormais la liste entière. Rose sortit de sa poche la moitié volée à Ambroisine Fleurignant, Léonard celle prêtée par Kettermann. Si l'on superposait les deux face à une source de lumière, le texte se complétait.
– Comment vous l'êtes-vous procurée ? demanda Léonard.
– Pendant que vous rôtissiez la rôtisseuse.
Il vit qu'il avait été le dindon de la farce. Il ne restait qu'à copier les noms qui apparaissaient par transparence.

Barnabé Brûlebœuf
Firmin Grosse-Tête
Joseph Quatredeniers
Fannelle Samson-dit-Rabeau
Ambroisine Fleurignant
Herminie Godechou
Anicet Foucray

Ils avaient cru faire avancer leur enquête à grandes brides, mais cette liste comptait quatre défunts, la servante de La Reine Pédauque et deux inconnus. Herminie Godechou posait un problème : c'était une femme. Les femmes changent de nom comme de mari.

– Ne leur trouvez-vous pas quelque chose de bizarre, à ces noms ? dit Rose.

Léonard se faisait la même réflexion. Point de Dupont ou de Durand.

– Ce sont tous des noms régionaux, dit Rose. Nous devons chercher dans les associations professionnelles dont les métiers sont issus de ces pays. Quand on pense « marchand de vin », par exemple, on pense « Auvergnat »... Madame, sauriez-vous nous obtenir la liste des serviteurs employés au château pour l'année 1770 ? Discrètement, de préférence...

– Il suffit de me la demander à moi, répondit Mme de Chimay.

Elle sortit de sous un paquet de draps le grand livre du personnel. Un Anicet Foucray figurait pour l'année 1770 comme « aide à la Fruiterie ». Il avait été, lui encore, remercié après le vol. Rose fit les comptes.

Barnabé Brûlebœuf, valet de chambre-horloger devenu loueur de télescope, décédé.

Joseph Quatredeniers, tailleur ordinaire de la reine puis crieur de peaux de lapin, décédé.

Firmin Grosse-Tête, huissier de la salle commune puis porteur d'eau, décédé.

Fannelle Samson-dit-Rabeau, épouse de Victor Samson-dit-Rabeau, coureur de vin, tous deux décédés.

Séraphin Bergouzouc, sommier du garde-manger de la Cuisine-bouche de la reine, décédé.

Ambroisine Fleurignant, sa veuve, à présent rôtisseuse de ce qu'on voulait, chauds lapins, jeunes coqs montés sur leurs ergots, paons prêts à faire la roue, canards boiteux…

– Oui, bon, n'en rajoutez pas, dit Léonard.

Il leur manquait Herminie Godechou. Si le nom de Godechou ne figurait nulle part, une Herminie était inscrite à la page des B, suivie du patronyme Bonsami : « Herminie Bonsami, blanchisseuse des menus[1]. »

1. La lingerie fine.

Originaire de Bretagne, Pierre Bonsami était noté comme porte-table ordinaire. Renvoyé lui aussi. Ils se dirent qu'ils venaient d'identifier le quatrième larron qui s'était emparé des bijoux de la Du Barry avec Séraphin Bergouzouc, Jean Pochonnet et Victor Samson-dit-Rabeau. Ce quatuor avait détruit la vie de bien des gens, la leur pour commencer, celle de leurs amis ensuite !

Il aurait été utile d'interroger les serviteurs qui étaient en place quatre ans plus tôt, quand le Domaine avait procédé au grand renvoi.

– Faites cela, dit Mme de Chimay en se levant pour indiquer que l'entretien était terminé. Mme Bornic va vous conduire. Revenez me voir quand vous aurez du nouveau. Bientôt !

– Je ne doute pas que M. Autier fera feu de tout bois pour vous procurer des renseignements, dit Rose.

Léonard attendit d'avoir regagné les couloirs pour se plaindre.

– Je ne comprends pas ce que vous avez contre moi. Vous êtes pire que d'habitude !

– Je dois être trop gentille, d'habitude.

– Je vais finir par croire que vous me faites une scène de jalousie !

– Je vous fais une scène de non-jalousie.

*

Ils traversèrent la rue pour entrer au Grand Commun, où on leur présenta quelques serviteurs dévoués. Certains se souvenaient d'Anicet Foucray, mais aucun ne savait quel était son métier actuel, ni où il logeait… si bien sûr il était encore vivant !

Une question cruciale se posait : dans quoi pouvait se reconvertir un aide à la Fruiterie remercié après un vol de diamants ?

14

L'art de laver son linge sans famille

L'ambiance était morose dans la voiture qui les ramenait à Paris. Ils s'étaient assez vus pour la journée et pour celles à venir. Chacun de son côté, Rose et Léonard se disaient qu'Herminie Godechou avait dû continuer de gagner son pain dans le nettoyage de la lingerie fine. Il fallait la chercher du côté des lavoirs.

Un peu plus tard, après s'être changée en femme du peuple, Rose quitta sa maison par la petite porte. Elle s'était enveloppée presque tout entière dans un long tablier en toile bleue censé la faire passer inaperçue.

Léonard, qui avait mis moins de temps à s'apprêter, la guettait depuis la ruelle.

– Vous avez déjà beaucoup enquêté la nuit dernière, lui lança-t-elle en pressant le pas. Vous devez être fatigué, je ne voudrais pas tirer sur vos dernières forces.

– Mes dernières forces sont inépuisables, vous pouvez tirer dessus, répondit-il sans la lâcher d'un pouce.

Pas question de la laisser amasser des indices comme, par exemple, le morceau de tableau que possédait sûrement Mme Godechou. Mais il fallait en convenir : une femme serait mieux placée que lui pour faire causer les lavandières.

On ne lavait plus son linge en famille comme au Moyen Âge : dans de grands chaudrons d'eau bouillante, avant de l'étendre dans la pièce unique de son logis. Depuis qu'on avait découvert les vertus du savon, le linge était battu dans le cours de la rivière. Chaque matin, les lingères arrivaient par dizaines sur les rives de la Seine, leur paquet à l'épaule. Elles étaient si nombreuses qu'un arrêt leur interdisait de laver entre Maubert et le Pont-Neuf en été, sous peine de recevoir le fouet : les porteurs d'eau s'étaient plaints que le savon rendait l'eau du fleuve imbuvable. Des bulles se formaient dans la soupe des Parisiens.

Quand leur gouaille et leur franc-parler attiraient les badauds, elles troussaient leurs cottes mouillées et laissaient voir des parties du corps que l'on cachait habituellement. Elles n'hésitaient pas non plus à lancer des lazzis impudiques aux messieurs.

Rose et Léonard cherchaient des Godechou. On en avait : on leur désigna trois femmes au milieu du lavoir.

– Madame Godechou ? demandèrent-ils à une épaisse matrone aux cheveux blancs.

– Ouida ! C'est pour quoi ?

Elle n'avait pas le raffinement des blanchisseuses de Versailles.

– Herminie Godechou ?

On s'exclama.

– Ça me ferait mal !

Herminie était la belle-sœur, la femme au pauvre Henriet, celle dont personne ne voulait parler parce qu'elle exerçait un mauvais métier.

– Vous voulez dire « blanchisseuse des menus » ?

– Blanchisseuse des menus, tu parles !

L'Herminie le prenait de haut avec la parentèle parce qu'elle avait frotté les culottes du roi. Ça ne l'avait pas empêchée de tomber plus bas qu'aucune d'entre elles.

Ils n'eurent pas à chercher : plus bas que lavandière, il n'y avait que prostituée. Par chance, la belle-sœur était volubile. Herminie s'était fait épouser par Henriet, qui avait une boutique de chiffonnier à Ménilmontant. Elle lui avait raconté qu'elle était enceinte, alors il l'avait conduite à l'autel. Il l'avait jetée dehors dès qu'elle avait avoué qu'il n'y aurait pas d'enfant. Toute la famille avait compris qu'Henriet s'était fait avoir. Et les Gochechou n'aimaient pas qu'on les prenne pour des navets.

– Sauriez-vous où nous pourrions la rencontrer ? C'est pour lui parler de son frère.

Les lavandières prétendirent n'avoir aucune idée de l'endroit où elle se trouvait. Moins elles la voyaient, mieux elles se portaient.

Alors qu'ils s'éloignaient, une gamine les rattrapa.

– Je peux vous dire où elle est, Herminie ! dit-elle en tendant la main. En échange d'une pièce !

Rose fit signe à Léonard. Il déposa un liard dans la petite paume potelée.

– Une plus grosse pièce, précisa l'enfant.

Un dépôt de cinq sous leur permit d'apprendre que l'ancienne blanchisseuse des menus lavait à l'écart, à un emplacement qui semblait être réservé aux mauvaises filles : on y montrait encore plus de chair qu'ailleurs et les popotins s'agitaient à l'approche des curieux. Elle était robuste, avait le visage constellé de taches de rousseur et des bras de charretier.

– Une fille facile, c'est dans vos cordes, dit Rose. Je devrais vous laisser.

Elle ne s'éloigna que d'un pas.

– Madame Bonsami ? demanda le coiffeur en ôtant son chapeau.

La blanchisseuse leva les yeux du linge qu'elle tordait.

– Il y a beau temps qu'on ne m'appelle plus ainsi. C'était le bon temps. Qu'est-ce que je peux pour toi, mon joli ? dit-elle en le toisant de bas en haut.

Le petit mouvement qu'elle fit pour rehausser sa poitrine dans le corset laissa deviner comment elle envisageait la réponse. Sa lessive était finie.

– On peut aller manger un morceau chez moi, si tu veux.

– Volontiers, mais je vous préviens, j'ai apporté mon manger.

Il s'écarta pour laisser voir la personne derrière lui. Herminie Godechou considéra l'en-cas.

– Ça me va, éventuellement.

– Qu'en dites-vous, ma chère ?

– Quelle délicieuse idée, dit Rose en grimaçant un sourire.

Sur le chemin de son domicile, Mme Godechou leur fit acheter une bouteille d'un alcool fort et bon marché, deux adjectifs qui ne vont pas bien ensemble. Ils comprirent qu'elle arrondissait ses revenus à l'occasion et que l'occasion ne se présentait pas très souvent. L'occasion n'était pas très généreuse, l'occasion se faisait rare et pingre. Cela se voyait au décor : la maison était un amas de planches disjointes. À l'intérieur, le lit contre le mur était à baldaquin pour qu'on n'y ait pas froid l'hiver, mais le tissu était usé, troué, mité. Le plafond s'effritait, l'enduit du mur avait jauni, l'unique armoire était surmontée d'un gros ballot de vieilles loques, et le plancher n'avait jamais vu le cirage.

Ils s'assirent sur des tabourets tandis qu'Herminie leur servait du tord-boyaux. Ils souhaitaient causer de son frère.

– Il est mort, répliqua la lingère sur un ton qui n'engageait pas à creuser ce sujet.

L'apparition d'une belle pièce d'un métal plus précieux que les cinq sous de la gamine facilita l'entretien. Herminie parla de la Maison de la reine, dont son frère avait été un porte-table ordinaire. Marie Leszczynska était morte en 1768, mais Louis XV avait conservé le personnel pour la Dauphine, qui devait arriver en France deux ans plus tard. Si bien que Marie-Antoinette, à quinze ans, s'était vue entourée de personnes beaucoup plus âgées qu'elle, habituées à servir une reine qui aurait pu être sa grand-mère. Pierre Bonsami avait fait entrer sa sœur au château comme blanchisseuse. Hélas ! il avait été renvoyé avec une trentaine d'autres.

– À cause du vol de Trianon ?

Elle les regarda.

– Vous êtes bien renseignés.

– Il a payé pour les coupables ou il était dans le coup ?

– Je n'en sais rien. Pour ce que ça change, aujourd'hui ! Il est mort et je suis pauvre.

– S'il y avait participé, il vous l'aurait dit, n'est-ce pas ?

Comme elle préféra boire que leur répondre, ils se dirent qu'ils avaient visé juste. De toute évidence, le trésor n'était pas ici : Herminie n'en avait jamais vu la couleur.

– Vous voulez quoi ? M'envoyer à la potence ? Que Pierre ait trempé ou non dans ce vol, je n'ai jamais rien su. Il ne m'a pas fait ses confidences. Le devoir d'un frère, c'est d'éviter d'entraîner sa sœur à l'échafaud. Maintenant, il est mort. Ils sont tous morts, lui et ses amis.

– Séraphin Bergouzouc, Jean Pochonnet, Victor Samson-dit-Rabeau, c'est bien d'eux que vous parlez ? demanda Rose.

– Voilà, vous connaissez toute la confrérie. Tous mangés par les vers, à l'heure qu'il est. À part la fille, peut-être.

– Une fille ? Quelle fille ?

– Sais pas. C'était pas moi, en tout cas. Je croupirais pas ici à m'abîmer les mains et le reste. Elle est peut-être dans la même tombe qu'eux, qui sait ? Quoique, les femmes, ça a des ressources que les hommes n'ont pas…

Certes. Herminie ne s'était pas recasée dans le portage d'eau, le lapin écorché ou la location de télescope.

– Nous aimerions vous acheter un morceau de tableau, dit Léonard.

– Combien ?

– Pas cher, il s'agit d'un tout petit morceau.

Elle voulait bien leur vendre ce qu'ils désiraient – lingerie, liqueur, ses fesses –, mais elle ne se rappelait pas le moindre tableau.

– Vous avez bien des souvenirs de votre frère ?

– Oh, si peu !

Il était allé faire la contrebande en Suisse et s'était noyé dans le lac de Genève alors qu'il fuyait la maréchaussée.

Elle se leva de son lit, qui était de loin le plus beau meuble de la pièce, glissa le bras sous trois épaisseurs de matelas remplis de son et en retira une boîte en sapin peu épaisse.

– Il avait pas d'femme, c'est à moi qu'il a confié ses affaires quand il est parti chercher fortune ailleurs.

La boîte contenait de pathétiques reliques : médaille de baptême en fer-blanc, vieux brevet de serviteur de la Cour, bijoux de pacotille... et un triangle de peinture dont les pointes rebiquaient.

– Ça serait pas ça ?

– Combien en voulez-vous ? demandèrent-ils avec l'appétit du loup pour l'agneau.

Herminie Godechou ne parvenait pas à croire que ce déchet pouvait avoir de la valeur.

– Combien vous m’en donnez ?

– Je pense que ça vaut bien une aune de soie, dit Rose.

– Ou une tresse blonde d’Arras ou même de Lille.

– Ça fait combien en ratafia[1] ? demanda la marchande de peinture.

Ils se cotisèrent pour lui abandonner une somme qui permettait certainement de s’enivrer pendant un mois entier. Herminie considéra cet argent comme la manne tombée dans le désert. Elle retint néanmoins le fragment entre ses doigts.

– Qu’est-ce que vous espérez en faire ? Récupérer les diamants volés ?

Ils répondirent qu’ils étaient au service d’une personne influente qui souhaitait que justice soit rendue.

– Alors promettez-moi que vous ferez punir le capitaine de la maréchaussée qui a laissé mon frère se noyer !

Ils promirent, elle lâcha prise. Ils possédaient désormais les deux tiers d’un tableau qui les conduirait peut-être aux bijoux de Mme du Barry, à la reconnaissance de leurs mérites et à bien d’autres choses dont ils n’avaient pas idée.

*

1. Boisson apéritive.

De retour chez lui, Léonard n'aspirait qu'à la tranquillité du foyer en compagnie de parents qui l'aimaient. Ses frères avaient posé peignes et ciseaux, l'un feuilletait une gazette de modes, l'autre massait des mains raidies par le travail.

Jean-François souhaitait vivement lancer un journal consacré aux créations capillaires du génie de la famille, illustré de belles gravures. Ils l'écouleraient dans toute l'Europe. De son côté, Pierre comptait fonder une école où il formerait des assistants qui coifferaient à sa place. Si Léonard accédait au titre de coiffeur officiel de la reine, tout devenait possible : les apprentis se battraient pour recevoir leur enseignement et les dames pour lire leur journal à dix sous.

Léonard se demandait si sa difficile relation avec Mlle Bertin n'était pas un obstacle à la réalisation de ces plans. La modiste se montrait revêche, alors qu'il faisait tout pour lui être agréable, comme il l'était envers tout le monde. Le charme viril était sa seconde nature. Elle avait toutes les raisons de l'apprécier, pourquoi ne pouvait-elle pas le souffrir ?

Pierre et Jean-François échangèrent un regard entendu : il y avait trop longtemps que Léonard avait cessé de côtoyer les clientes huit heures par jour, il avait perdu le contact avec la subtilité féminine. Jean-François se chargea de la lui rappeler.

– Cette Rose, c'est bien une femme ?

– Euh… oui, je crois.

– Les femmes sont capables d'aimer et de détester EN MÊME TEMPS !

Cette révélation rendit Léonard béat.

– C'est donc ça ! Elle m'aime !

À présent que tout malentendu était dissipé – elle était folle de lui, il avait été trop occupé pour s'en apercevoir –, il allait lui offrir un cadeau de réconciliation. Un Foucray. Quoi de plus appréciable qu'un suspect de vol et son bout de tableau découpé ? Mais où trouver ça ?

Pierre connaissait justement un Anatole Foucray, marchand de bains de son état, auquel ses clientes faisaient parfois appel les jours de fête. Si ce n'était lui, ce serait peut-être son frère. Léonard se lança sur-le-champ dans la chasse au Foucray.

Il se rendit sur la rive de la Seine où le marchand de bains remplissait la citerne qu'il apportait chez les bourgeois. Une charrette avec cuve et bois de chauffage stationnait devant une échoppe délabrée. Hélas ! M. Foucray n'était guère disponible. Sa boutique était sens dessus dessous. Un malfaiteur avait tout retourné au cours de la nuit, à la recherche d'on ne savait quelle somme qui ne s'y trouvait pas. Le propriétaire des lieux était d'autant moins enclin à répondre à des questions qu'un inconnu était déjà venu lui en poser la veille.

– Comment était-il, cet inconnu ?

– Est-ce que je sais, moi ! Je vois du monde toute la journée et j'ai d'autres soucis !

Léonard passa ce Foucray par profits et pertes. La nouvelle du jour, c'était qu'il n'était pas seul à leur courir après : la quête du Foucray était devenue une compétition.

*

De son côté, Rose constatait que rien n'allait plus quand elle s'absentait du Grand Mogol. Elle s'absentait justement pour que tout aille mieux, mais ce paradoxe était incompréhensible à ses employées. Les clientes la réclamaient, il y avait des décisions à prendre pour les fournitures, pour les créations, pour tout.

– Rassurez-vous. Quand j'aurai terminé ce que je suis en train d'accomplir, j'aurai trop d'ouvrage ici pour mettre un pied dehors. Nous ne saurons plus où donner de l'aiguille.

Un visage la contemplait à travers le carreau de la devanture.

« Que veut-il encore, cet ahuri ? » se demanda-t-elle. Elle sortit sur le pas de porte. Un grand sourire aux lèvres, le coiffeur la considérait avec l'intérêt de l'entomologiste pour un scarabée d'une espèce non encore répertoriée.

– Qu'est-ce qu'il a, lui ?

– Vous m'aimez ! dit Léonard avec le même air satisfait que s'il avait découvert la recette de la gomina qui ne graisse pas les cheveux.

– Plaît-il ?

– Je sens que vous m'aimez.

Une gifle claqua.

– Et celle-ci, vous l'avez sentie ?

– Ah, on m'avait prévenu que ça risquait d'arriver, dit-il en se tenant la joue.

– S'enivrer en plein jour ! Quelle déception vous êtes !

Léonard ne buvait pas, il faisait le tour des Foucray de Paris. La récapitulation de ceux disponibles dans les parages n'était pas fabuleuse.

– On m'a parlé d'un Foucray employé aux Messageries, mais il se prénomme Jean-Luc. D'un autre côté, si je m'appelais Anicet, je pourrais être tenté de changer pour Jean-Luc.

– Bien sûr. Et regardez aussi du côté des femmes, dit Rose avant de lui claquer la porte au nez, il aura peut-être même changé de sexe !

15

Une princesse du sang

Léonard passait devant la rôtisserie de La Reine Pédauque quand il s'entendit héler.

– Hé ! Vous !

Cette voix de baryton appartenait à Mallissard. L'idée vint tout à coup au coiffeur que cet homme n'avait peut-être pas été très content d'apprendre que sa jolie servante recevait de beaux jeunes hommes si bien coiffés. Sa cuisine était pleine de couteaux, mieux valait éluder l'entretien.

Il pressa le pas, mais on l'appelait toujours. Il se vit bientôt entouré d'une nuée de gamins accrochés à ses basques.

– Monsieur ! On vous appelle ! On veut vous parler ! Retournez-vous, monsieur !

Les petits crampons finirent par lui couper la route. Il n'allait tout de même pas se mettre à courir dans la boue des rues parisiennes, au péril d'éclabousser ses bas ! Il se retourna avec la dignité et le naturel dont il était capable.

– Oui ? Que me veut-on ?

Mallissard l'attendait sur le seuil de sa taverne, les bras croisés. Léonard fut un peu rassuré de voir que le rôtisseur ne tenait aucune lame à la main.

– Avez-vous des nouvelles de ma servante ?

– Votre servante ?

– Ambroisine Fleurignant. Je vous ai vu discuter avec elle, l'autre soir.

Vingt minutes plus tard, un coiffeur exalté surgissait dans la boutique de modes pour brailler : « Ambroisine a disparu ! »

Toutes les dames en train d'essayer des bonnets se figèrent.

– Ne faites pas attention, mesdames, dit Rose. C'est le fils du cabaretier voisin, il a perdu la tête. Mais non, Ambroisine n'a pas disparu, ajouta-t-elle très haut en prenant l'intrus par le bras pour l'emmener dans l'arrière-boutique. Votre petite perruche est morte l'an dernier, vous le savez bien. Venez par ici, je vais vous donner des rubans pour jouer.

– Merci de me faire passer pour fou, dit-il quand ils furent seuls.

– Merci de crier des insanités dans mon magasin.

Léonard lui fit son rapport. Mallissard s'inquiétait de ne plus avoir de nouvelles d'Ambroisine. Elle n'avait rien emporté. On pouvait aussi bien l'avoir estourbie au coin d'une rue. À l'heure qu'il était, son corps flottait peut-être vers Le Havre, tout froid et tout gonflé.

Rose admit que cette disparition n'était pas bon signe. Les détenteurs des morceaux de ce tableau n'avaient pas une espérance de vie très longue ces jours-ci. Cette idée était d'autant plus fâcheuse qu'eux-mêmes en possédaient plusieurs. Il importait de faire avancer leur enquête au plus vite : ils avaient accepté cette mission pour se ménager une place à la Cour – pas au cimetière. Ils se partagèrent les tâches : elle irait vérifier que Kettermann n'avait pas tué la servante ; quant à lui, il interrogerait cette Nannon Longinotte qui prétendait avoir couché avec le même Kettermann la nuit du crime. S'il insistait, peut-être changerait-elle son témoignage.

– Qu'entendez-vous par « insister » ? s'enquit Rose, qui ne goûtait guère sa façon d'interroger les suspectes.

Tout en discutant, elle garnissait sa robe avec les articles prêtés par Trianon : pistolet, éventail en fer et passe-partout.

– Dites donc, rétorqua Léonard, je vous demande comment vous comptez vous y prendre avec le bijoutier, moi ?

Marie-Antoinette suivait la messe presque chaque jour. Mais on ne pouvait pas dire que le fait de travailler à son service vous incitait à respecter les principes chrétiens de pureté ou de probité.

Rose partit voir si Tobias Kettermann n'avait pas pu quitter son logement en pleine nuit pour agresser Léonard au hachoir ou écraser Brûlebœuf sous son télescope. S'il pouvait être accusé d'un de ces crimes, le bijoutier deviendrait également soupçonnable du meurtre d'Ambroisine. En tout cas, il n'avait pas eu le temps matériel de tuer les deux hommes. Combien étaient-ils donc à courir ainsi après les bijoux de la Du Barry ?

Rose jeta un œil à travers le carreau. Personne. Elle ne pouvait crocheter la serrure. La porte ouvrait directement sur la rue, il y avait du passage : tout le monde la verrait faire. Une lucarne était entrouverte, mais elle était en hauteur… Après tout, nul ne la soupçonnerait de cambrioler par la fenêtre, elle était trop bien vêtue pour ça. Les cambrioleuses ne s'enrobaient pas de satin. Cette fenêtre ouverte signifiait toutefois que Tobias Kettermann était négligent : soit il avait la conscience tranquille, soit on ne pouvait rien voler chez lui. Elle fit rouler une barrique jusque sous la fenêtre et grimpa dessus. Il lui manquait deux ou trois pouces pour se hisser.

– On peut vous aider, M'dame ?

Des gamins la regardaient se démener.

– J'ai perdu mes clés !

– Ne vous inquiétez pas, M'dame ! On va vous pousser !

Ils la poussèrent effectivement en prenant appui sur des parties de son anatomie qu'elle ne laissait habituellement pas tripoter par des inconnus mal vêtus. Une fois à l'intérieur, elle voulut rétribuer leurs efforts.

– Pas la peine, M'dame ! C'est pour nous !

Le contact avec les cotonnades et ce qu'il y avait dessous avait suffi à leur bonheur.

C'était toujours ce même taudis où elle avait pris le thé quelques jours plus tôt. Ce pauvre Kettermann avait dégringolé l'échelle sociale, la chose était entendue : l'endroit n'avait rien à voir avec le logis d'un bijoutier des beaux quartiers qui sertit des diamants pour la favorite royale.

Elle fit le tour pour voir si cet homme ne gardait pas des triangles de peinture entre les pages d'un livre. Mais, de livres, elle en vit peu. Elle entra dans la chambre où Léonard avait rencontré la jeune personne qui servait d'alibi au bijoutier, cette Nannon Longinotte. Encore un lit où se commettaient des actes réprouvés par la morale ! Décidément, tout le monde s'amusait, sauf elle.

Elle avisa une porte presque invisible, tapissée du même vilain papier que le reste de la pièce. Elle s'attendit à trouver là des piles de draps et de serviettes en lin. En réalité, ce réduit était plus vaste qu'un placard. Les cloisons étaient couvertes de dessins et de schémas représentant des pierres précieuses et des montures. Kettermann avait voué cette pièce au regret de sa carrière brisée.

Rose se remémora la description des diamants de Trianon : un bracelet, des pendants d'oreilles, un collier, une aigrette, tout assorti. C'était exactement ce dont elle avait la représentation sous les yeux. Ce recoin était un monument funéraire. Kettermann l'avait garni avec les reliques de ses diamants disparus. Il en était obsédé. Impossible de croire qu'il ne jouait aucun rôle dans les rebondissements de cette affaire. Jusqu'où irait-il pour retrouver ces joyaux ? Elle éprouva l'impérieuse nécessité de quitter ce logement.

*

Pendant que Rose fouillait le foyer de l'inquiétant bijoutier, Léonard rendait visite à la très peu inquiétante Nannon Longinotte.

Le village de Bercy, en bord de Seine, à la limite de la capitale, était un lieu marécageux peu prisé de la bonne société – mais pas de la mauvaise. Le coiffeur demanda son chemin à des matrones qui le dirigèrent vers les berges inondées. Les loueuses de sangsues étaient à pied d'œuvre pour récolter l'animal qui faisait l'objet de leur commerce. Il reconnut

Mlle Longinotte, assise sur un banc, qui observait ses camarades.

Cette besogne dégradante et dangereuse était réservée aux femmes. Elles se pressaient dans les nombreux marais de la Seine qui n'était pas endiguée. Elles retroussaient leurs hardes et s'enfonçaient dans l'eau jusqu'à mi-cuisses pour attendre que les sangsues s'agglutinent sur leurs mollets. Il fallait savoir se retirer à temps. Si la pêcheuse sortait de l'eau trop tôt, les sangsues se décrochaient ; trop tard, elles pompaient tant de sang que l'infortunée risquait l'évanouissement et la noyade. Une fois sur la berge, une grêle de bubons noirs sur chaque jambe, il restait à décrocher les parasites en se frottant les jambes avec du gros sel ou du jus de tabac. Léonard vit les seaux où trempaient de vieux mégots. Les sangsues étaient enfermées dans des jattes que la loueuse portait chez les apothicaires qui s'en servaient pour purger les malades ou préparer des onguents. Elle se rendait parfois directement chez le patient et les récupérait après le traitement.

Nannon Longinotte lui parut moins attrayante que lorsqu'il l'avait surprise dans le lit de Kettermann, nue et décoiffée, ses yeux émergeant du drap. Son imagination l'avait trompé. Ses vêtements de pauvresse la rendaient peu affriolante. Un fichu lui mangeait la moitié du visage, ses hardes grisâtres étouffaient sa beauté. Il se demanda ce qui avait pu attirer Kettermann. Il fallait vraiment une grande pratique des femmes pour deviner la perle à l'intérieur de l'huître.

Il la regarda acheter la récolte d'autres pêcheuses, ce qui faisait d'elle en quelque sorte la sangsue en chef. Il s'offrit à porter l'un des seaux, remplis de ces animaux répugnants, visqueux, vampiriques et qui sentaient la vase. Elle le conduisit à une ruelle qui était la tristesse dans le marasme. Elle habitait une cabane délabrée, de guingois, qui semblait sur le point de s'effondrer. Le dedans se révéla encore moins appétissant que le dehors. Mlle Longinotte s'attela alors à soigner ses bébés sanglants.

– C'é de la Pontoise de première qualité, expliqua-t-elle tandis qu'elle triait ses seaux. J'é de la Créteil, c'est moins cher. Mais on n'sé pas ce que ça a mangé, hein, avec lé équarisseurs qu'il y a là-bas !

Il existait deux sortes de sangsues : les grosses, fort recherchées, et les petites, plus résistantes mais moins efficaces pour aspirer.

– Quand on péche que dé petiotes, on les gave de sang fré chez l'équarissour, puis on persouade l'apothicaire qu'elles sont du premier choixe.

Le métier était menacé par l'usage de la saignée autant que par les progrès de la médecine.

– Pourtant, ça soigne tout, les sangsues ! Les flouxions, les apoplexies, et même lé engorgements qui empéchent d'avoir des mômes ! Et avec mes petites bétes, c'é sans risque ! On ne craint pas de s'vider !

Kettermann était tombé bien bas pour entretenir une liaison avec cette demoiselle. Mais Léonard admit qu'elle était vive et énergique. Elle lui répondait poliment, ce qui le changeait d'une autre femme qui était tout le contraire et qu'il devait supporter trop souvent à son gré. Il lui demanda d'où venait son accent.

– Vrément ? Jé pensé l'avoir perdou !

– Il en reste une trace discrète quand on écoute bien, dit le coiffeur.

Elle venait du « pays des pêches ». Léonard se dit que c'était tout ce qu'il leur manquait, dans cette affaire, après les Bretons, les Saintongeais, les Cauchois et les Berrichons.

Il posa enfin la grande question : confirmait-elle que M. Kettermann n'avait pas quitté son domicile la nuit du meurtre de Barnabé Brûlebœuf ?

– Ce Brûlebœuf était oune crapoule, Tobias mé l'a dit.

Kettermann lui avait donc dit bien des choses. Un bavard, ce Kettermann. Tout en parlant, Nannon Longinotte avait ôté son manteau. Léonard vit qu'elle portait quelques bijoux fantaisie.

– C'est joli, votre collier.

– C'é un cadeau de mon Tobias.

– Je vois qu'il a refait fortune.

– Oh, il les fabrique loui-méme.

C'était bien du talent perdu. Léonard pouvait comprendre l'amertume qu'éprouvait un joaillier si talentueux. Si on lui avait interdit de toucher peigne et ciseaux, de quelles folies n'aurait-il pas été capable ?

– Tobias et vous êtes très proches…

– Il m'épousera dés que sa sitouation sé séra arrangée. Il paraît qu'il compte sur deux imbéciles pour le rémétre en sélle.

Léonard se demanda quels pouvaient être ces deux imbéciles. Il se promit de poser la question à Mlle Bertin.

16

Mon curé chez les Bretons

Tandis qu'un fiacre le ramenait au Palais-Royal, Léonard se dit qu'il avait pris le problème « Anicet Foucray » par le mauvais bout. Il avait cherché le nom au lieu de chercher l'homme. Le patronyme était au fond assez commun. En revanche, l'homme était d'une part un Breton, d'autre part un ancien aide-fruitier à Versailles, où son travail consistait à distribuer des bougies aux habitants du château.

Le coiffeur tira de son tricorne la liste des quatre suspects du vol, tous décédés :

Victor Samson-dit-Rabeau : Saintongeais.
Jean Pochonnet : Berrichon.
Séraphin Bergouzouc : Cauchois
Pierre Bonsami : Breton.

Il se pencha par la portière.

– Mon brave ! Connais-tu l'église des Bretons de Paris ?

– Ouida, monsieur. C'est Saint-Guénolé-de-Landévennec.

Puisque Pierre Bonsami, l'un des suspects du vol, était lui aussi de cette région, peut-être s'y était-il fait enterrer. Avec un peu de chance, le registre paroissial mentionnerait son entourage, et, pourquoi pas, l'insaisissable Anicet Foucray.

Sobre bâtisse médiévale, Saint-Guénolé-de-Landévennec, du nom du fondateur d'une abbaye, abritait plusieurs autels dédiés à saint Gwenael de Plougonvelin, à saint Brieux ou à saint Maclou. Ils étaient décorés d'ex-voto offerts par des confréries de pêcheurs de sardines, de ciriers, de sabotiers ou de brodeuses de Plougastel. Il y en avait un autre pour saint Émilion, moine originaire de Vannes, très apprécié en Gironde de son vivant et partout ailleurs depuis lors. Il y avait des galettes devant la statue de saint Michel, fièrement muni du glaive qui lui avait permis de repousser Satan et les Normands.

Curieusement, cet endroit sentait moins l'encens et l'encaustique que la cuisine grasse et le lard frit.

Un enfant de chœur passait d'un candélabre à l'autre, un panier de chandelles à la main. Léonard le pria de lui montrer le livre des inhumations et appuya sa requête d'une petite pièce.

Pierre Bonsami figurait effectivement dans le registre. Une messe de funérailles de quatrième catégorie avait été dite un an plus tôt. Son corps reposait dans le sous-sol, section des démunis.

– Sais-tu s'il a des parents qui viennent le voir ? demanda Léonard.

Le garçon s'excusa, il fallait s'adresser au bedeau qui travaillait ici depuis plus longtemps que lui. Un raclement se fit entendre derrière eux.

– Frère Anicet ! appela l'enfant à mi-voix.

Léonard eut soudain l'impression que son enquête allait faire un grand bond. Le fruitier de Versailles était passé de la bougie aux cierges.

Le clerc qui rangeait les chaises après la messe était vêtu d'une simple robe de couleur bleue en guise de livrée. C'était une place très subalterne pour un homme peut-être assis sur un trésor en diamants.

Au lieu de les rejoindre, Anicet se figea, tira de sa ceinture une verge et fondit sur un mendiant que Léonard n'avait pas remarqué, mais dont la présence n'avait pas échappé à l'œil exercé du serviteur de Dieu.

– File d'ici, coquin ! dit-il en fouettant les reins du malheureux qui ne déguerpissait pas assez vite. La mendicité, c'est sur le parvis !

Une fois l'intrus parti, il se souvint du monsieur au fond de l'église.

– Pardonnez-moi. Quand ce ne sont pas les chiens errants, c'est la racaille ! Que puis-je pour monsieur ?

Léonard expliqua qu'il avait l'honneur de servir chez le roi, où on lui avait maintes fois vanté les qualités de l'ancien aide à la Fruiterie entré en religion. Il avait eu envie de rencontrer un homme assez pieux pour troquer les ors de la royauté contre la bure du service divin.

– Hélas ! monsieur, répondit Anicet, on m'y a un peu aidé. Un pauvre malentendu.

Léonard se réjouit d'avoir visé juste. Il avait son idée sur le malentendu.

– On m'a dit que vous étiez proche de Pierre Bonsami, un porte-table ordinaire du roi qui est de votre pays.

Le bedeau le dévisagea avec aussi peu d'aménité qu'il le faisait des mendiants et des chiens.

– Ça fait un bail que je ne l'ai vu.

– Je m'en doute, dit Léonard, puisqu'il dort sous nos pieds.

Contraint à la vérité, Foucray accepta de résumer en deux mots le drame qu'avait vécu son pauvre ami. Après avoir touché le fond de la déchéance, il s'était acoquiné avec des rebuts de la société et avait péri d'un coup de couteau. Son ancien camarade avait réussi à le faire enterrer ici parce qu'il y était bedeau.

– Aimez-vous la saucisse ? demanda ce dernier à brûle-pourpoint.

– Pardon ?

Anicet Foucray ne faisait pas que chasser les importuns, il protégeait un commerce de bouche adossé à l'église. Le moment était venu de pimenter cet entretien de quelques friandises que Léonard aurait la délicatesse de payer. Ce dernier accepta de le suivre. Il avait l'intention de cuisiner le cuisinier.

Léonard comprit enfin d'où venait cette odeur de graillon qu'il sentait dans l'église. Une roulotte branlante stationnée sur le côté du bâtiment était surmontée d'une pancarte où l'on pouvait lire « À la bonne saucisse de Redon ». On y proposait aussi du pâté de Pouldreuzic, de la véritable crêpe bretonne flambée au chouchen, et du *kig-ha-farz*.

– Qu'y a-t-il là-dedans ?

– Comme son nom l'indique, répondit Foucray.

Léonard demanda tout de même quelques précisions.

– C'est une recette typique de notre beau pays de Léon, et qu'on considère à tort comme un plat de pauvres. Le *kig-ha-farz* se compose de deux *farz* que l'on fait cuire dans des sacs en toile : un far noir et un far blanc. On l'accompagne de *lipig*, une sauce à base d'oignons et de beurre. Ce mets réalise l'alliance de la finesse et du roboratif.

Du point de vue de Léonard, le roboratif dominait.

– Nous avons un proverbe, dit Anicet Foucray : « Bois pas trop de chouchen avec ton *kig*, tu vas finir dans le *lagenn* ! »

– Ça tombe sous le sens. Je suis un peu barbouillé, aujourd'hui. J'ai fait des excès de rillettes du Mans hier soir.

– Ah ! Dans ce cas, prenez un peu de kouign amann, c'est léger !

– Joli biscuit, drôle de nom.

– *Kouign* veut dire « gâteau », *amann*, « beurre ». C'est une spécialité de Douarnenez.

Ce qui était bien, c'était que la recette était incluse dans le nom. Ils proposaient aussi une spécialité plus courante : l'andouille de Guémené. Les marchands ambulants en vendaient un peu partout à Paris. Sauf devant l'hôtel de Rohan-Guémené, sur la place Royale[1] : le prince de Guémené goûtait mal d'entendre sous ses fenêtres les cuisiniers crier : « Andouille de Guémené ! »

Après avoir sacrifié avec délice à la découverte des douceurs régionales, Léonard aborda le sujet de sa visite.

– Savez-vous qui a hérité des affaires personnelles de Pierre Bonsami ?

– Je l'ignore, répondit le bedeau sur un ton qui suggérait le contraire.

1. Place des Vosges.

– Je suis à la recherche d'un triangle de toile peinte qu'on n'a sans doute pas enterré avec lui.

Anicet Foucray répondit qu'il ne voyait pas, mais vida d'un trait son gobelet de chouchen, comme pour faire glisser le mensonge.

– Dites-moi, reprit Léonard. N'avez-vous pas prononcé des vœux, en tant que clerc ? Avez-vous encore le droit de mentir ?

L'absence de réponse en était une.

– J'ai quelques affaires à lui dans une boîte. Des vieilleries, des papiers, des souvenirs de famille…

– Et un morceau de tableau découpé ?

– Connaissez-vous les galettes de Pontaven ? demanda le bedeau.

– Je ne sais pas. Sont-elles découpées en triangles ?

Le bedeau poussa un soupir d'exaspération.

– Écoutez, j'ai fichu aux ordures tout ce qui était sans intérêt. Je n'ai gardé que les croix, parce que ça ne se jette pas, les manchettes en dentelle de Saint-Malo que vous voyez là (il montra ses manches) et les souvenirs de Plougastel parce que c'est joli.

Léonard imagina une collection de coquillages peints encore moins ragoûtants que le *farz* à la sauce *lipig*.

– C'est bien d'être sentimental. Néanmoins, vous devez savoir que le Grand Prévôt de France a rouvert l'enquête qui a causé votre renvoi. Un souvenir breton, pourquoi pas. Mais le souvenir d'un vol de bijoux à Trianon conduirait n'importe qui à la potence.

– C'est pas juste, je suis une victime !

L'ancien aide-fruitier raconta qu'il avait été chassé par précaution, sur un préjugé, en l'absence de preuve. Le diamant était la plus belle des pierres, mais il était aussi la plus dure et ses coupures étaient profondes.

– Raison de plus pour ne pas aggraver votre cas, reprit le coiffeur. Vous vous êtes fait une jolie petite situation, ici, ajouta-t-il en désignant la livrée de toile bleue et la badine à sa ceinture. Ne gâchez pas tout pour un souvenir qui ne vous attirera que des ennuis !

– C'est une honte ! Déjà que j'ai payé pour les autres !

– Si vous vous obstinez, vous allez payer encore plus cher. Ces diamants, vous ne les trouverez jamais. Tandis que le Grand Prévôt finira bien par vous trouver, vous. Pendu pour un vol qu'on n'a pas commis, c'est quand même le comble du manque de chance, non ?

Anicet Foucray contemplait le fond de son gobelet. Il était temps de l'aider à faire le bon choix.

– Et puis, là, il y aurait une petite prime, reprit le coiffeur.

– Une prime ?

– Mais oui ! Si vous aidez la justice, on vous confiera un marché juteux. Tenez, soyons fous ! Vous fournirez à déjeuner les garçons-coiffeurs et les filles de boutique de deux beaux magasins de la rue Saint-Honoré !

Le chasse-coquins de M. le curé poussa un long soupir. Il exhalait tout l'air qu'il avait respiré lorsqu'il pensait devenir riche un jour et le remplaçait par l'air du réalisme et de la résignation.

– Suivez-moi, dit-il enfin.

Il conduisit Léonard à la statue de saint Brieux évêque, la contourna, posa les mains sur la mitre en bois et la fit tourner pour la dévisser. Quand il l'eut ôtée, Léonard vit qu'elle était creuse et qu'un petit triangle de toile était coincé à l'intérieur. Ce fut ainsi qu'il récupéra un nouveau fragment de la carte au trésor.

Le bedeau regarda tristement le magot s'envoler.

– Et il n'y a pas de récompense pour la restitution des bijoux ?

– La récompense sera de rester en vie. À condition de ne pas abuser du kouign amann, bien sûr.

Tandis qu'il s'éloignait, Léonard entendit Foucray dire dans son dos :

– C'est pas gras, le kouign amann ! Y a que les Parisiens pour croire ça !

17

Un arbre peut en cacher un autre

Dans le carrosse qui les ramenait de Versailles où ils avaient été de nouveau parer la reine, Rose et Léonard restèrent assis en silence face à face. Jusqu'à ce que ce dernier ouvrît l'une de ses boîtes à perruques. Il déplia un mouchoir qui enveloppait un bol en terre cuite rempli d'un plat cuisiné qui sentait fort.

– Aimez-vous le *kig-ha-farz* ?

– Qu'avez-vous encore inventé ?

– C'est un mélange de far noir et de far blanc accompagné d'une sauce au beurre à base d'oignons. C'est très bon.

– Vous m'en voyez ravie.

– Tant mieux, parce que vous serez livrée en *kig-ha-farz* pour dix personnes tous les jours pendant trois mois.

Elle éructa.

– Qu'est-ce à dire ? Vous faites traiteur, maintenant ?

– Non, je fais marchand de tableaux.

Il tira de sa manche un bout de toile et l'agita sous le nez de la modiste. Elle baissa les armes. Ce serait *kig-ha-farz* pour tout le monde. Elle en distribuerait aux pauvres du quartier, ça vaudrait mieux que d'élargir les robes de ses vendeuses.

De l'autre côté de la fenêtre défilait la kyrielle de maisonnettes, d'auberges, d'écuries et de vergers qui bordaient la route de Paris. Il était temps de récapituler.

Qu'avaient-ils appris sur les bijoux de la Du Barry ? Quatre noms revenaient sans cesse, ceux de quatre serviteurs qui s'étaient entendus pour les dérober lors de la livraison. Ils s'étaient fait passer pour des valets en livrée, avaient envoyé à Trianon les bijoutiers Bœhmer, Bassenge et leur assistant Kettermann. Tandis qu'un incendie attirait les gardes à l'autre bout du parc, ils avaient endormi leurs victimes à l'aide d'un rafraîchissement drogué et avaient vidé les écrins. Leur problème était alors de quitter le domaine sans être soupçonnés. L'alerte avait été donnée, ils avaient caché leur butin quelque part, certainement tout près. Ils avaient repris leurs costumes ordinaires et s'étaient fondus dans la masse des employés du château, qui, eux, avaient payé les pots cassés : prison et congé sans solde pour nombre d'entre eux, les innocents comme les voleurs.

Avant de quitter les lieux, les bandits avaient découpé un tableau qui indiquait probablement l'emplacement de la cachette. Chacun avait reçu deux fragments et les avait parfois confiés à des proches pour le cas où il leur arriverait malheur. Sans doute comptaient-ils récupérer le butin une fois que les événements auraient été oubliés. Hélas pour eux, ils avaient tous les quatre connu un sort funeste au cours de leur nouvelle vie : pendu, poignardé par des complices et ainsi de suite. Leurs proches ne savaient guère ce que c'était que ces triangles de peinture ; et quand ils le savaient, ils se voyaient incapables de reconstituer le tableau, car ils ne se connaissaient pas les uns les autres. Et quand ils se connaissaient, ils s'entretuaient. Comme Firmin Grosse-Tête et Joseph Quatredeniers. Le cerveau de l'opération, Victor Samson-dit-Rabeau, avait rédigé une liste codée où figuraient presque tous les destinataires, mais rien ne s'était passé jusqu'à ce que les quatre voleurs soient morts et enterrés.

Rose rectifia ce chiffre comme elle le faisait avec les notes de ses fournisseurs.

– Ils n'étaient pas quatre mais cinq : une femme était avec eux. On oublie toujours les femmes.

Qui était la dame de cour qui avait dirigé les bijoutiers vers Trianon pour qu'ils se jettent dans le piège ? Dans cette affaire, ils avaient rencontré trois femmes, mais qui n'avaient rien de « dames de cour » : Ambroisine, la servante de la rôtisserie, Nannon, la loueuse de sangsues, et Héliette, la directrice de l'orphelinat. La personne pouvait aussi être décédée, comme Fannelle Samson-dit-Rabeau.

– Sans compter les innombrables prostituées que vous avez pu côtoyer ici et là depuis que nous enquêtons, ajouta Rose. Elles sont trop nombreuses pour qu'on en tienne un catalogue. C'est comme ça d'ailleurs qu'on finit vérolé de bas en haut.

– Au moins j'aurai vécu, dit Léonard en se rencognant sur son coin de banquette.

Deux morceaux du tableau leur manquaient encore. Ils pouvaient s'estimer heureux que les voleurs n'aient pas découpé une grande scène de bataille et distribué des confettis à la moitié de Paris !

Rose posa à plat sur la banquette le grand portefeuille rouge où elle rangeait ses échantillons. Cela leur fit un plateau où ils purent accoler les triangles. Le tout composait une scène où figuraient encore deux trous : un paysage de sous-bois ou de jardin où quelques personnes de qualité, messieurs et dames, semblaient s'être réunies pour discuter debout. Les deux triangles du coin en bas à droite portaient la signature de l'artiste, l'un le prénom, l'autre le nom. Ils avaient entendu parler de ce peintre, il exposait au Salon tous les deux ans. Ils ignoraient son adresse, mais les artistes qui recevaient des commandes de la Cour étaient tous membres de l'Académie. Léonard frappa à la paroi de la voiture, le cocher se pencha pour entendre.

– Au Louvre !

*

L'Académie royale de peinture et de sculpture avait été fondée au début du règne de Louis XIV, cent vingt ans plus tôt. Elle donnait accès au grand événement biennal qu'était le Salon de Paris.

– Nous aimerions rencontrer M. François Boucher, déclara Léonard.

– Nous le voudrions tous, lui répondit l'huissier. Hélas ! M. Boucher nous a quittés il y a quatre ans.

– Comme c'est triste, dit Rose.

L'huissier était du même avis. M. Boucher aurait été content de voir qu'on s'intéressait à lui. Les dernières années, son style était passé de mode, il s'était vu contraint d'accepter toutes les commandes qu'il recevait. Il avait fini par travailler pour le Théâtre-Français, dont il peignait les toiles de fond.

Rose comprit soudain pourquoi tout paraissait figé, sur les découpures du tableau. Il ne représentait pas une partie de campagne, mais une scène de comédie. La végétation derrière les personnages n'était qu'un décor, et les personnages, des acteurs. Le théâtre où cette pièce avait été donnée : voilà où les attendaient les diamants volés !

*

Les Comédiens-Français jouaient dans la salle des Machines du palais des Tuileries, près du pavillon de Marsan. C'était là qu'avaient été inventées les expressions « côté cour » (du Louvre) et « côté jardin » (des Tuileries) pour désigner la droite et la gauche de la scène. La salle avait été construite au début du règne de Louis XIV, un siècle plus tôt, et pouvait accueillir quatre mille spectateurs. Un Italien y avait construit un système de trappes, de roues et de poulies qui permettait de modifier les décors à vue et de faire sortir du sol ou descendre des cieux les dieux et déesses convoqués dans les tragédies. La troupe de l'Opéra s'y était installée après l'incendie de la salle du Palais-Royal en 1763. La Comédie-Française l'utilisait aussi : cela faisait bien des occasions pour Boucher d'y peindre des fonds de scène.

Les comédiens répétaient une reprise de *L'Orphelin de la Chine*, une tragédie de Voltaire. La pièce dénonçait l'intransigeance des tyrans et le fanatisme des prêtres, mais la censure feignait de croire que le tyran se nommait Gengis Khan et que les prêtres étaient bouddhistes. Voltaire démontrait avec ce texte qu'il était un grand auteur chinois confucéen.

Les comédiennes avaient plus de sujets de se plaindre que les censeurs. Le directeur prétendait les coiffer toutes d'un affreux chignon sans falbalas, les priver de poudre, de fausses mèches, de frisures, au prétexte que les Chinoises avaient les cheveux noirs et raides. Les robes n'allaient pas non plus, tout cela tombait droit, c'était triste et sec. Comment briller sur scène si un corset ne marque pas la taille, si aucun panier n'exagère l'ampleur du fessier ? Ces mesures étaient un outrage à l'art théâtral.

Le visiteur leva la main.

– Léonard, coiffeur de la Cour.

– Rose Bertin, modiste de la reine, dit sa compagne.

Quelques instants plus tard, des miracles s'opéraient dans les loges, dont nulle invasion mongole n'aurait pu les chasser. Les tissus tourbillonnaient, les cheveux se crêpaient, les Chinoises retrouvaient le sens de l'élégance à la française. Cela finit dans les embrassades.

– Vous avez sauvé la pièce !

– Je vais tout de suite écrire à M. de Voltaire pour lui dire ce que vous avez fait, prévint le directeur de la troupe.

Les machinistes retrouvèrent la toile de fond peinte par Boucher dans les coulisses. On la déroula pour eux. L'œuvre monumentale montrait le même sous-bois que le tableau découpé, dans les mêmes tons bruns et verts. Seuls manquaient les personnages. La comparaison des petits morceaux et de ce gigantesque paysage était curieuse : on avait l'impression que les habitants du tableau étaient partis, laissant le décor vide, pour aller faire autre chose ailleurs, par exemple pour dîner dans la représentation d'un banquet.

Et maintenant, que faire : devaient-ils fouiller la salle ? Cela n'avait aucun sens. Si les voleurs avaient été capables de sortir les diamants du domaine de Versailles, pourquoi les dissimuler ici au lieu de se les partager pour fuir à Londres ou à Anvers ?

Léonard essaya toutes les loges où Boucher aurait pu s'asseoir pour peindre la miniature. Chaque fois, il passait la main sous le siège pour vérifier qu'une fortune en diamants n'y était pas accrochée. Il aurait volontiers déchiré l'assise pour fouiller la bourre. Il eut beau palper une heure durant, il ne découvrit que des saletés de toutes natures.

– Vous savez, dit Rose, les sièges, ça se déplace. La chaise au trésor peut se trouver n'importe où.

Elle leva le nez vers les balcons.

– Quand je pense que, chaque soir, les spectateurs posent peut-être leur postérieur sur une fortune en pierres précieuses !

Un accessoiriste vint demander si l'on pouvait enrouler le fond de scène, car il encombrait.

– Enroulez, enroulez ! dit Rose, dépitée. Nous ne connaîtrons jamais le secret de ce coin du bois de Boulogne !

– Ce n'est pas le bois de Boulogne, répondit l'accessoiriste. À l'époque, M. Boucher passait son temps à Versailles pour un portrait de cour. Il a brossé ce décor là-bas, entre deux séances de pose. À Trianon.

La lumière fondit sur Léonard. Bien sûr ! Le tableau représentait les arbres de Trianon ! Il se tourna vers Rose pour voir si elle avait compris, elle aussi.

Elle n'était plus là.

18

Les taupes du pouvoir

Un groupe compact attendait Rose au Grand Mogol. Non des clients impatients de faire sa fortune, mais des cousins, amis ou alliés tout juste débarqués d'Abbeville. Au premier mot de sa « réussite », ils avaient pris la diligence pour venir solliciter son aide et son entregent sur une infinité de questions qui allaient de loyers impayés jusqu'à l'obtention d'une place dans l'administration. Elle poussa un cri c'était l'invasion des Huns –, puis traversa cette foule : une première fois pour rallier son appartement, une seconde fois pour en ressortir.

– Oui, oui, je m'occupe de vous ! Je connais la solution à tous vos tracas ! lança-t-elle à la foule rassemblée.

– Et quelle est-elle, cette solution ?

– Des diamants ! Il faut que je trouve des diamants !

Les petites gens d'Abbeville virent qu'elle s'était mise au goût de Paris, où l'on avait des façons dispendieuses de régler ses problèmes.

Mais elle ne pouvait être retardée dans son enquête : ce n'était pas le moment de se laisser distancer par le freluquet aux ciseaux !

– Pardonnez-moi, je dois courir à Versailles !

Les Picards s'extasièrent.

– Pour habiller la reine ?

– Oui, voilà.

La reine faisait des miracles, il suffisait de citer son nom pour relâcher un peu la pression autour d'elle. Rose enchaîna sans transition :

– Mademoiselle Maillot, avons-nous des pelles ?

– Comment cela ?

Mlle Maillot parut interloquée. Des rubans, des colifichets, bien sûr. Mais des pelles ? Mlle Bertin aurait-elle ouvert sans les prévenir un rayon « jardinage » ?

Rose se fraya un chemin jusqu'au salon de coiffure d'à côté et entrouvrit la porte.

– Il est où, le merlan ?

Chacun des deux frères leva une main munie d'un fer à boucler.

– Non, le gratte-poux en chef !

Ils haussèrent les épaules, ils savaient seulement où il n'était pas : il n'était pas en train de les aider à payer les factures, ni en train de fonder leur journal, ni en train de diriger l'école censée former leurs assistants. Rose comprit que le maudit pommadin avait filé à Versailles sans avoir la courtoisie de l'attendre.

La voiture qu'elle avait fait demander était arrivée. Elle s'y engouffra avec la même énergie qu'un conquistador partant expliquer le point de vue espagnol au dernier empereur inca.

*

Au château, Rose fut sidérée de voir qu'il y avait des trous partout dans le parc. Les taupes étaient féroces, cette année ! Elle aperçut de loin le Grand Prévôt de France qui parcourait les allées d'un pas furieux. On s'était permis de creuser dans les plates-bandes de Sa Majesté ! Celles qui n'étaient pas visibles depuis le pavillon de Trianon !

Un peu plus loin, Rose aperçut un coiffeur de sa connaissance embusqué derrière un cèdre centenaire, une pelle cachée dans son dos. Elle pria le cocher de la déposer là et rejoignit Léonard, munie de son propre outil.

– Je n'ai pas eu le temps d'accourir que vous avez déjà gâché la situation !

– Ce n'est pas moi !

Ils n'étaient apparemment pas seuls à vouloir creuser. Rose et Léonard s'enfoncèrent dans le jardin de Trianon à la recherche de l'endroit où les quatre voleurs auraient pu enterrer leur butin. Des bouts de tricorne ou des queues d'habit dépassaient de certains troncs. On les surveillait. Ces personnes n'hésiteraient pas à les dépouiller dès qu'ils auraient trouvé.

– Débarrassez-nous de ces importuns ! dit Rose à Léonard.

– Et comment ça, je vous prie ?

– Vous avez une pelle !

Ce n'était pas le genre d'instrument auquel il était accoutumé.

– Je ne peux pas *tout* faire, *tout* seul, *tout* le temps ! se plaignit-il.

Depuis qu'elle le fréquentait, elle avait acquis la pleine confirmation que les hommes d'aujourd'hui ne savaient plus rien faire de leurs dix doigts : c'était aux femmes de s'occuper de tout.

*

Au même moment, Marie-Antoinette présidait une réunion de travail sous l'apparence d'un thé convivial entre dames de la Cour. Il s'agissait en réalité de distribuer les responsabilités.

– La princesse de Lamballe dirigera le département « Œuvres pieuses et renseignement ».

Pour ce qui était du financement, Mme de Chimay, « Soieries et armes de poing », attendait toujours le résultat de la mission Bertin-Autier. D'ici là, Mme de

Tavannes, « Promenades et investissements », engagerait les femmes de chambre à grappiller des sous partout où elles le pouvaient. On espérait beaucoup de la revente des bougies non consumées qu'elles retiraient des candélabres en fin de soirée. Chaque jour, été comme hiver, les chandelles des appartements royaux devaient être remplacées, qu'elles aient servi ou non. C'était une manne.

Mme de Polignac, « Soirées musicales et formation », avait l'intention de recruter quelques dames du faubourg Saint-Germain afin d'améliorer le renseignement. Les pays voisins de la France n'avaient pas attendu. Il était évident que la duchesse de Bedford, épouse de l'ambassadeur du Royaume-Uni, œuvrait pour le compte de Sa Gracieuse Majesté George III.

Monsieur le Grand, le premier écuyer du royaume, avait accepté de donner quelques démonstrations d'escrime. Mme de Lassone, épouse du Premier médecin de la reine, devait obtenir de son mari qu'il leur serve de consultant pour les questions médicales.

Un page vint demander pour le roi la permission de déranger la reine. C'était pure courtoisie, il avait le droit de surgir dans ses appartements quand il le souhaitait. Les lectrices rangèrent les livres qu'elles compulsaient et les remplacèrent par des ouvrages anodins qu'elles lurent à plusieurs voix.

Vous auriez dû premièrement
Garder votre Gouvernement ;
Mais, ne l'ayant pas fait, il vous devait suffire
Que votre premier roi fût débonnaire et doux :
De celui-ci contentez-vous,
De peur d'en rencontrer un pire.

– Qu'est-ce donc ? demanda Louis XVI.

– Une fable de La Fontaine : *Les Grenouilles qui demandent un roi.*

Il en fut ravi.

– De la lecture ! Des fables ! Quel passe-temps innocent !

Dire qu'on reprochait à sa femme d'être une tête folle entichée de niaiseries !

Il était venu discuter un point avec elle.

– Je suis aux ordres de Votre Majesté, répondit la reine. À propos, puis-je savoir qui Votre Majesté a pressenti pour être son ministre de la Guerre ?

Ce n'était pas là le point dont il venait s'entretenir, mais il voulut bien répondre. Pour son secrétariat d'État à la Guerre, il pensait nommer le comte du Muy. Enfant, du Muy avait été le compagnon de jeu de son père, et par la suite un confident intime. Louis XVI considérait cette nomination comme un hommage à son défunt géniteur. Quelques années plus tôt, Louis XV avait déjà proposé le poste à Du Muy, mais ce dernier avait refusé pour ne pas devoir côtoyer Mme du Barry.

– C'est fort bien, dit Marie-Antoinette, nous disposons d'une foule de gens compétents qui ne voulaient pas mettre les pieds ici quand cette dame y était.

Du Muy venait de se marier avec une personne de quarante-deux ans qu'il sauvait du célibat. Toutes les dames approuvèrent.

– Il est parfait, cet homme.

Louis XVI aborda le sujet qui l'amenait. Trois ans plus tôt, la duchesse de Boufflers, belle-sœur du comte de Broglie, avait renoncé à sa charge de dame du palais. Le comte demandait que cette charge soit transmise à sa femme. Il avait écrit au roi.

Celui-ci eut la surprise de voir toutes les dames autour de lui chuchoter à l'oreille les unes des autres derrière leurs éventails. La reine était en bout de chaîne.

– Que se passe-t-il ?

Mme de Chimay se chargea de l'éclairer.

– La comtesse de Broglie n'est pas toute jeune et elle a la réputation d'avoir un caractère difficile.

– Raide, précisa une des dames.

– Sinistre, ajouta une autre.

– Ah ! fit le roi. Très bien. Si vous n'en voulez pas, je lui répondrai de ne pas se déranger.

Il sortit en se disant que son secrétaire trouverait bien les mots pour expliquer poliment à Mme de Broglie que la reine la jugeait vieille et déplaisante. Restait à espérer que Marie-Antoinette ne se ferait pas une réputation de bêcheuse frivole à force d'écarter des gens. Il regagna son cabinet de travail, il avait une serrure à terminer. Il aurait bien aimé savoir qui avait osé lui chiper ces merveilleuses clés passe-partout qu'il avait passé tant de temps à fignoler.

Une fois la porte refermée, l'atmosphère se détendit. On l'avait échappé belle ! Le comte de Broglie avait dirigé le Secret du roi, il était passé maître en espionnage, pas question d'installer sa femme au milieu de leurs affaires.

Une dame d'honneur qui s'était tenue à une fenêtre vint chuchoter à l'oreille de la reine : elle avait aperçu quelque chose dans le parc. Marie-Antoinette se leva, et toutes les dames après elle.

– Mesdames, le devoir m'appelle !

*

Dans le parc, le Grand Prévôt de France patrouillait avec ses gardes. Il recensait les trous.

– Arrêtez tous ceux qui ont des pelles sur eux !

Rose et Léonard se forgèrent des mines innocentes quand ils eurent à le croiser. Ils dissimulèrent leurs pelles à l'intérieur d'un étui en tissu fabriqué à la va-vite. On se salua bien poliment.

Le Grand Prévôt conçut un doute en les voyant s'éloigner. Il y avait de la terre sur les bas blancs de l'un et sur la robe de l'autre.

– Hep ! Qu'avez-vous dans cet étui ? Montrez-moi ça !

Les deux promeneurs pressèrent le pas. Le Grand Prévôt fit signe à ses gardes de les rattraper.

– Nous sommes cuits ! dit Rose. On ne nous laissera plus entrer !

Un phaéton[1] noir à roues jaunes contourna un bosquet à vive allure et s'immobilisa à leur hauteur. Marie-Antoinette tenait les rênes. Les gardes s'inclinèrent tandis que le Grand Prévôt voyait Sa Majesté inviter les suspects à monter. Il n'y avait qu'une place à côté du conducteur, mais l'arrière aménagé en porte-bagage était assez large pour qu'un homme s'y assoie. Rose partagea le banc de la reine, Léonard s'accrocha derrière elles. Sa Majesté adressa au Grand Prévôt son sourire le plus aimable et lança le cheval au trot. Elle avait une conduite sportive et ne craignait pas les virages serrés. La Cour suivait à distance comme elle pouvait. La grille du parc apparut au bout d'une allée.

1. Véhicule léger à quatre roues tiré par un cheval.

– J'ignorais que les reines de France conduisissent elles-mêmes, dit Rose.

– C'est depuis qu'elles doivent parer à tout ! répondit Marie-Antoinette.

C'était depuis qu'elle était reine de France.

19

Au bonheur des oies

Puisqu'il était décidément impossible de chercher le trésor dans le parc du château, Rose et Léonard reprirent la route de Paris et firent le point dans le carrosse. L'un des deux fragments du tableau qui leur manquaient encore était celui d'Ambroisine Fleurignant. À sa place, où l'auraient-ils rangé pour qu'il soit en lieu sûr ? Rose avait déjà fouillé le petit logement de la servante. Si l'on pensait à la rôtisserie dans son ensemble, quel était l'emplacement le mieux gardé ?

– La cassette en fer où le patron range la recette !

Il fallait retourner à La Reine Pédauque. Tandis que l'un détournerait l'attention du rôtisseur, l'autre cambriolerait.

– Voilà, dit Rose. J'occupe M. Mallissard, je l'enveloppe dans mes voiles, je l'étourdis de mes charmes, et vous pillez son coffre.

Cette répartition des tâches parut tout à fait arbitraire à son interlocuteur.

– Et pourquoi pas le contraire ?

– Vous voulez l'étourdir de vos charmes ? demanda la modiste.

Ils se mirent d'accord pour confier la décision au piquet, un jeu de hasard qui se pratiquait avec des cartes : le gagnant choisirait son rôle. Léonard était sûr de l'emporter.

– Le hasard et moi nous sommes amis de longue date.

– Voyez-vous ça.

Après avoir distribué les cartes qu'il gardait toujours dans une des poches de son habit, Léonard perdit le premier pli, le deuxième, et finalement la partie.

– Vous avez épuisé votre chance dans les salles de jeu où vous passez vos nuits, dit Rose. La mienne est toute neuve, elle n'a jamais servi : je dois tout à mon travail, à mon talent, à ma jugeote…

– Et à votre modestie, compléta le coiffeur.

*

Ils se présentèrent à La Reine Pédauque avec des musiciens recrutés dans la rue. Tout ce monde envahit la salle bruyamment, le rôtisseur accourut.

– Qu'est-ce que c'est que cette foire ?

Rose prit un siège, les musiciens se répartirent autour d'elle. Elle nota que la servante était nouvelle.

– Je désire réchauffer un peu l'atmosphère de votre commerce. Elle est glaciale.

Pourtant, le rôtisseur était rouge et bouillant. Il prétendit les chasser : pas question d'admettre des saltimbanques chez lui, son établissement souffrait assez comme ça.

– Moi, j'ai envie de musique quand je dîne, insista la modiste. Patron, votre meilleur chapon !

Il demeura immobile, les bras croisés. Rose changea de couplet.

– Qui sait ? La musique attirera peut-être la clientèle ? J'ai vu qu'on refusait du monde, chez Malefoy, en face.

Mallissard réfléchit. Après tout, pourquoi ne pas tenter l'expérience ? Ce n'était pas lui qui payait. Cependant, les musiciens jouaient trop fort, et il fallut encore discuter du choix des mélodies et du tempo.

De son côté, Léonard essayait de maîtriser les fameuses clés qui ouvraient tout. Il se demanda qui avait été assez habile pour forger de telles merveilles. Leur auteur était méticuleux, soigneux, ingénieux : la reine avait su s'attacher un excellent artisan.

Le coffret ne résista pas longtemps à de tels arguments. Il contenait une somme modique et des papiers compromettants sur des approvisionnements frauduleux en volailles, des dénonciations à l'encontre de la concurrence, un projet pour acquérir à vil prix la moitié de la rue, mais point de fragment.

La salle était désormais en proie au plus vigoureux tintamarre, Mallissard grognait devant sa cheminée. Dès qu'elle vit revenir Léonard, elle comprit qu'il était bredouille. Rose posa couteau et fourchette pour lui adresser des signes discrets. Cela tombait bien, il s'estimait très fort en communication muette. Monter au ciel ? S'envoler ? Se sauver d'ici ? Par le toit ? Aller à l'étage ? Ah ! Fouiller chez Ambroisine !

Il fit comprendre qu'il avait reçu le message, Rose put arrêter de désigner le plafond. Quand il se fut engouffré dans l'escalier, l'expression d'encouragement qu'elle affichait fit place à une autre, peu flatteuse pour le coiffeur.

La porte du petit appartement était ouverte. De toute évidence, il avait déjà été fouillé par quelqu'un d'impatient. Tout était renversé, tiroirs et matelas. Il ramassa sur le plancher un linge maculé de sang qui n'annonçait rien de bon.

– Dites donc, il s'est passé quelque chose, ici, dit une voix dans son dos.

Rose n'avait plus besoin de surveiller le rôtisseur : il était sorti jeter des abats de poulet sur la devanture du marchand de beignets.

– On a attaqué Ambroisine ! dit Léonard.

– Je vois ça. Et le coffret du patron ?

– Rien d'intéressant.

– Pendant que vous opériez sur la cassette, la nouvelle servante m'a dit qu'Ambroisine n'avait toujours pas donné signe de vie.

Ce désordre avait quelque chose de bizarre. Rose regarda le contenu des placards et des coffres grands ouverts et vit immédiatement ce qui manquait : tous les bas et les jupons. Non seulement l'appartement avait été ravagé, mais on en avait retiré tous les objets intimes de sa locataire, linge de peau, robes, chapeaux, chaussures… Il ne restait rien d'elle. Ce détail choqua la modiste. Ambroisine avait été gommée, on avait effacé jusqu'à l'apparence de cette femme : ses vêtements, ses sous-vêtements, ses souliers, ses bijoux, ses parures.

Léonard vit qu'un carreau de la fenêtre était brisé. L'assassin était entré par là, il avait tué Ambroisine, avait tout retourné, avait groupé ses habits en ballot et les avait emportés avec le corps. Mais pourquoi ? Et comment ?

Il contemplait avec consternation ce lit qui avait été l'écrin de moments précieux. Mallissard avait l'habitude de couper le cou des volailles, il ne lui aurait pas été difficile de régler son compte à Ambroisine. Quant à se débarrasser du corps… Il eut un haut-le-cœur en pensant aux saucisses que vendait le rôtisseur. Il se pencha à la fenêtre pour respirer l'air frais.

– Allons ! dit Rose. Ne faites pas votre béjaune ! Est-ce que je faiblis, moi ?

Elle lui tendit le pot de chambre juste à temps.

Ils redescendirent avec plus de questions qu'ils n'en avaient à leur arrivée. Mallissard n'était nulle part. La servante leur annonça qu'il venait de sortir avec son manteau sur le dos et un gros paquet sous le bras.

– Il fuit !

Rose saisit un cuistot par son tablier.

– De quelle région est-il, Mallisard ?

– De Lyon.

– À la diligence de Lyon !

Ils se hâtèrent à travers les rues. Au relais, point de rôtisseur. Juste des voyageurs qui attendaient de monter en voiture. Rose repéra un individu enveloppé d'une cape noire, le tricorne rabattu sur les yeux.

– Mallissard ! Assassin ! cria Léonard.

L'interpellé abandonna aussitôt la diligence pour courir à toutes jambes. Il était sur le point de leur échapper quand il fut saisi par quelques garçons en toque blanche et poussé à l'intérieur d'une pâtisserie. Rose et Léonard entrèrent à leur tour. La pâtissière leur indiqua l'arrière-boutique et baissa le rideau. Ils pénétrèrent dans une resserre pleine de boîtes en carton et de jolis papiers imprimés qui servaient à envelopper les gâteaux.

– Que se passe-t-il ici ? demanda Rose.

Un monsieur qui semblait commander aux mitrons se chargea de lui répondre.

– Avez-vous remarqué la fleur de lys sur fond rose, sous l'enseigne ? C'est l'emblème auquel se rallient les amis de la reine.

– À qui avons-nous l'honneur ?

– Alexandre Benallard. Service secret de Sa Majesté.

Ils se dirent qu'ils étaient en présence d'un capitaine des gardes suisses, d'un bretteur émérite ou d'un cavalier extraordinaire. Cet homme devait être quelque magicien du sabre et de l'éperon.

Les pâtissiers avaient fait asseoir Mallissard sur un tabouret.

– Je ne sais rien ! Je ne sais rien ! répétait le rôtisseur.

M. Benallard retira une lanterne magique d'un sac. La lueur d'une bougie était concentrée par un réflecteur. On l'utilisait pour projeter des images sur les murs. Il la tourna de façon que son prisonnier reçoive la lumière en pleine figure.

– Tu vas éclairer notre lanterne ! déclara-t-il.

– Je ne sais rien… ou presque ! dit le rôtisseur.

Il admit qu'il avait été intrigué par les visites répétées du loueur de télescope, ce Brûlebœuf qui ne cessait de poser des questions à Ambroisine. Celle-ci avait fini par avouer de quoi il retournait. Victor Samson-dit-Rabeau, l'ancien coureur de vin de Versailles, avait confié une moitié de liste à sa femme, Fannelle, avant de finir pendu en province. Et Ambroisine avait reçu l'autre moitié de cette liste.

– Tiens donc ! dit l'homme à la lampe. En quel honneur ?

– Parce qu'elle était sa maîtresse, pardi !

Voici qui était nouveau ! Par ailleurs, en plus de cette moitié de liste, Ambroisine avait reçu un fragment de tableau de son mari, Séraphin Bergouzouc, l'un des quatre voleurs. Voilà qui faisait d'elle une cible de choix pour toute personne décidée à mettre la main sur les bijoux !

– Le malheur suit les femmes trop libres, dit Léonard.

– Je le dis toujours à mes couturières, dit Rose : « Méfiez-vous des cadeaux des séducteurs ! Pas de petits présents avant le mariage, c'est à vous qu'ils vont coûter le plus cher ! »

Ses vendeuses avaient l'obligation de rester d'honnêtes filles ou de choisir leur amant judicieusement : si elles se conduisaient mal, elles ne pourraient plus mettre un pied dans la boutique – sauf comme clientes.

– Vous leur apprenez la morale, dit Léonard.

– Je fais ce que je peux.

Léonard blâmait Mallissard pour le meurtre d'Ambroisine. Pauvre victime ! La fortune promise par Samson-dit-Rabeau ne lui avait pas même permis de s'acheter un cercueil ! Dans quel trou, dans quel terrain vague avait-il jeté son corps ? Dans quel pâté ?

Le rôtisseur nia avoir causé le moindre tort à sa servante. Il n'avait pas eu l'intention de lui dérober son trésor. En tout cas, pas avant qu'elle n'ait mis la main dessus : cela aurait été stupide.

Le raisonnement se tenait. Dans ce cas, qui avait rôti la rôtisseuse ?

Un autre méfait surgit tout à coup à l'esprit de Léonard.

– C'est vous qui m'avez attaqué ! Armé d'un hachoir !

Mallissard affirma qu'il ne savait rien de ces mésaventures, mais il avait l'air aussi faux qu'un saucisson à l'âne sous la mention « pur porc ».

Mlle Bertin se livra à une petite récapitulation. Après avoir dérobé les diamants de la Du Barry, Samson-dit-Rabeau avait réparti les fragments du tableau qui indiquait leur emplacement. Il avait favorisé son épouse et sa maîtresse : grâce à lui, chacune avait eu en sa possession la moitié de la liste des détenteurs. Rose mit sous le nez de Mallissard la page de son carnet où elle avait reconstitué cette liste.

Le rôtisseur énuméra ceux qu'il connaissait. Ambroisine, bien sûr ; Brûlebœuf, qui était venu maintes fois à La Reine Pédauque ; la veuve Samson et Grosse-Tête, mais seulement de nom : Ambroisine lui avait dit que ce dernier avait reçu un fragment de la part de Séraphin Bergouzouc, son défunt mari. Les deux hommes avaient fraternisé à Versailles, étant du même pays. Les autres ne lui disaient rien.

– Vous mentez, dit Rose.

N'était-il pas responsable des attaques commises contre les différents Foucray de Paris, ces derniers jours ? L'un d'eux avait eu sa boutique saccagée.

– Avouez que vous êtes allé voir ce commerçant la veille du cambriolage !

– Pas du tout ! De toute façon, tout le monde va chez les marchands de bains !

– Comment savez-vous qu'il s'agit d'un marchand de bains ?

Le rôtisseur s'affaissa sur son tabouret.

– J'admets que je suis allé voir des gens nommés Foucray. C'était une idée d'Ambroisine. J'ai fait comme ce Brûlebœuf, je leur ai offert de l'argent pour le triangle de peinture, mais aucun ne l'avait.

– Vous n'aviez pas pensé à aller à l'église, dit Léonard.

– À l'église ? Pourquoi ça ?

– Saint Brieux vous a puni !

Deux morceaux du tableau leur manquaient toujours : celui d'Ambroisine, emporté par son assassin, et le huitième, l'ultime, dont nul n'avait entendu parler puisque la liste ne comportait que sept noms. Léonard examina les deux parties de la liste. Avait-elle pu être déchirée en un troisième morceau ? Cela ne semblait pas être le cas.

– Peut-être les noms y sont-ils tous, dit Rose. Une des personnes citées aurait pu recevoir non pas un morceau mais deux… Qu'en pensez-vous, Mallissard ? Qui a le huitième ?

Le rôtisseur jura qu'il l'ignorait. Léonard s'énerva.

– Cette crapule a sûrement tué Barnabé Brûlebœuf ! Vous finirez sur la roue[1], Mallissard !

Le prisonnier céda à la panique.

– Je n'ai pas tué votre Brûlebœuf ! Je peux le prouver !

– Tiens donc ! Comment ça !

– Parce que, cette nuit-là, j'étais… J'étais chez quelqu'un… J'ai un témoin ! Je connais un homme qui peut le certifier !

– Qui donc ? demanda le coiffeur.

– Vous ! J'étais chez vous ! Avec mon cuistot ! Et des hachoirs !

Rose s'interposa pour empêcher Léonard de l'étrangler.

– Prouvez-le.

– Nous sommes entrés en même temps que lui ! Nous l'avons jeté par terre ! Il nous a suppliés de l'épargner ! Les mains jointes, en pleurant ! Pendant

1. Forme de supplice dont on se servait pour les exécutions, en écartelant les condamnés, après leur avoir brisé les membres.

que nous avions le dos tourné, il a rampé vers les toits !

– Je ne crois pas que ce soit lui, dit Léonard, ça ne s'est pas du tout passé comme ça. Après une lutte acharnée, j'ai repoussé mes agresseurs et…

– Pourquoi lui aviez-vous tourné le dos ? coupa Rose.

– Pour fouiller un grand portefeuille rouge, répondit le cuisinier, il nous avait dit que les fragments du tableau étaient dedans.

Rose reconnut la description du portefeuille truqué qu'elle avait offert au coiffeur.

– C'est vous qui nous avez donné son adresse la première fois que vous êtes venue à la rôtisserie, conclut la brute en s'adressant à Rose.

Léonard était abasourdi.

– Merci, chère amie. Je vois que vous faites ma réclame auprès des assassins.

– C'est vous qui avez cet effet sur les gens. Moi-même, parfois, si j'avais un hachoir…

Benallard saisit leur prisonnier par les épaules.

– Dis donc, Mallissard ! Brûlebœuf, Ambroisine Fleurignant, monsieur ici présent… Ça commence à faire du monde dans ton carnet de chasse !

Le rôtisseur jura qu'il ignorait le sort d'Ambroisine.

– Jamais je n'aurais pu m'en prendre à elle. Elle ne m'en aurait pas laissé le temps. Elle savait tout ce qui se passait dans ma tête sans que j'aie rien à dire. Parfois avant que je le sache moi-même !

Rose écrivait dans son carnet de commandes.

– Vous prenez des notes pour une robe ? demanda Léonard en jetant un coup d'œil par-dessus son épaule.

En haut de la page, elle avait noté : « Récapitulation des principaux événements. »

Grosse-Tête et Quatredeniers s'entretuent.

Mallissard attaque Léonard au hachoir.

Quelqu'un écrase Brûlebœuf sous son télescope.

Mallissard s'en prend à tous les Foucray qu'il peut trouver.

Quelqu'un escamote le corps d'Ambroisine.

– Au-dessus de la rôtisserie, commenta-t-elle tout haut. Sans être vu ou entendu de quiconque. C'est bizarre, tout de même.

Elle reprit ses écritures.

Observations diverses

Victor Samson-dit-Rabeau dresse une liste de sept noms qu'il divise entre sa femme et sa maîtresse, toutes deux disparues depuis lors. Ses complices et lui se répartissent les huit morceaux d'un tableau.

Pierre Bonsami en remet un à sa sœur, Herminie Godechou, un autre à Anicet Foucray, son collègue.

Séraphin Bergouzouc en donne un à Ambroisine Fleurignant, sa femme, l'autre à Firmin Grosse-Tête, son compatriote.

Jean Pochonnet en donne un à Barnabé Brûle-bœuf, son ami, et l'autre à Joseph Quatredeniers, un autre ami.

Victor Samson-dit-Rabeau en donne un à Fannelle Samson-dit-Rabeau, et l'autre à…

À qui le huitième morceau ? Elle eut l'impression que la solution était sous son nez depuis le début, qu'il aurait suffi d'un petit point de couture pour que le vêtement tombe parfaitement, sans le moindre faux pli. C'était rageant. Elle se sentait aussi bête qu'un coupeur de cheveux endimanché.

Au reste, leur prisonnier avait tout d'un assassin, ils pouvaient considérer leur enquête comme à peu près terminée. Ils décidèrent de laisser Mallissard aux bons soins des hommes de main de la reine et de retourner chez eux prendre un repos bien mérité.

Comme ils s'en allaient, Alexandre Benallard leur rappela que Sa Majesté ne leur avait pas donné pour mission d'arrêter un meurtrier : elle attendait les diamants.

– Faites-la patienter, dit Rose. J'offrirai des bonnets à votre dame.

Elle fit une pause pour permettre à Léonard de renchérir.

– Mlle Bertin fera des cadeaux de la part de nous deux, dit le coiffeur.

20

Pour qui sonne le gras

Après toutes ces émotions, Rose et Léonard avaient besoin de se changer les idées. Leur principale préoccupation dans les heures qui suivirent, pour l'un comme pour l'autre, fut de trouver un artisan qui peigne l'emblème de la reine sur leurs commerces : une fleur de lys sur fond rose surmontée d'un A et d'un M stylisés. Comme ils n'avaient pas reçu d'autorisation officielle, ils le firent recouvrir d'un drap en attendant. La modiste fit remarquer au coiffeur qu'il avait mal accroché sa bâche, la moitié du symbole dépassait « par inadvertance ».

– Je ne suis pas à ce que je fais, répondit-il du haut de son échelle.

Quelque chose le turlupinait, il n'arrivait pas à mettre le doigt dessus. Un détail lui trottait dans la tête. Selon Tobias Kettermann, la directrice de l'orphelinat lui avait révélé que le morceau de tableau menait à un « trésor » : la marvalère en saintongeais. Mais quand Léonard lui avait parlé directement, après qu'il l'avait sauvée d'une tentative de meurtre, la directrice lui avait affirmé qu'elle ne savait rien et n'avait jamais prononcé ce mot. Dans ce cas, qui avait parlé du trésor à Kettermann ?

– Ce ne peut être que la huitième personne, conclut-il, celle qui détient le huitième fragment ! Qui est-ce donc ?

Samson-dit-Rabeau avait volontairement laissé dans l'ombre ce nom en ne l'inscrivant pas sur la liste. Mais pourquoi ? Pourquoi cacher aux autres l'identité de la huitième personne ? Se seraient-ils offusqués de son choix ? Qu'avait-il de si terrible, ce nom ? De si scandaleux ? Ce n'était pas celui de la reine, quand même ?

Il imagina Samson-dit-Rabeau, bandit au grand cœur, remettant à la jolie Dauphine le fragment de tableau qui conduisait aux bijoux de son ennemie, la Du Barry. Non, cela n'avait aucun sens. Jamais Marie-Antoinette ne se laisserait compromettre dans un vol de diamants ! Qui pourrait jamais imaginer cela ?

La seule piste qui leur restait, c'était le parc de Trianon. Quelqu'un était allé creuser comme eux ; peut-être avait-il continué à manier la pelle quand eux s'étaient arrêtés ?

*

Deux heures plus tard, ils louvoyaient entre les frênes en se méfiant des gardes de la prévôté qui en avaient après les pelleteurs. Un homme creusait en effet sous les buis de la reine. Au prix que les Français avaient payé ces plates-bandes, c'était un crime.

Ils approchaient à pas de loup avec toute la discrétion possible quand l'homme lâcha son outil et courut dans la direction inverse, comme s'il avait eu le diable et sa modiste aux trousses.

Sa fuite n'alla pas plus loin que le bosquet des tilleuls, d'où sortirent quatre jardiniers qui l'interpellèrent. Rose et Léonard les suivirent jusqu'au sous-sol de Trianon où ses ravisseurs poussèrent le pelleteur manu militari. C'était une sorte de longue cave où ils rangeaient leur matériel entre les conduites en plomb qui transportaient l'eau vers les bassins. On entendait, montant des profondeurs, la voix de Mallissard, enfermé dans un cachot, qui implorait qu'on voulût bien le renvoyer chez lui. Alexandre Benallard félicita les jardiniers qui ficelaient Tobias Kettermann sur une chaise paillée. C'était lui, l'homme à la pelle.

– Que faisiez-vous à Trianon, Kettermann ? demanda l'homme de la reine.

– Mais… la même chose que vous ! Je cherchais les diamants ! Vous savez bien ! Pour restaurer ma réputation de bijoutier ! Pour épouser la demoiselle des Bœhmer !

Rose lui prit son tricorne, le retourna et fouilla la doublure. Elle en retira des copies de plusieurs fragments du tableau. À force de les espionner, il avait reconstitué comme eux la majeure partie de l'œuvre, ce décor de théâtre devant lequel des personnes de la Cour jouaient la comédie. Lui non plus n'avait pas percé le mystère : il lui manquait à lui aussi le septième morceau, celui qui avait disparu avec Ambroisine. On pouvait en déduire qu'il n'était pas l'assassin de la servante. Si ce n'était ni lui ni Mallissard, qui était-ce donc ? La pensée que des tueurs insaisissables hantaient la nuit en toute impunité leur parut très inquiétante.

Rose replaça le tricorne sur la tête du joaillier et se campa devant lui.

– Héliette Henri-dit-Cousin, la directrice de l'orphelinat, ne savait rien du trésor. Après lui avoir soutiré le triangle qu'elle possédait, vous avez tenté de la brûler vive dans son bureau pour l'empêcher de nous révéler vos mensonges. Par chance, M. Autier que voici a sauvé cette malheureuse en surgissant au moment opportun comme il sait si bien le faire.

– Je n'ai pas tenté de tuer cette Henri-dit-Cousin ! protesta Kettermann. Elle ment ! C'est une affabulatrice ! Voilà bien les Saintongeaises ! Il n'y a pas plus menteur !

Rose protesta.

– Je suis moi-même picarde, je n'admets point ce genre de propos. Et M. Léonard non plus. Voyez : il vient du Languedoc. Eh bien, il n'est pas du tout aussi chicaneur que le prétend le proverbe !

– Je viens du comté de Foix, rectifia Léonard.

– C'est pareil.

– Permettez, il y a dix lieues de distance !

– Ah ! ne faites pas le chicaneur, vous allez donner raison au proverbe !

Alexandre Benallard s'impatientait.

– Saintongeais, Bretons, Cauchois, je n'en ai rien à faire, je suis de l'Île-de-France !

Quand il ouvrit une mallette en cuir et brandit rabot et marteau sous le nez du suspect, ils comprirent pour quelle raison la reine l'avait choisi. Mallissard continuait d'appeler au secours dans le lointain, cet endroit ressemblait de plus en plus aux geôles où Louis XI conservait ses ennemis dans de petites cages.

– Je veux parler ! Je veux parler ! hurlait le rôtisseur.

Ils descendirent la volée de marches qui conduisaient plus bas. Mallissard se jeta sur les barreaux de la porte. Il souhaitait obtenir l'indulgence de Sa Majesté en échange du fragment qu'Ambroisine avait dissimulé chez lui. Plutôt que d'être condamné aux galères, il espérait une réclusion discrète dans une forteresse bien située.

– Auriez-vous cela ? demanda Rose.

Benallard leur en dressa le catalogue. Il y en avait avec vue sur la mer, le fort de Ba, le château d'If, et Pignerol, au bon air de la montagne savoyarde. C'étaient les endroits où l'on avait enfermé le Masque de Fer. Mallissard geignait.

– Bon, dit Rose. Nous allons vous proposer un pacte.

Ils ne diraient rien à la police, il n'irait donc pas en prison. C'était l'avantage de négocier avec des gens qui n'ont pas prêté serment aux institutions : la marge de négociation était plus large. Ce qu'ils s'abstinrent de préciser, c'était que, la reine n'ayant pas ses entrées dans les geôles royales, ils ne savaient en réalité pas quoi faire de lui.

Mallissard promit de les mener à la cachette, qui était à sa rôtisserie. Benallard laissa Kettermann croupir à son tour dans le sous-sol et les escorta jusqu'à La Reine Pédauque pour empêcher le rôtisseur de leur fausser compagnie. La nuit était tombée, Mallissard ouvrit avec sa clé. À peine eurent-ils mis le pied à l'intérieur qu'il se précipita dans la cour, où il s'enferma dans le poulailler.

– À quoi bon cet enfantillage ? demanda Benallard à travers le grillage.

Le rôtisseur retourna l'ourlet de sa veste, en retira un bout de toile peinte et le leur tendit. Il l'avait sur lui depuis le début, mais il avait souhaité s'assurer qu'on le ramènerait chez lui plutôt que de le laisser crever dans une oubliette humide.

– Et maintenant je ne veux plus jamais vous revoir ! Filez de chez moi !

Dindons et pintades caquetaient autour de lui, mais c'était lui que Benallard semblait avoir envie de désosser. Rose demanda par quel prodige il détenait cet indice alors que sa propriétaire avait disparu sans laisser de traces : ce fragment le rendait très suspect.

– Elle me l'avait confié ! répondit Mallissard.

– Je sais quand on me ment ! le prévint Rose. Et je n'aime pas ça du tout ! Demandez à M. Léonard !

Elle choisit une broche à volailles et parut vouloir s'en servir.

– Je le lui ai volé juste avant sa disparition ! admit Mallissard entre deux gémissements apeurés.

– Et cela vous disculpe de son meurtre, ça ? dit le coiffeur.

Colérique, concupiscent, avide, ce ruffian réunissait en lui la moitié des sept péchés capitaux. Hélas ! cela mis à part, ils n'avaient pas grand-chose à lui reprocher. Ce n'était plus ici qu'ils pouvaient faire avancer leur quête. Ils n'étaient pas l'Inquisition, ils devaient l'abandonner aux tourments de sa conscience, parmi ses poules et ses canards.

– J'espère que la graisse d'oie vous étouffera ! lui lança Léonard avant de sortir.

En tout cas, ce ne seraient pas les remords.

21

Le huitième homme

Le septième morceau du tableau rejoignit les précédents sur le carton où Rose les avait agrafés. Il n'en manquait plus qu'un. Le trésor était à portée de main.

Ils n'avaient que deux suspects dans cette affaire. L'un venait de céder, l'autre résistait encore. Il fallait briser Kettermann. On savait désormais que l'ignoble rôtisseur Mallissard avait mené l'attaque à coups de hachoir contre le coiffeur. De quelles manœuvres obscures Kettermann s'était-il rendu coupable de son côté ? Comment avait-il choisi l'emplacement où il avait creusé dans le parc de Trianon ? Avait-il trouvé quelque chose ? Pourquoi refusait-il de parler ? Tobias Kettermann en savait plus qu'il ne l'admettait, et surtout il en savait plus qu'eux. Ils étaient comme Pandore devant sa boîte pleine d'horreurs inavouables, dévorés par l'envie de l'ouvrir pour se rendre compte par eux-mêmes.

Alexandre Benallard leur proposa de torturer leur prisonnier à l'aide de ses outils de menuiserie. Il avait des fourmis dans les doigts. Cette proposition aurait fait dresser les cheveux sur la tête de Léonard s'il ne les avait pas agencés de manière qu'aucune mèche ne puisse bouger, même par grand vent.

– Je préfère les méthodes propres, dit Rose : l'intimidation, la manipulation, la trahison…

Il fallait le mettre au pied du mur, le placer dans une situation où il n'oserait plus mentir. Si on parvenait à faire tomber son alibi, celui fourni par cette loueuse de sangsues qu'il avait mise dans son lit le soir où Léonard et Brûlebœuf avaient été attaqués, il serait cuit. Seule Nannon Longinotte pouvait leur dire comment il avait réussi à être à la fois chez lui et en train d'écraser Brûlebœuf sous son télescope.

Ils décidèrent de partir la chercher, avec Alexandre Benallard pour ange gardien. Si près du but, l'homme de la reine ne pouvait envisager de voir les diamants leur échapper *in abrupto*.

– Oui, dit Rose, nous risquerions de chuter *in inferno*.

– La confiance de Sa Majesté nous honore *in extenso*, renchérit Léonard.

De toute évidence, cet homme craignait surtout qu'ils ne s'enfuissent avec les joyaux sous un ciel clément, là où la vie était douce, tranquille et insouciante, par exemple à Montauban ou même à Carcassonne.

– À présent que cette aventure vous a permis de vous apprécier mutuellement, dit Benallard, vous pourriez avoir envie d'aller vivre votre idylle au soleil.

– Quel outrage ! protesta Rose.

– Parfaitement ! dit Léonard.

– Imaginer que je m'enfuirais avec ce rocantin[1] grotesque !

– Ou moi avec cette virago[2] enrubannée !

– Le service de la reine passe les bornes !

– Assez d'injures ! Assez de boue !

Ils étaient du même avis, leur accord était parfait, leur complicité sautait aux yeux. Benallard se dit qu'il avait eu raison de se méfier. Ce mélange d'acrimonie et de rouerie ne trompait pas : ces deux-là se comportaient comme mari et femme.

*

Ils s'en furent donc voir tous trois la loueuse de sangsues, Mlle Longinotte, la femme qui parlait à l'oreille des bijoutiers. Son village de Bercy était encore plus sinistre à la nuit tombée. Rose sentit craquer sous ses pieds une planche de bois jetée au sol. C'était un

1. Vieux beau ridicule.
2. Femme qui a les allures d'un homme.

panneau qu'on avait décloué de la porte. On pouvait y lire « Fermé pour cause de décès ».

Ils toquèrent.

– Qui qu'cé-ty ? demanda une voix ensommeillée.

La jeune femme leur ouvrit : ils entrèrent seuls, le cerbère aimant mieux rester dehors pour surveiller les parages.

Nannon alluma une bougie pour éclairer un tant soit peu la pièce. Ils virent qu'elle était en chemise et les pieds nus, une charlotte sur la tête. Elle se défendit d'avoir menti, mais quand ils lui apprirent que son amant était entre les mains de la justice royale – ils omirent de préciser « de la reine » –, elle se décida à parler en échange du pardon. Ils promirent ce qu'ils pouvaient.

– Pour êt' vu d'personne, Kettermann est sorti par une trappe qu'il a chez lui, avoua Mlle Longinotte.

Ils se récrièrent. Une trappe ? Comment cela était-il possible ?

– B'en des maisons en ont une, vous savez. J'vais vous montrer, r'gardez donc.

Elle fit glisser une natte qui couvrait le plancher et tira sur un anneau en fer incrusté dans le sol. Elle descendit le long d'une échelle et referma la trappe derrière elle.

– Vous voyez ? dit-elle depuis la cave.

Ils voyaient surtout qu'elle s'était enfermée dans la cave. Comme ils n'entendaient plus rien, ils rouvrirent la trappe. Léonard descendit péniblement, une bougie à la main. Le sous-sol était vide. Il repéra une ouverture qui donnait sur la cour.

– Nous sommes joués ! s'exclama-t-il, prêt à courir à sa poursuite.

– Laissez, lui cria Rose. Nous savons ce que nous voulions savoir. Inutile de livrer cette pauvre fille aux griffes de la brute qui est dehors.

– Où ça, une brute ? dit Benallard, alerté, depuis le seuil de la masure.

– Avez-vous vu passer une femme en chemise de nuit ? demanda la modiste.

Il répondit que non.

– Très bien. Vous êtes complice de son évasion.

Ce fut au tour de Benallard de vouloir courir de tout côté. Par où était-elle partie ?

– Tttt… Ne vous donnez pas cette peine, elle est loin. Ne vous inquiétez pas, nous ne révélerons pas vos maladresses. Vous pouvez compter sur nous, notre silence est d'or.

L'agent de la reine se promit de démonter cette cahute planche par planche dès qu'on y verrait plus clair.

Rose n'était pas inquiète. Ils tenaient presque tous les fragments du tableau, Kettermann était sous clé, son alibi s'était sauvé par la cave : que demander de plus ?

Comme ils s'en allaient, ils eurent la surprise de voir Mlle Longinotte venir à eux. Elle était tout habillée.

– J'ai réfléchi. Qui suis-je pour contrarier la justice du roi ? Et celle de notre bonne reine que tout le monde aime tant ?

Elle avait décidé de les accompagner de son plein gré pour confondre l'assassin de ce M. Brûlebœuf, ce Kettermann qui avait osé se servir d'elle pour commettre son crime.

– Voilà une attitude charmante, ne trouvez-vous pas ? dit Rose.

Benallard bougonnait. Ses instruments rendaient souvent les témoins bavards, mais d'habitude il avait au moins le plaisir de les exhiber devant eux.

*

Au moment de se mettre au lit, tandis qu'on lui ôtait ses vêtements pour lui faire enfiler sa chemise, la reine conférait avec ses dames à propos de l'impératrice, sa mère. Elle avait encore reçu une lettre de semonce : « Comment ? Pas encore de bébé ? Le bébé est un élément essentiel de la politique ! » Elle savait de quoi elle parlait, elle en avait mis seize au monde. Si sa fille ne donnait pas bientôt un héritier à la Couronne de France, sa position à la Cour en serait très fragilisée ; au pire, son mariage pouvait être dissous.

– Où en sommes-nous de l'opération « grossesse » ? s'enquit Marie-Antoinette.

L'absence d'héritier affaiblissait sa place à la Cour. La conception était une bataille qu'elle ne pouvait pas se permettre de perdre.

– La tactique du marteau a été appliquée, Madame.

– Bien, dit Marie-Antoinette. Vous avez fait votre part du travail, je saurai faire mon devoir.

Quand Louis XVI vint lui souhaiter une bonne nuit, après s'être livré à des réparations de serrures et d'horloges la majeure partie de la soirée, elle était en déshabillé, seule, étendue sur son lit, le dos calé dans les oreillers. Le roi ne lui accorda guère d'attention, il était chagrin.

– Un tracas, mon ami ?

– Mes serrures sont toutes cassées ! Je me demande ce qui s'est passé, on dirait que quelqu'un s'est acharné sur elles à coups de marteau !

– Mon pauvre ami ! Venez vous coucher près de moi. Elles auront glissé par terre et vos gens n'osent pas vous l'avouer.

– Il faudrait que la charpente leur soit tombée dessus !

– Allongez-vous donc. Dans un moment vous n'y penserez plus. Respirez profondément. Je vais vous masser les épaules. Ne sommes-nous pas bien, là, côte à côte ?

Il ronronnait.

– Vous êtes si bonne pour moi.

Il rouvrit soudain les yeux et se leva.

– Ne vous faites pas de souci, je dormirai chez moi, dit-il en déposant un baiser sur le front de sa femme.

Il retourna faire un tour dans son atelier où l'attendaient ses chers petits mécanismes en souffrance qui l'obsédaient.

La première déception passée, Marie-Antoinette ne s'appesantit pas sur cet échec. Dès que la porte se fut refermée, la vraie nuit de la reine put commencer. Elle passa dans le cabinet privé où l'attendaient ses suivantes. On lui fit enfiler sa robe de bal et son masque aussi vite que possible, on la recoiffa, et on la conduisit discrètement à une voiture qui attendait devant le Grand Commun. Le cocher savait où il devait la mener. Marie-Antoinette avait des diplomates à rencontrer au bal de l'Opéra. Elle espéra qu'on jouerait des gigues. L'ambassadeur de Prusse, Son Excellence Herbert von Staffe, adorait cette danse. Elle s'était préparée à le cuisiner entre deux sauts. Elle saurait bien mettre sur pied son réseau de renseignement pendant que le roi ronflait.

*

Dans sa geôle au fond des caves de Trianon, Tobias Kettermann fut fort surpris de voir arriver Nannon

Longinotte, son alibi. Plus que son alibi ! La flamme qui incendiait son cœur ! Ils s'accrochèrent aux barreaux de sa cellule, chacun de son côté. Il promit de tout avouer pour la sauver. Il lui éviterait la réclusion à la Salpêtrière pour complicité de meurtre, puisqu'elle avait menti pour lui. Il monterait seul à l'échafaud.

Les larmes de Nannon étaient dignes de celles d'Iseult sur le corps de Tristan. Indifférent à ces effusions, Benallard écarta la jeune femme éplorée.

– Je ne voudrais pas qu'ils s'empoisonnent entre deux baisers, nous avons une confession à recevoir.

Le huitième fragment manquait à la reconstitution du tableau. Kettermann déclara qu'il l'avait.

– Dites-nous où il est, nous enverrons quelqu'un ! Il n'y a pas de temps à perdre, cette affaire a fait assez de victimes !

Le bijoutier ôta sa chaussure. Le triangle était sous la semelle intérieure. Rose y jeta un bref coup d'œil dégoûté et le passa à Léonard, qui le passa à Benallard, qui le fourra dans sa poche.

Nannon reniflait tristement, elle retroussa ses jupes pour prendre un mouchoir coincé dans le bas qui montait jusqu'à ses genoux. Rose nota que cette femme portait de jolis dessous sur de fort jolies jambes. Un détail l'intrigua, mais elle n'eut pas le temps d'y réfléchir plus longuement. Kettermann avait entrepris de leur raconter sa version du vol.

Lorsque les Bœhmer et lui s'étaient présentés à Versailles, une complice de Victor Samson-dit-Rabeau attifée d'une robe de cour les avait envoyés dans le guet-apens préparé pour eux à Trianon.

Rose se demanda qui pouvait être cette complice de Samson-dit-Rabeau. Sa défunte épouse, Fannelle, morte en couches l'année suivante ? Sa maîtresse, Ambroisine ? Sa belle-sœur, Héliette, la directrice de l'orphelinat – la seule d'entre toutes à avoir survécu ?

La disgrâce qui avait suivi le vol avait jeté Kettermann au fond d'un gouffre. Il avait commencé d'en sortir quelques mois plus tôt, lorsqu'il avait rencontré Nannon. Elle l'avait convaincu d'élucider ce mystère. Cette idée était devenue sa planche de salut. Il avait commencé à rassembler des indices, mais n'avait obtenu que des résultats insignifiants. Aussi avait-il accueilli l'intervention de Rose et Léonard comme un bienfait de la providence. Il avait collaboré avec eux, les avait mis sur la bonne voie et s'était arrangé au fur et à mesure pour copier les triangles qu'ils accumulaient. Il avait bien failli les griller au poteau.

– Heureusement, j'en ai sous le bonnet, dit Rose, et notre ami coiffeur en a sous le toupet. C'est vous qui avez volé le fragment de Brûlebœuf ?

Il baissa la tête et hocha du menton.

– C'est vous qui lui avez coupé le cou ?

– Non ! Je l'ai juste écrasé sous son télescope !

C'était donc bien lui.

– Pourquoi avoir tué Ambroisine ? demanda la modiste.

– Qui ça ?

– La servante de La Reine Pédauque ! dit Léonard. Elle se nommait Ambroisine Fleurignant ! Assassin !

– Je ne la connais pas, je pensais que c'était « Ambroise » que Victor Samson-dit-Rabeau avait écrit sur sa liste.

Ce récit était plein de failles. Comment le dernier triangle était-il tombé entre ses mains ? Par quel prodige Kettermann le cachait-il depuis le début dans sa chaussure ? Comment avait-il appris que ces bouts de tableau menaient au butin ?

– Ce fragment a été glissé sous ma porte avec un mot qui m'expliquait ce que je devais faire, répondit Kettermann. L'auteur de la lettre prétendait vouloir se racheter du tort qu'il m'avait causé par mon renvoi de chez les Bœhmer. Je n'y ai pas prêté attention, mais Nannon m'a encouragé à chercher.

Rose était perplexe. De qui venait ce triangle ? D'un inconnu qui tirait les ficelles depuis le début ? Et que voyait-on sur ce huitième fragment qui le rendait si précieux ? Donnait-il sa logique à l'ensemble du tableau ? Grâce à la présence d'un détail primordial qui ne figurait pas ailleurs ? Après tout, c'était Victor Samson-dit-Rabeau qui avait exécuté le découpage et réparti les morceaux. Et s'il avait gardé pour lui la meilleure pièce, la pièce décisive ? Kettermann se servait d'eux, mais qui se servait de Kettermann ? Qui les manipulait tous ?

Léonard bondit sur ses pieds.

– Je crois que j'ai compris !

– Dites-moi !

– Sûrement pas !

Il échangea deux mots tout bas avec le sbire de la reine, partit au pas de course et disparut dans le parc.

Rose était interloquée. Comment ce lustrucru avait-il abouti à la solution avant elle ? Il se trompait forcément. Voyons, récapitulons un peu. Quels étaient les points obscurs d'où la lumière pouvait jaillir ? Pourquoi Samson-dit-Rabeau n'avait-il pas cité le huitième destinataire des fragments ? Ce ne pouvait être que pour éviter de déplaire aux autres. Mais à qui ? À qui ?

« Bon sang ! Mais c'est bien sûr ! » se dit Rose. Ils avaient été joués. Elle regarda autour d'elle.

– Où est Nannon Longinotte ?

Elle n'était plus là. Benallard était occupé à priser du tabac.

– Le dernier triangle ! Celui de Kettermann ! Où l'avez-vous mis ?

Il plongea la main dans une poche, puis dans toutes celles de son habit. Il ne l'avait plus. Pendant qu'on cuisinait son amant, la loueuse de sangsues avait filé avec l'ultime indice. Et avec les copies faites par Kettermann. Elle tenait désormais l'œuvre complète !

– Suivez-moi ! lança Rose à Benallard.

Elle retroussa ses jupes pour traverser le parc. Lorsqu'ils furent en vue d'un petit groupe de courtisans, elle se composa une allure de « modiste qui n'est pas sur le point de sauter sur des malfrats ».

Rose et Léonard avaient tout compris. Ils couraient au-devant des criminels afin de faire triompher la justice. L'étonnant était qu'ils se précipitaient dans des directions tout à fait différentes.

22

Le bonheur est dans le pré (courons-y vite)

Pour entrer dans le château à cette heure tardive, il fallait être vêtu d'un habit de cour et ne pas éveiller l'attention. Rose n'appartenait pas au corps des dames du palais, sa robe n'était ni de la bonne forme ni de la couleur correspondant à la saison. Un garde s'interposa.

– Madame ?

– Madame est avec moi ! lui lança Benallard.

L'homme s'écarta avec une rapidité qui fit naître un soupçon chez la modiste. Qui était vraiment son acolyte ? Le planton n'avait ni discuté ni hésité, comme s'il avait reconnu un supérieur, en tout cas une personne qu'il n'était pas question de contrarier.

Munis d'une bougie, ils pénétrèrent dans l'Opéra silencieux. C'était un jeudi soir, la reine dansait à

Paris, le roi sommeillait paisiblement dans le tic-tac de ses horloges.

Rose expliqua son idée. L'œuvre de Boucher découpée par les voleurs contenait un tableau dans le tableau. Son modèle n'était pas un jardin, mais un fond de scène représentant un jardin. C'était la représentation d'un décor que Boucher avait peinte. Or, sur le dernier fragment, elle avait vu une potiche ornée d'une croix. Ils avaient déjà fouillé la salle des Machines des Tuileries, mais n'avaient pas pensé que toutes les pièces étaient données au moins une fois ici, à l'Opéra, pour la Cour.

– Je sais où vous êtes allés et ce que vous avez fait, dit Benallard. Rien ne m'échappe.

Rose s'étonna, dans ce cas, qu'il ne soit pas chargé lui-même des missions de la reine.

– J'ai trop de délicatesse, répondit l'homme au sac rempli d'outils tranchants.

Et moi ? Je suis la fille d'Attila, roi des Huns ? se demanda-t-elle comme ils se dirigeaient vers les cintres.

– Vous ne croyez pas trouver votre loueuse de sangsues, ici et à cette heure ? dit Benallard. Elle n'a aucune chance d'être autorisée à entrer !

– Je pense que Nannon Longinotte n'a pas dévoilé toutes ses ressources.

Ils entendirent un frottement.

– Il y a des souris, dit Benallard.

– Une seule. Une grosse. Très affamée. Elle croque des diamants.

Au milieu des costumes de scène, une dame en robe de cour coiffée d'un large chapeau fouillait dans les accessoires de théâtre. Elle souleva une potiche pareille à celle du tableau.

– Hep ! cria Benallard.

De surprise, la femme lâcha la poterie, qui éclata en morceaux sur le plancher. Nul sac plein de diamants dans les débris, elle était vide. Ce n'était pas le cas de la main droite de la jeune femme, qui tenait à présent un pistolet. Rose décida de lâcher le dogue.

– Benallard, attaque !

L'homme de la reine lança un tournevis qui se planta dans un montant de bois, tout près de la voleuse. Celle-ci piétina sa chandelle et s'enfuit dans l'obscurité.

– Arrêtez ! cria Rose. Au nom du roi !

– Chut ! dit Benallard.

– Au nom de la reine !

– Pas de noms !

– Au nom de… ! Au nom de qui, alors ?

Rose abaissa leur bougie. Au sol gisait une étoffe sur laquelle avaient été agrafés les triangles de la fuyarde, dont celui volé à Barnabé Brûlebœuf. Rose préleva les originaux pour compléter sa propre collection. Elle ramassa un éclat de la potiche et constata que la croix figurait bien sur cet objet, elle n'avait pas été rajoutée par le peintre, ni par Victor Samson-dit-Rabeau avec l'intention d'indiquer quoi que ce soit. Alors ? Quelqu'un était-il passé se servir avant eux dans la potiche, ou celle-ci n'était-elle qu'un faux indice qui les avait tous induits en erreur ?

– C'est cela que vous aviez compris ? demanda Benallard. Le coup de la potiche ?

– Oui, oui, répondit Rose en pensant « non, non ».

Ils entendirent un bruit de ferraille. Perdue dans l'obscurité, la fugitive devait être à la recherche d'une porte ouverte : ils avaient à présent sur elle l'avantage de la lumière. Ils ne tardèrent pas à la repérer dans la salle.

– Nannon ! cria Rose.

La jeune femme était sur le point d'ouvrir la porte.

– Ambroisine ! cria Rose.

La dame au chapeau se retourna et les dévisagea avec stupéfaction. Elle se reprit bientôt et disparut à l'extérieur du théâtre. Rose voulut s'élancer à sa poursuite, mais Benallard la retint par le bras.

– Elle a filé, dit-il.

– Il faut la rattraper !

– Une minute ! C'est elle qui a les bijoux ?

– Non, mais elle est coupable ! Elle a tout manigancé !

– On s'en fiche. La reine nous a demandé de retrouver les bijoux, non de rendre la justice. Racontez-moi ça.

Rose tâcha de s'expliquer en peu de mots. Elle avait remarqué tout à l'heure dans les sous-sols du Trianon que les jambes de la loueuse de sangsues ne portaient pas les marques causées par la morsure de cet animal. Chez Nannon, elle avait également vu par terre un panneau où l'on pouvait lire « Fermé pour cause de décès ». D'où sa déduction : Ambroisine s'était installée à la place de l'ancienne loueuse de sangsues, sous le nom de Nannon Longinotte. Sous cette identité de Nannon, elle avait séduit et manipulé Kettermann, tandis que sous celle d'Ambroisine elle manipulait Mallissard. Puis elle avait disparu en faisant croire à un assassinat. Rose et Léonard avaient perdu leur temps à soupçonner le rôtisseur de l'avoir tuée. Sous ses loques de pauvresse, une perruque brune sur la tête, aucun d'eux n'avait reconnu la rayonnante servante blonde. Léonard n'en avait que pour la chevelure et elle, Rose, que pour les vêtements.

– Comprenez-vous ? Si Samson-dit-Rabeau n'a pas mentionné le récipiendaire du huitième fragment sur sa liste, c'est à cause de sa femme. Fannelle aurait trouvé extrêmement louche de voir sur sa moitié de liste le nom d'Ambroisine Fleurignant cité DEUX FOIS. Autant lui avouer tout de suite qu'il la trompait et, pourquoi pas, que sa maîtresse avait sa préférence.

Il y a quatre ans, c'était Ambroisine, la virtuose du déguisement, qui avait envoyé les bijoutiers se faire détrousser à Trianon ! Aujourd'hui, elle avait à nouveau revêtu cette robe pour fouiller l'Opéra de Versailles tout à son aise. Ambroisine-Nannon avait eu trois amants dans cette affaire. Le premier, Samson-dit-Rabeau, lui avait confié des indices sur l'emplacement du trésor. Les deux autres avaient cherché à sa place.

– Les femmes aiment déléguer leurs crimes à des hommes. Si elles tuent moins qu'eux, c'est seulement par la difficulté du recrutement.

En dépit du brio de ses raisonnements, Rose était déçue. Si le trésor n'était pas non plus à l'Opéra, où était-il ? Et puis… Léonard n'était pas ici. Aurait-il compris quelque chose qui avait échappé à la modiste ? Comment cela était-il possible ?

La vérité fusa comme un éclair. Si la cachette n'était pas ici, elle était décidément au jardin : pas là où le décor avait servi, mais là où il avait été peint ! Pourtant, ils avaient déjà creusé, et plusieurs fois ! Sans rien trouver ! Comment espérer que les bijoux y soient quand même cachés ?

– Nous devons regagner Trianon au plus vite !

– Où croyez-vous que soit votre ami coiffeur, ma chère ? dit Benallard avec sa mine de sphinx dont les devinettes finissent toujours mal.

*

Lorsque Rose entra une nouvelle fois dans le jardin de Trianon, elle sentit que ce serait la bonne. On entendait pelleter entre les chênes. Elle allait se diriger de ce côté, mais Benallard l'arrêta.

– Ce sont les gardes du Prévôt. Ne les dérangeons pas.

Ils marchèrent dans la direction opposée et rencontrèrent Léonard qui commandait aux jardiniers de la reine. Par quel miracle lui obéissaient-ils ? Rose comprit tout à coup comment Benallard avait su où le trouver : il lui avait fourni le personnel.

– Pour que les gens du château ne s'étonnent pas des lueurs, nous faisons croire que nous chassons les taupes à la lanterne, expliqua l'homme de main de la reine.

Il s'agissait de leurrer le Grand Prévôt de France pour lui permettre de sommeiller comme le méritent les innocents.

Rose s'étonna de ne voir ni pelles ni pioches. Son pied heurta quelque chose.

– Faites attention où vous marchez ! dit le coiffeur.

Les jardiniers tiraient des fils qui partaient d'un point unique et rayonnaient en éventail. La reconstitution du tableau était posée sur une table. Rose ajouta le huitième fragment repris à Ambroisine-Nannon. L'œuvre était désormais complète.

– Qu'est-ce qui vous rend si sûr que les diamants sont dans le parc ?

– Eh bien ! dit Léonard. Mais le tableau ! Vous ne voyez pas ?

Elle voyait que les fils se rassemblaient au point de fuite central du décor peint. Ils se poursuivaient jusqu'aux limites de ce qui était représenté sur la toile. Cela définissait sur le sol l'espace qui séparait le peintre de son sujet. Mais pourquoi ? À quoi bon ?

– Allez, je vous aide. C'est un jeu de trompe-l'œil. Comme le sont les coiffures : tout doit être compris en relief.

– Ah bon.

Il fit de grands gestes.

– Nous avons cherché aux Tuileries, dans la salle des Machines. Quelque chose me dit que vous venez de fouiller l'Opéra du château… Des tas de gens ont creusé dans le parc… Mais il n'y a rien nulle part, n'est-ce pas ?

– J'ai remarqué, dit Rose, qui commençait à s'exaspérer.

Léonard la regardait avec un air de bonté compatissante parfaitement odieux.

– Il ne faut pas penser à ce qui est peint mais au peintre. À l'œil du peintre. Le vrai trésor d'un tableau est dans le regard de l'artiste.

À ce moment, Rose eut la certitude qu'il se moquait d'elle.

– Nous l'avons déjà fait aux Tuileries, répondit-elle : nous avons cherché les sièges sur lesquels le peintre avait pu s'asseoir pour dessiner les personnages de la pièce de théâtre. Il n'y avait rien.

– Nous l'avons fait là-bas, très bien. Pourquoi ne pas agir de même ici ?

– Ici ? C'est fait ! Reste-t-il un arbre au pied duquel personne n'ait encore creusé ?

– Chère mademoiselle Bertin, se mettre à la place des clientes, changer de point de vue, trouver le bon angle, cela fait partie de notre rôle, dans la coiffure.

– Oui. Bien. Alors, il est où, ce trésor ?

– Je comprends que, dans le ruban, on se contente d'accrocher des petits nœuds partout sans se casser la tête.

– Il est question de diamants.

– Vous comprenez, nous, compositeurs capillaires, nous avons une vision d'ensemble : de côté, du dessus, par-derrière… Mais nous ne devons jamais, JAMAIS ! oublier que la cliente ne se voit QUE DE FACE. C'est son point de vue à elle qui compte, il l'emporte sur tous les autres. C'est de là qu'elle doit paraître belle. Cela change tout !

– Oui… je vois. Et le trésor ? Vous le cachez dans les tresses ou dans les couettes ?

Léonard lui présenta Nicolas, le jardinier qui avait été chargé de ce coin de jardin pendant que M. Boucher peignait son fond de scène.

– Mais peut-être désirez-vous nous faire part de vos propres conclusions, ma chère ? suggéra Léonard. Honneur aux dames !

Les oreilles de la modiste rougissaient sous le bonnet.

– Vous commencez à m'agacer. Finissons-en.

Le coiffeur se tourna vers le jardinier de la reine.

– Racontez-nous, Nicolas. Que savez-vous des circonstances qui ont présidé à la fabrication de cette œuvre d'art ?

Nicolas expliqua qu'il avait été attaché au service du peintre, avec quelques autres serviteurs, quand le tableau avait été exécuté. Il s'agissait de lui faciliter la tâche pour que ce travail soit achevé au plus vite.

– Nous lui portions son chevalet, nous empêchions les promeneurs de le déranger. Pendant une semaine, nous avons veillé à ce que rien ne change. Il peignait le décor d'une comédie qui devait être créée dix jours plus tard par des courtisans. Pendant ce temps, les acteurs répétaient le texte au château. À la fin, M. Boucher a peint la miniature que vous avez là, avec les acteurs au premier plan. C'était un petit souvenir.

– Fascinant, n'est-ce pas ? dit le coiffeur.

Rose se sentait sombrer dans des abysses d'incompréhension, son agacement l'empêchait de réfléchir.

– Je ne vois pas où ce discours nous mène.

Nicolas reprit son récit.

– À part moi, il y avait un collègue qui s'occupait du mobilier, et un coureur de vin, Victor Samson-dit-Rabeau. Il veillait à ce que le peintre ait un en-cas à disposition et lui apportait des boissons fraîches. Il avait le temps, le roi était à Marly.

– Vous comprenez ? demanda Léonard, radieux.

– Rien du tout. Concluez ou je vous tape.

– Du coup, expliqua Léonard, notre Samson-dit-Rabeau savait exactement où se tenait Boucher pour concevoir ce fond de scène. Le tableau ne montre pas l'emplacement du trésor : il montre, par déduction, l'endroit où était le peintre lorsqu'il peignait. Vous vous souvenez où c'était, Nicolas ?

– Pas très bien, monsieur. C'est loin, tout ça.

– C'est pour cela que nous avons apporté du fil. Ça vous connaît, le fil, n'est-ce pas, chère mademoiselle Bertin ? Voyons, ce devait être par là...

Léonard suivit les lignes de fuite. Un obstacle empêchait de les réunir tout à fait : elles aboutissaient à un monticule de rochers moussus.

– Notre ami Boucher a dû juger intéressant de se placer un peu en hauteur, ne croyez-vous pas ?

Il entama l'escalade du monticule.

– Je me souviens, maintenant ! dit le jardinier. Nous avions apporté une échelle !

Tout le monde regarda le coiffeur se hisser sur le tas de pierres.

– Ah, là, là ! Un malin, ce Samson-dit-Rabeau ! La peste soit des bandits intelligents ! En fait, ce qui empêchait tous ces héritiers de retrouver le trésor, ce n'était pas le morcellement du tableau : c'était l'obligation d'être aussi rusé que lui !

Il passa de l'autre côté.

– Je m'en doutais ! Il y a une grotte !

Cette fabrique avait été ajoutée au jardin pour lui donner un côté sauvage à l'imitation des paysages naturels. Il tendit la main à Rose et l'invita à monter.

– Rejoignez-moi donc, ma chère !

Il la hissa jusqu'à lui tandis que les messieurs aidaient en la poussant par le côté le plus rembourré de son vêtement. Benallard ne suivait pas la logique de tout cela.

– Mais… cette grotte n'est pas sur le tableau !

– Vous n'avez rien compris. Ce n'est pas grave, vous allez voir : c'est une grotte magique.

Léonard se fit donner une lanterne et entraîna Rose du côté qu'on ne voyait pas.

– Je vous préviens, dit la modiste : au premier geste déplacé je vous frappe avec cet éventail métallique.

On n'entendit plus un mot pendant quelques minutes. Au terme d'une attente insupportable, Rose réapparut. Elle resplendissait dans la lueur de la lampe. Elle était couverte de diamants. Elle en avait dans les cheveux, au cou, aux oreilles, aux poignets… Elle lançait des feux comme un fanal. Ces messieurs en eurent le souffle coupé.

– Vénus sur le mont Olympe ! dit Léonard en désignant la déesse.

Il lui donna la main pour l'aider à se laisser tomber dans les bras tendus vers elle. Benallard brandit ses outils pour dissuader quiconque de porter atteinte aux joyaux.

– Personne ne bouge ! cria une voix dans leur dos.

Le Grand Prévôt de France n'était pas dans son lit. Il était à l'orée du bosquet, flanqué de gardes qui braquaient sur eux leurs fusils à silex.

– Je vous tiens ! Que se passe-t-il, ici ? Quelles sont ces bacchanales ? Livrez-moi la femme aux bijoux !

– Quelle femme aux bijoux ? demanda le jardinier.

Quand ses compères se furent écartés, le Grand Prévôt vit que personne ne se cachait plus derrière eux : ni coiffeur, ni modiste… ni diamants.

23

À la poursuite du diamant rose

Quand Rose et Léonard se présentèrent à Versailles, le lendemain, avec portefeuilles, sacs et cartons, pour leur service auprès de la reine, ils se heurtèrent au barrage du Grand Prévôt, résolu à les fouiller.

– J'ai vu des diamants et des pelles ! Tout ce qui est découvert sur le domaine appartient au domaine ! dit l'homme.

– Cher monsieur, dit Rose, s'il y avait des mines de diamants dans le sol de Versailles, cela se saurait.

– Et les finances de la Couronne seraient à l'équilibre, renchérit Léonard.

Les gardes de la prévôté visitèrent leurs affaires sans rien trouver. Il n'y avait là que des faux cheveux, des nœuds de taffetas, des accessoires de fantaisie et une robe. Il fallut bien les laisser pénétrer dans le cabinet privé.

Quand Léonard eut coiffé la reine, Rose posa sur son chignon le nouveau pouf qu'elle avait conçu pour elle.

– C'est très joli, dit Marie-Antoinette.

– Et voyez, Madame, dit la modiste : quand on tire sur ce cordon, c'est encore mieux.

L'étoffe se retourna, les joyaux de la Du Barry apparurent, épinglés sur l'envers.

– Nous avons appelé cette coiffure « Pouf au trésor ».

Dans le miroir, la reine semblait porter une tiare. Le premier éblouissement passé, elle se ravisa.

– Les voilà donc, ces fameux bijoux. Ils sont totalement démodés. Reprenez-les.

Léonard ôta le bonnet et Rose tira le cordon pour qu'il reprenne son premier aspect.

– Un ami m'a raconté que vous vous chamailliez beaucoup, dit la reine.

Ils se récrièrent. Ils s'adoraient. Tout allait pour le mieux. Elle était sa muse, il était son mignon.

– Cet ami m'a dit aussi que vos disputes créaient une compétition salutaire.

– Nous ne pouvons pas nous piffer, admit Léonard.

– Je le déteste autant que je le méprise, renchérit Rose.

– Bien, dit Marie-Antoinette. Maintenant, je vais vous dire ce que vous allez faire de ces diamants.

Elle leur parla tout bas. Ils furent surpris.

– Nous ?
– Une reine ne fait pas de commerce, elle ne tient pas boutique.

Lorsqu'ils sortirent dans la galerie, ils croisèrent Benallard qui entrait. Rose s'adressa à un garde suisse en livrée.
– Ce monsieur est bien le menuisier de la Chambre de la reine ?
– Benallard ? Pas du tout. Il prend soin de ses animaux : de son petit chien, de son singe savant, de ses perruches… C'est un homme d'une délicatesse exquise, il n'y a que lui pour lisser leurs plumes sans en froisser aucune.
Ils se demandèrent combien de serviteurs avaient comme lui des fonctions secrètes.

*

Quelques heures plus tard, Rose et Léonard se présentaient chez les bijoutiers Bœhmer et Bassenge, à leur boutique de la rue des Petits-Champs. M. Bassenge vint à leur rencontre.
– Madame, Monsieur, désirent acquérir des bagues de mariage, peut-être ?
Un frisson d'horreur parcourut Rose.
– Le diable m'emporte ! dit Léonard.
Le coiffeur posa un coffret sur le comptoir.

– Nous ne venons pas en tant que clients mais en tant que fournisseurs. Nous apportons une parure complète.

– Nous n'achetons pas, en ce moment, dit M. Bœhmer. La période n'est pas propice.

Léonard ouvrit le coffret.

– Oh, mais nous n'avons rien à vendre… Ces objets vous appartiennent.

Les bijoutiers écarquillèrent les yeux. Leurs joyaux volés à Trianon quatre ans plus tôt ! Les deux hommes étaient plus radieux que leurs pierres.

– À qui devons-nous l'immense plaisir…

– À une personne dont le nom ne peut être prononcé, dit Rose.

– À la duchesse de Noailles ?

– Non.

– À l'archevêque de Paris ?

– Non.

– Au ministre de la Maison du…

– À la reine ! s'écria Rose, à bout de patience. C'est le nom de la reine qui ne peut être prononcé !

Les joailliers s'extasièrent.

– Sa Majesté est une fontaine de bonté !

– La commission sera de dix pour cent, annonça Léonard.

– Ah. Quand même.

Bœhmer opina et Bassenge s'en fut ouvrir le coffre. Il revint avec une bourse rebondie. Même à ce tarif, la récupération tenait de la divine surprise.

– Sa Majesté nous fait beaucoup d'honneur ! dit Bassenge.

– Nous lui composerons le plus beau collier qui ait jamais existé ! promit Bœhmer.

– Orné des plus belles pierres disponibles sur le marché ! Une œuvre digne d'elle seule !

– Quelque chose de sublime, d'inoubliable. Vous verrez : on en parlera longtemps, du collier de la reine !

*

La modiste et le coiffeur quittèrent la boutique avec le sac aux écus.

– Donnez-moi ça, dit Rose. Je le dissimulerai dans un carton à chapeau.

– Je vais plutôt le glisser dans un faux chignon : le carton à chapeau, c'est trop évident.

– Les faux cheveux, c'est vulgaire. Passez-moi cette bourse !

– Rendez-moi ça ! Voleuse !

– Grippe-sou ! Fesse-mathieu !

– Pimpe-souée[1] !

– Crapaud des Indes !

Après s'être disputés en pleine rue, ils montèrent en voiture et se disputèrent encore tout le long du trajet vers le Louvre.

1. Idiote !

Devant le grand escalier, ils croisèrent le Premier ministre Maurepas, soixante-treize ans, et le duc de La Vrillière, ministre de la police, soixante-neuf ans. Les deux hommes venaient assister à la réception d'un membre du gouvernement qui entrait à l'Académie française. Maurepas avait apporté un courrier qu'il montrait à La Vrillière.

– Est-ce vous qui avez payé nos agents en Angleterre ?

– Point du tout. Nous étions convenus d'abandonner ce réseau.

– Il semblerait qu'ils aient reçu leurs gages et même une prime. Comment se fait-il ?

Les vieux ministres lisaient et relisaient la lettre qui les informait de ce mystère.

– Il semble que nos agents de Vienne et d'Italie aient eu la promesse d'être payés sous peu. Vous allez payer, vous ?

– Et avec quoi ? Ils ont dû céder devant la grandeur de la France.

– Ce doit être ça. Quand on a vu les dorures de Versailles, on ne sait plus dire non. C'est comme ça que je suis devenu ministre.

– Ah ? Je pensais que c'était pour vous enrichir.

– Oh, on ne s'enrichit pas au service de l'État, dit Maurepas, non, non.

– Non, non, renchérit La Vrillière. Au mieux, on devient académicien.

– Voilà.

*

La princesse de Chimay, dame d'atour de la reine, attendait le coiffeur et la modiste dans un cabinet discret. Ils lui remirent la bourse des joailliers, mais s'étonnèrent. Pourquoi avoir déployé tant d'efforts pour si peu ? Rose avait fait le calcul.

– Il y en avait pour cinq cent mille livres de bijoux. La récompense était de cinquante mille. Pardonnez-moi, mais, cette année, l'ameublement des appartements de la reine a coûté à lui seul quatorze fois plus.

– Il y a argent et argent, répondit Mme de Chimay. Les sommes prévues pour les dépenses officielles nous échappent. Tandis que celle-ci sera à notre libre disposition, sans que nous devions rendre de comptes. Avec deux cents livres, je m'attache un homme. Avec cinq cents, cet homme devient mon obligé. Avec mille, j'en fais mon esclave.

Léonard avait une suggestion.

– Achetez une courtisane pour deux mille, elle tiendra quatre ou cinq hommes : vous ferez des économies.

– Grâce à vous, la reine va pouvoir dépenser pour autre chose que pour des robes.

– C'est très bien, les robes, dit Rose.

– Certes, il faut aussi des robes. C'est pourquoi vous allez nous en confectionner. De très chères. Nous dirons que la reine dépense des fortunes à cause de vous, et nous utiliserons ces fonds autrement. Je ne sais pas si je devrais vous en parler mais… Après tout, vous nous avez rendu de fiers services ! Venez par là… Le roi a aboli le Secret qui recevait les rapports de nos agents à l'étranger, leur chuchota-t-elle. La reine reprend à son compte ce cabinet noir.

Ils espéraient que Sa Majesté ne comptait pas les employer uniquement à rapporter de l'argent, en plus des étoffes et des chignons.

– Non, non ! Rassurez-vous !

Ils auraient aussi du travail pour ménager des cachettes dans les cheveux postiches et dans les paniers des robes.

– Vous êtes officiellement fournisseurs de la reine, leur annonça Mme de Chimay comme si elle leur décernait le cordon bleu du Saint-Esprit.

*

Le Louvre étant tout proche du Palais-Royal, ils regagnèrent leurs commerces à pied. L'un et l'autre avait le sentiment d'avoir été joué. La somme n'avait pas d'importance : c'était pour les jauger qu'on les avait fait courir. Le service de Marie-Antoinette était exténuant et sans concession.

– C'est pénible, dit Léonard. Toujours dehors, toujours en carrosse…

– Oui, dit Rose, et il faut supporter des personnes peu plaisantes.

Pourquoi ne pas se contenter d'une honnête vie d'artisan ? Ils n'avaient jamais manqué de pratique. Et même s'il fallait constamment se battre avec la concurrence, ils y étaient habitués. Ils feraient bien fortune un jour. La reine leur faisait payer trop cher l'honneur de la servir.

Rue Saint-Honoré, une longue file de beaux carrosses s'étirait depuis leurs magasins. On se pressait sous les deux frontispices où s'affichaient les mentions « Marchande de modes de la reine » et « Coiffeur de Sa Majesté ». Ils eurent du mal à se frayer un chemin jusque chez eux à travers la foule des valets de grandes maisons. Tout Paris admirait leurs devantures. Les frères de Léonard et les filles de boutique étaient débordés.

– Nous sommes dévalisées ! annonça Mlle Maillot. Nous n'avons plus rien à vendre !

Chez Léonard, c'était la même chanson.

– On se bouscule pour apprendre la coiffure chez nous !

Depuis une heure, la mode, c'était eux. Ils étaient passés d'artisans méritants à artistes reconnus. Ils resteraient riches et respectés tant que cela durerait. Or, la mode, c'était la reine qui la décrétait. Ils sentirent qu'ils n'allaient pas résister à l'appel du devoir et de la fanfreluche.

Cette victoire leur laissait pourtant un goût amer. Ils avaient l'impression d'être passés à côté de quelque chose. De quelqu'un ? Comme si le bonheur avait été à portée de main et qu'ils l'avaient manqué. Chacun d'eux était rentré chez lui. Tandis que Léonard se laissait tomber dans un fauteuil de son salon, Rose s'asseyait sur un pliant du Grand Mogol.

– Il me tue, dit-elle.

– Elle m'accable, dit-il.

– En fin de compte, aucune femme ne t'intéresse autant qu'elle, fit observer à Léonard un de ses frères.

– Aucun homme n'a tant fait pour vous, dit Mlle Maillot.

Ils restèrent un long moment pensifs dans leurs boutiques respectives.

Un grand bruit fit sursauter tout le monde. L'enseigne de Rose était tombée sur celle de Léonard. Le cimeterre du Grand Mogol avait tranché la tête coiffée de la dame en bois peint.

– Crocheteuse de culottes ! cria le coiffeur depuis le seuil de son commerce.

– Ahuri de Chaillot ! répliqua la modiste depuis le sien.

– Dagorne[1] !

– Jean-fesse[2] !

Ils s'invectivaient d'un porche à l'autre avec bienveillance et bonne humeur. Quel bonheur ! Chacun se promit de gâcher la vie de l'autre aussi longtemps qu'il le pourrait.

1. Vache à une seule corne (méchante femme).
2. Poltron avare et malhonnête.

Clins d'œil historiques

À dater de 1774, Rose Bertin vint régulièrement, deux fois par semaine, présenter ses inventions à la reine. Cela lui coûtait beaucoup de temps. Elle avisa donc sa clientèle qu'on la trouverait désormais chez elle à des jours désignés, mais qu'elle ne pourrait plus se rendre en personne chez ses clientes. La façon dont elle s'y prit pour les informer de cette décision n'était peut-être pas fort habile, elle le fit avec un peu de hauteur – d'ailleurs elle avait le caractère hautain, c'est incontestable – car elle exaspéra toutes les élégantes de Paris. Si ses magasins ne devinrent pas déserts d'un coup, c'est qu'il était de bon ton de se fournir chez la modiste de la reine. Si Mlle Bertin avait su plaire à Marie-Antoinette, ses façons n'étaient pas du goût des autres dames.

Émile Langlade, *La Marchande de modes de Marie-Antoinette*

Le jargon de cette demoiselle était fort divertissant ; c'était un singulier mélange de hauteur et de bassesse, qui frisait l'impertinence quand on ne la tenait pas de très court, et qui devenait insolent pour peu qu'on ne la clouât pas à sa place.

Baronne d'Oberkirch, *Mémoires*

À la cour de France, tout était tradition, au point que telle étoffe était affectée à l'habillement d'hiver et telle autre à celui de l'été. Le luxe a poussé le raffinement jusqu'à prescrire le temps où devaient se montrer les couleurs. Ainsi l'or ne devait briller qu'au milieu des frimas, tandis que l'argent se portait pendant la canicule. Celui qui aurait paru dans la galerie de Versailles avec un tout autre habit que celui de la saison eût été regardé comme un homme sans usage et de mauvais ton.

Roussel d'Épinal, *Le Château des Tuileries*

La reine pensait qu'à Trianon elle pourrait manger avec d'autres personnes que la famille royale ; qu'elle y aurait ses amis à dîner sans mettre tout Versailles en rumeur. Elle songeait à se faire habiller là, dans sa chambre, par Mlle Bertin, sans être condamnée à se réfugier dans un cabinet parce que ses dames refusent de laisser entrer une roturière. La reine était convaincue que la grande popularité des princes de la maison d'Autriche venait du peu d'exigence d'étiquette à la cour de Vienne.

Jules et Edmond de Goncourt, *Histoire de Marie-Antoinette*

*

La duchesse de Luynes n'y voyait guère. M. Léonard s'était vanté de la coiffer avec une de ses chemises. Ce fut la bonne Mme Thibault, femme de chambre de la Reine, qui fut chargée d'en obtenir la permission de Sa Majesté. Cette jeune princesse en accorda licence, à condition que sa dame du palais ne pût s'en apercevoir. Mme de Luynes arriva coiffée, sans s'en douter le moins du monde, avec une chemise de batiste. Ce tour de force eut un succès prodigieux, et Mme la vicomtesse de Laval se montra, deux ou trois jours après, avec sur la tête un napperon damassé mis à pouf, ce qui fut trouvé d'une folie tout à fait charmante !

Demandez à ma nièce s'il n'est pas vrai qu'elle se soit fait coiffer *à la jardinière*, avec une serviette grise à rayures rouges dans laquelle M. Léonard avait artistement tortillonné un jeune artichaut, une tête de brocoli, une jolie carotte et quelques petites plantes potagères.

Marquise de Créquy, *Souvenirs*

Le coiffeur Larseneur, à Versailles, prit de la vogue pour coiffer les jeunes femmes à leur présentation, de manière à ne pas déplaire à Mesdames, qui détestaient les coiffures hautes, si exagérées et si à la mode alors. Bientôt des hommes coiffeurs de femmes s'établirent à Paris. Enfin Léonard vint, et toutes les coiffeuses tombèrent dans le mépris et dans l'oubli.

Mme de Genlis, *Mémoires*

Se livrant aux modes avec ardeur, Marie-Antoinette donne le ton à toutes les dames de la Cour. Elle a mis sa blonde chevelure sous la main du coiffeur Larseneur, le premier homme à s'occuper de parer la tête des dames illustres. Arriva bientôt l'audacieux Léonard. En une quinzaine de jours, il porta si haut l'édifice des frisures de la Cour, que le visage des dames parut tenir le milieu entre la pointe du pied et le sommet du crâne. M. Léonard est gai, gascon, oseur ; son caquet, son impertinence même, amusent la reine.

Georges Touchard-Lafosse, *Chroniques de l'Œil-de-bœuf*

*

Mlle Bertin se croit un ministre et s'oublie jusqu'à dire devant une cliente : « Présentez à Madame les échantillons de mon dernier travail avec Sa Majesté. » Le coiffeur en titre se nomme Larseneur, mais il n'a ni goût ni délicatesse. Dès qu'il est parti, Marie-Antoinette appelle Léonard et lui fait bouleverser tout l'édifice. Léonard ne tarde pas à devenir le coiffeur à la mode. Sous son influence et sous celle de Mlle Bertin, les coiffures atteignent des proportions colossales. C'est un échafaudage de gaze, de fleurs, de plumes entrelacées avec des cheveux crêpés, bouclés, tressés, hérissés, un chef-d'œuvre d'imagination et de patience.

Maxime de La Rocheterie, *Histoire de Marie-Antoinette*

*

Ce que l'on a appelé « Secret du roi » était une diplomatie parallèle développée sous Louis XV à l'insu de ses représentants officiels. On appelait les hommes de ce réseau les « bons amis du roi ».

Le Secret fonctionnait grâces aux courriers particuliers qu'étaient ces bons amis du roi, qui portaient les dépêches royales à cheval ou en voiture à travers le continent. Louis XV se méfiait de ses ministres bavards et indiscrets, et aussi des espions qui pouvaient pénétrer au sein de la Cour. En 1736, il avait fait aménager au château de Versailles, à proximité de ses appartements privés, ce que l'on appela le « cabinet des dépêches » : une pièce dotée d'une seule fenêtre donnant sur une petite cour intérieure.

On y accédait par un corridor discret. De là, il dirigeait sa diplomatie parallèle à l'insu de tous, notamment de son secrétaire d'État aux Affaires étrangères.

Parmi les agents du Secret, on compte le chevalier d'Éon, célèbre pour ses vêtements féminins, et Beaumarchais, l'auteur du *Mariage de Figaro*.

Jean-Paul Pancracio, *Observatoire de la diplomatie*

*

Après avoir mûrement observé sur ces correspondances, j'ai vu qu'elles ne servaient à rien et même pouvaient être nuisibles au bien de mon service. Cela barre toujours le ministre des Affaires étrangères et c'est un sujet de tracasserie. De plus, je n'ai pas entendu parler du chiffre[1] que je vous avais dit de m'envoyer. Je vous enverrai le paiement du mois de juin pour dernier règlement. Après cela vous romprez votre cabinet. J'exige de vous, non seulement le secret, mais même de brûler toutes les pièces qui peuvent y avoir trait. En ne vous mêlant plus d'aucune affaire, vous mériterez de pouvoir revenir à la Cour.

Louis XVI, lettre au comte Charles de Broglie, 1774

1. Du code.

Dans la même série :

AU SERVICE SECRET de MARIE-ANTOINETTE

PAS DE RÉPIT POUR LA REINE

C'est la guerre des farines : le peuple a faim ! Louis XVI s'en moque et continue de s'affairer à ses passe-temps : la serrurerie et l'horlogerie. À Marie-Antoinette de remonter ses manches !

Mettre la main sur un mystérieux trésor inca tomberait à pic pour acheter du pain à ses sujets.

Pour cette nouvelle mission, la reine fait de nouveau appel à ses agents secrets préférés : son coiffeur, Léonard, et sa modiste, Rose. Rose ne supporte toujours pas ce gros lourdaud de Léonard. Par ailleurs, un séduisant fabricant de corsets lui fait de l'œil… Mais ne serait-il pas mêlé à leur enquête ?

Gare à la malédiction qui frappe tous ceux qui s'approchent de l'or !

AU SERVICE SECRET de MARIE-ANTOINETTE

LA MARIÉE ÉTAIT EN ROSE BERTIN

L'empereur d'Autriche Joseph II rend visite à sa sœur, la reine Marie-Antoinette. S'il aime voyager incognito dans les ruelles crasseuses de la capitale, le mode de vie du couple royal avec sa flopée de courtisans qui les suivent partout l'agace énormément. Il étouffe ! Pourtant la reine n'a pas beaucoup de temps à lui accorder : un code secret qui permet d'entrer en contact avec les espions du royaume a été dérobé ! Il semblerait que le suspect se soit enfui… accoutrée d'une robe de mariée : une création de Rose Bertin qui plus est !

Marie-Antoinette appelle à la rescousse ses deux intrépides détectives, Rose et Léonard. De l'atelier d'un parfumeur au jeu de Paume en passant par les coursives du château de Versailles, le duo chamailleur va devoir redoubler d'inventivité pour coincer la « fiancée » voleuse de code secret.

Un nouveau bijou de drôlerie et de divertissement, pour les amateurs de comédies policières !

Merci d'avoir choisi ce livre
des **Éditions de La Martinière**.

Nous espérons que votre lecture vous a plu.

Vous pouvez nous retrouver sur Facebook
et Instagram.
Et pour être informé(e) en avant-première
des prochaines parutions de l'auteur, recevoir
d'autres idées de livres à découvrir, des jeux-
concours ou des extraits en avant-première, vous
pouvez nous laisser votre adresse e-mail sur cette
adresse web : bit.ly/martiniere

En espérant vous retrouver bientôt en compagnie
d'autres personnages, pour partager leur vie
et leur univers.

L'équipe des Éditions de La Martinière Littérature

RÉALISATION : NORD COMPO À VILLENEUVE-D'ASCQ
IMPRESSION : NORMANDIE ROTO IMPRESSION S.A.S À LONRAI
DÉPÔT LÉGAL : MARS 2020. N° 145816 (2000174)
Imprimé en France